부상당한 —— 천사에게

부상당한 천사에게

ⓒ 김선우 2016

초판 1쇄 인쇄   2016년 3월 9일
초판 1쇄 발행   2016년 3월 14일

지은이   김선우
펴낸이   이기섭
편집인   김수영
기획편집   김준섭
마케팅   조재성 정윤성 한성진 정영은 박신영
경영지원   김미란 장혜정
디자인   송윤형

펴낸곳   한겨레출판㈜   www.hanibook.co.kr
등록   2006년 1월 4일 제313-2006-00003호
주소   121-750 서울 마포구 효창목길 6, 한겨레신문사 4층
전화   02) 6383-1602-1603 | 팩스 02) 6383-1610
대표메일   munhak@hanibook.co.kr

ISBN   978-89-8431-964-6 03810

부상당한 —— 천사에게

김선우 산문

한겨레출판

차례

프롤로그 007

1부 • 황야 013

- 카덴차 1 064

2부 • 바람 079

- 카덴차 2 120

3부 • 눈물 137

- 카덴차 3 190

4부 • 천사 207

- 카덴차 4 258

5부 • 비상 273

에필로그 333

프롤로그

비루한 시대를 건너가는 고단한 발자국들. 통증과 신열이 만든 젖은 얼룩들의 행렬. 그만 멈춰 서버린다 해도 탓할 수 없는 너무 오랜 견딤. 네, 겨우겨우 존재하고 있습니다. 간신히, 가까스로. 그럼에도 불구하고 끝내 훼손되지 않는 한 발자국씩을 곧추세우는 어여쁜 힘이 있다면 그것은 당신의. 나의. 우리 속의 천사임을 믿는다.

*

"에구머니나. 세기 초가 되었으나 세기말이로군요."
"도망갈까요? 토끼 굴은 저쪽인데."
"저쪽에 천사가 삽니까?"
"무슨 말씀! 천사는 항상 이쪽에 사는 존재죠."
"천사가 거기 없다면 도망이 무슨 의미가 있겠어요?"
"결정은 당신이 하는 거요. 좋으실 대로."
"저기…… 진짜입니까?"
(침묵. 숨소리)
"천사가 항상 여기에 있다는 거."
(숨소리)
"네, 여기에."
(귀 기울인다)
"당신 곁에."

(숨-결)

"당신 속에."

＊

천사의 거주지에 대해 아는 사람은 우리 자신뿐이다. 집 나간 천사를 불러들일 수 있는 능력자도 우리 자신뿐이다. 내 안의 천사를 부활시키고 당신 안의 천사와 손잡게 하고 싶은 오늘의 명랑. 세상이 비루할수록 더 명랑한 노래를 부르고 싶은 나. (스스로를 보호해야 하니까요.) 행복의 감각을 포기하라 강요받는 시대일수록 더 다양한 수위와 방법으로 행복해지고 싶은 나. (끝끝내 자유로울 테다!) '주의'를 붙여 만들어진 모든 말 중 내가 흔쾌히 접수하는 것은 쾌락주의. 네, 저는 쾌락주의자입니다. (당신은 어때요? 살아 있는 존재는 모두 쾌락하기를 원하지 않나요?) 오늘의 평화와 쾌락한 숨쉬기를 위해 천사가 필요해요. 그럼요, 어떻게 얻은 목숨인데!

＊

걷다. 주저앉다. 응시하다. 뒤척이다. 앓다. 일어나다. 그리고 다시 겨우겨우 한 걸음.

이 글들이 쓰인 시점은 이명박 정부에서 박근혜 정부로 이어진 2008년부터 2015년이다. 무슨 말이 더 필요하리. 이 책은 이런 시대를 통과하며 한 글쟁이가 목도한 세상의 박물지이자, 우울과 절망감에 잡아먹히지 않고 일상을 보호하려 애쓴 분투기이다.

문학만 하지 왜 정치 칼럼을 자꾸 써서 공연한 안티를 만드느냐고 나를 걱정하던 지인에게 일찍이 조지 오웰이 명징하게 정리한 문장을 들려준 적이 있다. "예술은 정치와 무관해야 한다는 의견 자체가 정치적인 태도인 것이다." 문학은, 문화예술은, 소외되고 고통받는 절망의 자리에 남아 있는 단 한 톨의 씨앗에서도 생명의 온기를 찾아내려는 노력이다. 필연적으로 정치적이다. 문제는 그 다음이다. 어떤 글쓰기도 정치에서 자유로울 수 없지만 오웰이 고백하듯 "정치적인 글쓰기를 예술로 만드는 일"이 글쟁이에게는 언제나 근원적인 관심사이니.

　내게 산문 쓰기란 소박하게는 폴 발레리의 말 "당신은 당신이 생각하는 대로 살아야 한다. 그렇지 않으면 어느 순간, 사는 대로 생각하게 될 것이다"에 연결되는 자기 점검의 일기에 가깝다. 다른 측면으로는 주제 사라마구를 인용할 수도 있겠다. 그는 언젠가 "소설은 더 이상 하나의 장르가 아니다. 소설은 차라리 '문학 공간'이며 이 공간에서 에세이, 드라마, 시, 철학, 과학까지 뒤섞여 새로운 '종합'에 이르려 한다"고 말한 바 있는데, 그의 소설론은 내게 '에세이론'이기도 하다. 집중적인 작업이 필요한 시와 소설을 쓰는 중에도 지속해온 여러 지면의 산문은 다양한 방향으로 진화 가능한 글감들이 뒤섞여 노는 광장이자 '쓴다'는 노동에 다양한 결의 근육을 붙이는 문학 공간이기도 하다. 그러므로 산문 쓰기를 시나 소설 등의 본격 장르보다 '잡문' 취급하는 어떤 경향에 대해 나는 단호하다. 잡문은 없다.

부상당하는 천사가 점점 많아진다. 부상이 거듭될수록 자기가 천사임을 잊어버린 천사들이 많아진다. 싸우는, 넘어지는, 견디는, 우는, 눈가가 붉어진 앙겔루스 루벤스. 황야의 세찬 바람을 견디는 상처투성이 천사들. 고통의 색이자 역설적으로 생명 있는 존재의 열렬을 웅변하는 붉은 상흔의 천사들.

"압니다, 내가 천사라는 거."

"압니다, 부상이 심하다는 거."

"어려우니까, 어려울수록, 더 치열하게 사랑할 거요."

"혁명이란 다름 아닌 사랑과 자비."

"어려운 시절일수록 더더욱."

"천사는 혁명을 좋아합니다."

"착각하지 말아요. 사랑이 넘쳐서 사랑하는 게 아닙니다."

"잘 살기 위해 잘 사랑하고 싶은 거요."

"우리가 이토록 연약한 존재이므로."

"부상당한 날개가 아파서."

"네, 아파서."

"낫기 위해 사랑하는 겁니다."

"살기 위해 사랑하는 거라고요."

"잘 살기 위해."

"잘 사랑하려고."

"날마다 애쓰는 겁니다."

"신비란 이런 거죠."

＊

    해변의 묘지에서 폴 발레리가 속삭인 말들을 오늘의 찢어진 날개에 꿰매어둔다.

    바람이 세찹니다.

    살아야겠습니다.

1부 — 황야

지금 여기의 아픈 사랑들이 우리의 역사다

•

파울 클레의 그림 〈새로운 천사〉를 볼 때마다 여러 겹의 고통과 희미한 위로를 함께 느낀다. "나는 울지 않기 위해 그린다. 그것이 처음이자 마지막 이유다"라고 한 클레. 1920년 작인 〈새로운 천사〉를 1921년에 손에 넣은 발터 벤야민은 이 그림을 죽을 때까지 지녔다고 한다. 〈새로운 천사〉를 바라보며 벤야민이 토로했을 고뇌의 말들이 국경을 떠돌다가 폭풍 속으로 건너간다. 새로운 천사를 통해 벤야민은 역사에 기록되지 못한 무수한 사람을 초혼한다. 모든 과거가 역사가 되는 것은 아니며 역사는 승리자의 기록이다. 승리자에 반대한 과거는 역사가 되지 않으므로 역사는 공허하다. 이 공허함에 저항하며 벤야민의 '역사의 천사'는 간절한 초혼의 목소리로 기록되지 않았던 사람들을 부른다. 울지 않기 위해 천사는 묻고 또 묻는다. 우리는 스스로를 어떻게 구원할 수 있을까. "산산이 부서진 것을 모아서 다시 결합하고 싶어 하는" 천사는 세찬 폭풍 속에 날개를 펼친 채 직면한 현실 앞에 눈 부릅뜬다. 희생자의 자리를 직시하며 희생자로서의 자신을 응시한다. 날개를 접을 수조차 없이 폭풍에 떠밀리면서도 쓰러지지 않기 위해 버티는 천사의 휘청거리는 등골. 춥고 고통스러운 당신의 등골. 도처에 아픔이 너무 많다. 그래도 여기가 우리의 한 걸음이다. 수없이 패배하면서도 동시대 다른 아픔들의 손을 잡고 슬픔과 고통을 견디는, 차갑고 따스한 자그마한 강철 날개의 천사들. 지금 여기의 아픈 사랑들이 우리의 역사다.

분급의 지옥

●

정동진에서 서른네 살의 노동자가 자살했다. "이곳이 해가 뜨는 곳이기에"라는 말을 유서에 남겼다. "더 이상 누구의 희생도 아픔도 보지 못하겠으며 조합원들의 힘든 모습도 보지 못하겠기에 절 바칩니다"라는 말도 유서에 적혀 있다. 막 꽃피어야 할 한창나이의 젊음이 자신의 최후로 선택한 정동진에는 오늘도 변함없이 해가 뜬다. 그가 전하고 싶었던 소망과 절망감을 다시 또 알려주기라도 하는 듯이.

삼성전자 서비스 센터 직원인 그의 지난달 월급은 45만 원 정도였다고 한다. 그 전 달에는 70여만 원이었다. 분당으로 받는 급여를 뜻하는 '분급'에 의해 지급된 것이라 한다. 분급이라는 말. 근래 들어본 가장 끔찍한 단어이다. 이런 임금 체계를 현실로 시스템화하는 곳이 바로 삼성이다. 이동 시간, 고객에게 설명하는 시간, 수리 준비 시간 등을 다 빼고 오직 제품 고치는 시간만 계산해 1분당 225원을 받는 노동자라니. 이런 끔찍한 착취 앞에 저항하지 못한다면 우리는 대체 누구이며, 내일은 또 무엇을 할 수 있을까. 무노조 경영의 악착같은 착취를 '초일류기업'의 세련된 이미지로 포장하는 이건희 일가의 재산 13조 원을 만들어준 노동자 중 누구는 백혈병과 희소병으로 죽어가고, 누구는 견디다 못해 자살로 죽어간다.

전 세계 139개 나라 중 한국의 노동권이 최하위인 5등급으로 분류되었다는 뉴스가 흘러나온다. 여기가 대한민국호가 서 있는 자리다. 해 뜨는 곳 정동진으로 노랗게 해가 진다.

'오죽하면'에 떠밀린 죽음은 타살이다

•

"그동안 삼성 서비스 다니며 너무 힘들었어요. 배고파 못 살았고 다들 너무 힘들어서 옆에서 보는 것도 힘들었어요"라는 글을 남기고 지난 2013년 10월 31일 스스로 목숨을 끊은 삼성전자 천안 서비스 센터 직원 최종범 씨. 서른세 살 생때같은 젊음이다. "살아보겠다고 그렇게 열심히 일하던 사람이 오죽하면 그랬겠어요. 그게 가슴이 아파요"라는 동료의 말이 사무친다. '오죽하면'에 떠밀린 죽음은 자살이라 부를 수 없다. 이것은 사회적 타살이다. 하루에 1000억씩 벌어들인 돈은 다 어디로 가는 걸까. 제품 생산은 생산직 노동자가 하고, 판매는 영업직 노동자가 하고, 수리는 서비스직 노동자가 한다. 이익을 창출하는 필수 노동은 모두 노동자가 하건만, 이 모든 것을 만들고 유지하는 노동자는 대부분 근근이 살아간다. 하루 열두 시간 일하고도 생활고에 시달렸던 최종범 씨. 그는 삼성 유니폼을 입고 삼성 가전제품을 수리해주는 서비스 센터 직원이었지만 삼성은 협력업체 문제라고 발뺌한다. 한 돌이 채 안 된 딸아이를 가진 청년 가장을 죽음으로 내몬 것이 과연 무엇이었는지 여러 질문이 떠오른다. 위장 도급, 무노조 경영, 서비스 센터 직원들이 감당해야 했던 억압적 노무 관리, 사장의 폭언과 욕설. 이 모든 것이 그를 죽음으로 내몰았던 것은 아닐까. 가난이야 그렇다 쳐도 인간으로서 존중되어야 할 최소한의 자존감마저 만신창이가 되었을 때, 그 비참함은 죽음보다 더한 지옥이었던 것이 아닐까. 보통 사람이면 누구나 공감할 프란츠 파농의 말이 맴돈다. "타인을 억압하는 사람은 자신을 해방시킬 수 없다."

사람을 죽여서 얻는 전기라니

•

"이 골짜기 커갖고 이 골짜기서 늙었는데 6·25 전쟁 봤지, 오만 전쟁 다 봐도 이렇지는 안 했다. 이건 전쟁이다. 이 전쟁이 제일 큰 전쟁이다. (…) 일본 시대 양식 없고 여기 와가 다 쪼아가고, 녹으로 다 쪼아가고 옷 없고 빨개벗고 댕기고 해도 이거 카믄. 대동아전쟁 때도 전쟁 나가 행여 포탄 떨어질까 그것만 걱정했지 이러케는 안 이랬다. (…) 근데 이거는 밤낮도 없고, 시간도 없고. 이건 마 사람을 조지는 거지. 순사들이 지랄병하는 거 보래이. 간이 바짝바짝 마른다. 못 본다 카이, 못 봐." 지난달 가슴 아프게 읽은 책 《밀양을 살다》에서 만난 이 목소리가 며칠 전 꿈속까지 따라 들어왔다. "이 공사를 어떻게 멈출 수 있겠노. 어떤 방법이 좋을까. 아무리 생각을 해봐도 답이 없고. 우리를 이렇게 시들시들 말려 죽이지 말고 총으로 쏴서 죽여달라"는 할머니들의 목소리.

지방선거가 있던 날, 밀양 농성장에 20여 명의 사복 경찰이 들이닥쳤다. 격렬한 충돌이 있었고 주민 한 사람이 다쳤다는 소식도 들려왔다. 주민들의 송전탑 반대 집회가 어언 10년이 가까워지고 있는 지금의 밀양. 송전탑 공사 현장 움막 농성장의 행정대집행이 임박했다는 소식이 들린다. 밀양은 또다시 전쟁터다. 한국 근현대사를 온몸으로 겪어온 밀양의 할머니들이 뼈가 오그라드는 팔순나이에 맞닥뜨린 이 현실 앞에 벗들이여, 질문해주시기를. 사람을 죽여서 얻는 전기가 꼭 필요한 것인지를.

마침 배운 적 없어서

•

"출근길에 작은 연못가를 지난다. 추운 날 이른 아침, 그 연못에서 허우적대는 아이가 있다. 뛰어들어 구하지 않으면 아이는 죽을 것 같다. 거기 들어가는 것은 어렵지도 위험하지도 않다. 하지만 며칠 전 산 새 신발이 더러워질 것이고 양복도 진흙투성이가 될 것이다. 보호자를 찾아 아이를 넘겨주고 옷을 갈아입고 나면 틀림없이 지각이다. 이제 어떻게 할 것인가?"

실천윤리학자 피터 싱어가 지구촌의 빈곤 문제를 논할 때 하는 질문이다. 대개는 아이를 구하겠다고 대답한다. 신발은? 지각하는 것은? 그런 건 대수롭지 않다는 대답이 대부분이다. 그런데 싱어는 실제 비슷한 상황에서 아이를 구하지 않은 경찰관이 있었다고 전한다. 아이는 죽었다. 경찰관은 그런 상황에 대비한 훈련을 받은 적 없어 들어가지 않았다고 변명했다. 현실에서 싱어의 이야기는 훨씬 더 구체적인 디테일을 입는다. 가령, 오늘 아침이 하필이면 직원 전체 조회 일이고 지각을 하면 감점의 누적으로 직장에서 잘릴 수도 있는 상황이면 어떻게 할 것인가. 현실은 복잡한 덫으로 우리를 얽어맨다. 세상을 사는 이유, 윤리에 대한 고민을 끊임없이 하고 살지 않으면 어느 순간 우리는 '배운 적 없어서 안 했다'라고 변명하는 '비인간 인간'이 되기 쉽다. 우리나라에는 지금 커피 전문점만 2만여 곳, 성인 1인당 하루 평균 두 잔을 마신다고 한다. 마침 그 한 잔 커피값이 없는 것처럼 누굴 외면한 적이 없는가 생각해보는 하루다.

지렁이 울음소리를 들을 수 있는 세상

•

지렁이 울음소리를 들어본 적 있나요? 목숨 있는 것들은 다 울지요. 심지어 기뻐서 눈물이 터질 때도 있지요. 누군가 자신의 고민과 상처를 이야기하다 울음을 터뜨렸다면, 그 사람은 괜찮은 거예요. 운다는 건 상처를 극복할 힘이 있다는 거지요. 유마(維摩)의 말을 빌려야겠네요. 세상이 죄다 병들었는데 나만 희희낙락할 수는 없는 거라고요. 다 아픈데 나만 안 아플 순 없는 겁니다. 목숨 있는 존재란 누군가에게 기대어 존재하게 되어 있는 거니까요. 그러니 울음은 웃음만큼이나 소중한 겁니다. 울음은 자기를 비워내는 강력한 몸의 말이지요. 유기농 퇴비 만드는 곳에 간 적이 있습니다. 지렁이 울음소리를 듣고 싶었기 때문이지요. 비닐하우스 가득 놓인 항아리들 속에서 지렁이들이 퇴비를 만들고 있었지요. 발소리를 죽이고 귀를 쫑긋해보았습니다. 청각이 예민한 지렁이들이 인기척을 알아채고 조용해지기 전까지, 짧은 순간이나마 지렁이 울음소리를 듣는 바로 그 순간, 농부는 자신이 우주를 여행하는 여행자라는 생각이 든다고 합니다. 여리지만 분명한 울음소리 혹은 노랫소리. 모두 잠든 밤 조용히 땅 위로 나와 달빛을 즐기는 지렁이를 상상해보세요. 세상에서 단 한순간도 다른 생명을 착취해본 적 없는 지렁이. 참, '지렁이도 밟으면 꿈틀한다'는 속담이 있지요. 이런! 지렁이는 안 밟아도 꿈틀합니다. 꿈틀하는 역동이 생명의 본질이니까요. 밟아야만 꿈틀한다고 착각하지 마세요. 지렁이들의 울음소리를 들을 수 있는 세상이어야 합니다.

돌아보니 몸이 없다

●

　오랜만에 전화를 거니 A의 스마트폰에서 계곡물 소리와 풍경 소리가 들린다. A의 고단한 서울살이를 아는지라 왠지 쓸쓸한 느낌이 들었다. B는 요즘 불면증 때문에 수면 유도용 '자연의 소리' 애플리케이션을 켜놓고 잔다고 한다. 비, 새, 풀벌레, 천둥, 바람 소리에 이르기까지 사용자 취향에 맞게 선택하고 믹싱도 할 수 있다는 '자연의 소리'가 기계를 통해 흘러나오는 세상이다. 좋아하는 음악은 MP3보다는 CD로 들어야 귀가 충족되는 나는 이 스마트한 '자연의 소리' 앞에 한동안 멍했다. 스마트폰에서 흘러나오는 '밤의 소리, 인디언 플룻'을 듣다가 공연히 눈가가 덥다. 지금 우리는 자연의 소리를 '자연스럽게' 들을 수 있는 시공간으로부터 대체 얼마나 멀리 온 걸까. 공간적 거리라기보다 심리적 거리라고 할 이 막막한 소외감. 아이러니한 것은 자연으로부터의 소외는 인간이 자초한 삶이라는 거다. 자초한 배제로부터 외로움을 느끼며 다시 자연의 소리를 마음 치유 도구로 사용하는 현대의 삶이 쓸쓸하다. 문득 맥락 없이 떠오른 롤랑 바르트. "언어는 피부다: 나는 내 언어를 다른 언어와 문지른다. 그것은 마치 내게 손가락 대신 말들이 있는 게 아니라, 내 말들 끝에 손가락이 있는 것과 같다." 스마트폰을 통해 흘러나오는 자연의 언어에 인간의 언어를 문지르고 싶은 나. 숲과 바람과 비의 몸에 내 몸을 문지르고 싶다. 헐겁게 벗겨진 피부로 우리는 춥고 외롭구나. 돌아보니 어느새 몸이 없다.

나도 너에게 선물이길 기도한다

•

오래전 중국을 여행할 때였다. 겨울이었고 모래바람 심한 둔황 근처였다. 홑겹 단화 밖으로 맨발목이 발갛게 드러난 허름한 차림의 젊은 여자와 어린 딸애가 덜렁 쇠화덕 하나 놓고 군고구마를 팔고 있었다. 여자에게서 군고구마 한 봉지를 샀다. 3위안이라 했고, 나는 10위안짜리 지폐를 여자에게 건넸다. 여자가 거스름돈을 찾는 사이 나는 딸애와 잠깐 눈을 맞추었다. 성에꽃 같은 아이였다. 거스름은 필요 없다고 여자에게 말한 다음 순간, 여자가 나를 똑바로 바라보더니 닦아세우듯 말했다.

"부야오!" 필요 없다, 이러지 마라. 그때 여자의 그 눈망울, '지금 나에게 적선하는 거니?' 따지는 듯한, 자존감 가득한 눈망울! 그 여행에서 내가 만난 가장 강력하고 아름다운 눈이었다. 여자는 결국 거스름을 주지 않았다. 대신 여자는 뜻밖의 선물을 주었다. 건넸던 군고구마 봉지를 도로 가져가더니 거기에 고구마를 미어지게 담아 내 손에 다시 들려주었다. 여자가 무어라 빠르게 말했으나 내가 알아듣지 못하는 표정이자 내 눈을 똑바로 바라보며 또박또박하게 말했다. "게이 니, 리우!" 너에게 준다, 선물이다! 종이봉투가 터질 것 같은 군고구마 한 봉지. 내가 받아 든 것은 고단한 현실을 뚫고 나온 한 소절의 맑고 당당한 노래, 가난의 강압으로부터 자유로운 마음의 선물이었다. 여자가 베푼 뜻밖의 포틀래치(북서부 아메리카 사회의 과거 의례 중 하나로 사람들을 초대해 음식과 선물을 나누어 주는 축하연), 이 세상 추운 마음 하나를 덮는 시, 나도 너에게 작은 선물이기를 기도한다.

나는 자유예요
당신이 얻고자 하는
많은 것들과
아랑곳없는
완전한 폐허예요

그놈의 경제 타령

•

경제제일주의는 이제 이 나라의 종교다. 기득권자들의 도깨비 방망이는 언제나 '경제 살리기'이고, 실제로 '살려놓은' 경제 수준에 상관없이 다수의 국민은 '경제 살리기'에 목을 맨다. 이상하지 않은가. 절대빈곤을 겪는 것도 아닌데 왜 우리는 이토록 '경제'에 목매게 된 것일까. 행복의 가치를 향한 공동체 문화는 점점 사라지고 돈을 향한 탐욕은 점점 노골화되고 있다. '부자 되세요!'가 그 어떤 가치보다 앞서는 사회의 구성원이라는 것은 얼마나 슬픈 일인가. '후진'이라기보다 '저질'이라 말해야 할 이 모든 사회 분위기에 이명박, 박근혜 대통령은 딱 맞아떨어진다. 냉정하게 말한다면, 그 사회 수준에 맞는 대통령이 나온 것이다.

솔직히 말하자. 우리를 '먹고살게' 해주었다고 믿는 과거의 대통령 딸이 지금 대통령이 될 수 있었던 것은 '그놈의 경제'에 대한 국민의 강박관념이 생각보다 강하기 때문 아닐까. 대통령과 보수여당의 만병통치약인 경제지표가 좋아진다 싶으면 어떤 악행을 저지르건 지지도가 올라가는 사태는 우리의 '경제 노예' 상태를 반영하는 것 아닐까. 여기는 '자유민주주의공화국'인가. 우리는 자유로운가? 정말 자유로워지려면 경제제일주의 약병을 깨뜨려야 한다. 이 약병 속에 든 것이 노예의 족쇄와 채찍임을 자각해야 한다. 움켜쥐고 드잡이할 일이 아니라 산산이 깨뜨려 실체를 보아야 할, 우리가 우리를 구하기 위해 지금 가장 절박하게 버려야 하는 것이 '그놈의 경제 타령'이다.

도둑 중에 제일 큰 도둑

•

　새누리당 홍문종 의원이 포천의 아프리카박물관을 80억에 매입했다가 4년 만에 다시 내놨다. 그곳은 입장료를 받는 아프리카 공연장과 민예품을 파는 매장이 주요 시설인 상업 박물관이고, 딸린 부지가 33050제곱미터나 되는 곳인데 한국의 국회의원에게 그게 왜 필요했을까. 아프리카 문화예술을 남달리 사랑해서? 아프리카를 돕는 구호사업을 위해? 그게 말도 안 되는 게 아프리카인으로 구성된 예술공연 단원들에게 최저임금조차 주지 않아 노동착취 논란을 빚은 곳이 바로 그곳이기 때문이다. 그 땅은 홍 의원이 매입할 때 이미 개발제한구역이 풀렸기 때문에 떼돈을 벌려는 게 아니냐는 의혹을 샀던 터다.

　상상해본다. 꿈같은 일이지만, 그 땅을 집 없는 지역구 주민들에게 나눠 주려고 샀다면! 국회의원이나 지자체장이 되면 자기 부동산을 해당 지역 주민에게 내놓는 법안을 만든다면! 국민 세금으로 고액 월급과 평생 연금의 예우를 받으니 그들이 진정으로 '국민을 위해 일하고자' 하는 자들이라면 그 정도 성심은 있어야 하지 않나. 비노바 바베가 주도했던 '토지헌납운동' 같은 게 저마다 '애국자'라 자칭하는 정부 요직자와 국회의원들 사이에서 일어난다면! 그 정도는 돼야 이 썩을 대로 썩은 부패공화국의 '대개조'에 시금석이 되지 않겠나. 왼쪽 주머니에서 꺼내 보여주고 오른쪽 주머니로 되가져가는 얄팍한 기부 말고 말이다. 사리사욕을 채우기 위해 '국회의원질'을 하는 자가 있다면 그가 도둑 중에 제일 큰 도둑이다.

내 시간을 훔쳐가는 자 누구인가

•

한 사회의 가장 부조리한 문제는 놀고먹는 사람 때문에 생긴다. 게으른 노동자 이야기냐고? 그 반대다. '열심히 일한 사람이 정작 못 먹는' 부조리한 노동의 소외 말이다. 노동자는 자기가 만든 것을 다시 사기 위해 평생 일해야 한다. 노동은 신성한 것이니 열심히 하라고 등 두드려준 자들은 적게 일하고 가장 많이 가져간다. 그 소수가 다수의 빈곤을 만든다. 현행 근로기준법의 1일 법정 근로시간은 여덟 시간. 그러나 야근에 휴일까지 일 시키는 곳이 허다하다. 시계추처럼 오가며 과다 노동에 시달리다 한 번씩 폭발해 '이게 사는 건가?'라고 절규할 때 우리는 과연 스스로를 위해 무엇을 더 할 수 있을까. 가장 좋은 것은 즉각 멈추고 짐을 싸 떠나는 것이다. 하지만 여러 이유로 자기 환경을 바꿀 수 없는 사람이 대부분이다. 그래서 우리는 물어야 한다. "내가 죽도록 일한 시간을 훔쳐가는 자는 누구인가?" 이 질문과 함께 '나의 시간'을 회복할 수 있는 다른 조건의 삶으로 아주 조금씩이라도 나아가야 한다. 한 발 한 발 독립운동을 하는 심정으로 빼앗긴 '내 시간'을 되찾자. 이 맥락에서 나는 최근 진행 중인 '기본소득' 논의가 더욱 활발해져 실제로 도입될 날을 열망한다. 급진적 평화주의자 스콧 니어링은 "생계를 위한 네 시간의 노동과 네 시간의 지적 활동. 그리고 네 시간의 친교의 시간이면 완벽한 하루가 된다"라고 했다. 우리가 일해서 내는 세금은 '인간의 품격'을 위해 쓰여야 옳다. 어떤 예산보다 더 비중 있게 다뤄져야 한다.

기침을 하자, 환멸이여

●

정당이 헌법재판소에 의해 강제해산 당하자 유림(儒林)인 아버지가 전화해 한마디 하셨다.

"세상이 뒤로 가도 한참 뒤로 가는구나. 이런 시국엔 언행을 함부로 하지 마라."

아버지와 나는 20년도 더 전에 바리케이드를 사이에 두고 만난 적이 있다. 전교조 결성 지지 집회를 막으려고 동원된 장학사와 교장들 틈에 아버지가 있었고 그 반대편에는 내가 있었다. 그 후 놀란 어머니가 다그치셨다. 연좌제가 얼마나 무서운지 아느냐. 너 때문에 공무원인 아버지가 피해볼 수 있다. 함부로 언행 하지 말고 그저 납작 엎드려라……. 그게 언제 적인데 21세기에도 여전히 '종북 유령' 타령인가.

이 땅에서 견뎌야 하기에 차마 못 하던 말, 그리하여 문학작품에서나 쓸 수 있던 말, 그 말을 오늘은 할 수밖에 없다. 환멸, 환멸의 시대라고. 나는 통합진보당에 매우 비판적인 사람이지만, 정당의 존립 여부는 유권자가 결정하는 거다. 정당 설립과 활동의 자유는 헌법이 보장하는 민주주의의 핵심이다. 박제당한 민주주의의 퀭한 유리 눈. 이 불길한 전조 위에 '광기'라고 쓸 수밖에 없는 날. 정치도 법도 개선의 여지가 안 보이는 이 땅의 미래는 어디를 향해 가는 것일까.

답답한 날들이지만, 어둠이 깊을수록 가슴속 불씨를 꺼뜨리지 않아야 한다. 환멸에 잡아먹히지 않도록 저마다의 빛을 간식한 채 기침을 하자.

부르주아 천민의 선정적 유혹 너머

•

대법원이 쌍용자동차 정리해고 무효 확인소송을 파기환송 한 날 쌍용차 주가가 뛰었다. 끔찍한 천민자본주의, 라고 나는 씹어 뱉었다. 한술 더 떠 정부에선 이제 대놓고 정리해고를 쉽게 하는 방안을 마련 중이라고 한다. 사회 전반에 걸친 자본과 물신에의 노예화는 끝없고. 정리해고를 통한 기업의 노동자 살해는 이제 더욱 뻔뻔해질 태세다. '천민'이라는 말이 태생적으로 가진 신분의식 때문에 나는 천민자본주의라는 말을 싫어한다. 그런데 이 나라의 '가진 자'들은 자신들이 물신의 노예임을 가장 천박한 행위로 증명해 보여준다. 급기야 압구정동의 한 아파트에서 입주민의 모욕적인 대우를 견디다 못한 경비 노동자가 자살하고, 그의 죽음으로 인해 아파트 명예가 훼손됐다며 경비 노동자 전원을 해고했다는 소식이 들리는 실정이다. 아, 천하구나. 당신들. 이러지 마라.

부르주아의 가식과 탐욕을 신랄하게 조롱하는 루이스 부뉴엘 감독의 영화 〈부르주아의 은밀한 매력〉에서조차 적어도 투명 마지노선이 있다. 일상이 허위의식에 가득 찬 것일지라도 인간인 이상 최소한 '척이라도 해야' 하는 부르주아들이 거기엔 있다. 그런데 한국의 부르주아들에겐 그마저 없다. 어쩌다 이렇게 되었나. 부끄러움 없이, 비인간성의 극점에서, 이보다 더 천박할 수 없는 방식으로, 노골적인 탐욕에 예속된 물질의 노예들로서, 인간의 품격에 대해 이토록 무지한 이 지독한 부르주아 천민의 선정적 유혹 너머에 우리를 기다리는 것은 대체 어떤 세상일까.

평택으로 이사하고 싶은 마음

●

'청포도 익어가는' 계절이다. 재보궐 선거가 끝날 때까지 또 얼마나 염증 내며 '저놈의 정치판'을 지켜봐야 하나 내심 걱정되던 참에 갑자기 온몸이 상큼해진다. 평택을 선거구에 쌍용차 해고자 김득중 씨가 출마한다는 단비 같은 소식 때문이다. 해고 노동자가 자신이 해고된 회사가 있는 바로 그 지역에 출마한다! '진보 단일 후보' 뭐 이런 수식이 이름 앞에 붙어 있지만, 아유, 한국 사회에서 진보고 단일이고 이런 말은 이미 털 빠진 맨살처럼 후줄근하다. 중요한 것은 그가 '노동자 후보'라는 것이다. 지난 대선 운동 기간 여야가 한목소리로 약속했던 쌍용차 청문회는 결국 공허한 말뿐으로 꿀꺽 사라졌다. '정치판 종사자'들이 노동자의 입장을 몸으로 살지 않기 때문이다. 정치꾼들에게 백날 말해봐야 그들에겐 모든 것이 정치권력을 위한 도구가 될 뿐이다. 노동자의 문제는 노동자가 풀겠다는 이 각오와 출발이야말로 한국 사회 대의민주주의의 헛헛한 실상을 간파하고 그 현장을 혁명적으로 바꿔가는 방법의 하나다. 당선 불가능이 뻔한데 뭣하러 힘 빼느냐는 식의 '의식 공작'이 우리를 부자유하게 해선 안 된다. 결과에 상관없이 걸음을 내딛는 것만으로도 새로운 근육을 키우는 일이니까.

게다가 무소속 노동자 후보 김득중 씨와 맞붙을 사람이 고용노동부 장관 시절 노조 탄압을 진두지휘한 새누리당 임태희 씨다. 대의민주주의에 심드렁한 나 같은 사람이 선거에서 찍고 싶은 사람 때문에 평택으로 이사하고 싶은 이런 마음, 들어는 봤나.

너무나 서민적인 서민이여, 안녕

•

　정치인들은 흔히 '민생'과 '서민'을 말한다. 두루 쓰이지만 나는 이 말들이 불편하다. 뭔가 '통치는' 느낌 때문이다. 백성 '민' 자의 봉건적 한계 때문일 수도 있다. 이 말들은 계급 불평등을 교묘하게 숨긴다. 고소득층도 저소득층도 자본가도 노동자도 '백성'이다. 그런데 왜 현실에서 민생정치는 자본력을 가진 계급의 이익으로 귀결되는 것일까? 용산, 4대강, 쌍용차, 강정 문제들에 걸쳐져 있는 정치라는 것이 결국 무소불위 자본에 유착한 공권력의 자본 수호 방식 아닌가. 이러한 정치권력이 속내를 숨기고 두루뭉술하게 남발하는 말들이 바로 '서민의 살림살이' 운운이다. 선거 때가 되면 별안간 시장통에서 어묵을 찍어 먹고 목도리를 둘러주는 웃지 못할 정치인들의 코미디가 여전히 반복되는 것은 '서민'의 정서가 너무 '서민적'이기 때문일 수도 있다. 부당 대우를 받으면서도 꾹 참고 좋은 게 좋은 거지 하고 사는 '착한 서민'일랑 이제 그만 안녕 하자. 방송에서 '노동자'라는 말을 쓰는 것을 자체 검열하며 '근로자'라 바꿔 불러야 안심하는 사회 분위기 역시 계급 불평등을 숨겨야 할 필요 때문일 터. 우리는 언제쯤 이 모호하고 해묵은 불평등의 말들로부터 자유로워질 수 있을까. 저소득층, 빈민, 노동자, 농민 등 '서민'으로 퉁쳐지는 모든 주체가 자신들의 요구를 말할 수 있는 사회가 되길 바란다. 해고 노동자 출신의 국회의원 후보가 등장한 이번 보선을 내가 주목하는 가장 중요한 이유가 여기 있다.

꼴값하자, 좀!

•

인간은 눈물 앞에 관대하다. 다행한 일이다. 간혹 위선의 눈물을 볼 때가 있지만, 그래도 눈물이 있어 그나마 인간의 역사가 아주 흉측해지지는 않았으리라. 그런데 최근 희한한 경험을 했다. 한 남자의 눈물을 본 것이다. 그는 자기가 서울시장 후보가 못 될까 봐 진심으로 많이 힘들었던 모양이다. 그 진심이 고스란히 느껴졌다. 서울시장 최종 후보 수락 연설을 하며 흘린 정몽준 씨의 눈물 얘기다. 참으로 희화적이고 그로테스크했다. 보는 내가 다 부끄러웠다. 울어야 할 곳이 거기가 아니고, 울어야 할 때가 그때가 아님을, 일일이 따라다니며 가르쳐줄 수도 없고 도대체 저런 정서와 의식의 수준을 어쩌지 싶었다.

3월과 4월 두 달 동안 현대중공업 계열사에서 벌어진 산재 사고로 8명이 사망했다. 서울시에 안전 시스템을 구축하겠다는 분이 정작 안전조치 미흡으로 사망한 자사의 노동자들을 추모하는 분향소에 다녀갔다는 이야기를 들어본 적 없다. 그의 눈물은 한국에서의 '성공'이란 게 어떤 수준인지 적나라하게 보여준다. 수준이 낮고 문명과 교양이 발달하지 못함을 뜻하는 말이 '미개'다. 국민 정서가 '미개하다'는 그의 아들의 말이 아버지인 그에게 오버랩되어 보인다. 정치가 지향해야 할 공공선의 가치와 너무나 동떨어진, 사적 욕망의 달성을 위해 정치판에 뛰어든 미개한 정치가와 미개한 부자가 이 나라에는 너무나 많다. 수준 좀 높이자, 제발. 사람으로 태어난 꼴값을 좀 하고 살자.

새로 생긴 별자리, 노랑리본자리

•

일상이라는 말이 낯설다. 밤하늘을 올려다보다가 가슴이 막혀 온다. 어린 별들이 떴다. 울고 또 운다. 비참하고 끔찍한 일을 '참 사'라고 한다. 이 말은 행위의 주체를 숨긴다. 다시 쓴다. 세월호 에서 학살이 일어났다. 용산의 망루에서 사람들이 살해당한 것처럼, 세월호에서 승객들이 수장당했다. 침몰 당시 승객들은 '목숨 가진 존재'인 생명이 아니라 화물 취급당했다. 구할 수 있는 시간 이 있었음에도 생명에 대한 감각이 완전히 마비된 자들에 의해 사 람들이 죽었다.

괴물의 탄생이 새로운 일은 아니다. 유신시대 이후 개발독재의 광풍을 거치며 '경제 부흥'이 기득권층의 만능열쇠가 된 이래 이 제 생명을 귀하게 여기는 마음은 거의 언제나 땅에 뿌리박고 사는 민중의 몫일 뿐이다. 이윤의 추구와 권력의 유지보다 중요한 게 없는 이 나라 기득권자들의 행보가 현실 세계를 점차 지옥도로 만 들고 있다.

언제나 말할 때는 지금이며, 행동할 때는 지금이다. 선거하고 세금 내는 머릿수에나 국민이 필요할 뿐 정작 국민의 안위에 관심 없는 '그들의 국가' 따위가 필요한가. 필요한 건 생명이 귀하게 존 중받는 안전한 사회다. 속해 있을 때 행복해지는 '우리의 나라'다. 무기력해지지 말자. 새로운 판을 짜야 한다. 사람을 진실로 사랑 하는 사람들과 손을 잡자. 울고 있는 옆 사람과 손잡자. 붉은 밤하 늘에 새로 생긴 어린 별자리. 옹기종기 손잡은 '노랑리본자리'에 서 우리 아이들이 내려다보고 있다.

굳어버리지 않은 가장 여린 생명의 감각

•

한 달째 계속된 촛불의 물결을 이끈 중고등학생 벗들. 생명을 벼랑으로 밀고 가는 너무도 위험하고 무능한 '협상'에 대해 본능적으로 위험을 감지한 우리 아이들이 광장으로 모였을 때, 그것은 말랑말랑한 감각의 열린 축제였다. 그들은 광장에 모여 자유롭게 토론하고 발언하고 놀고 격려하며 소통했다. 노래하고 춤추고 손뼉치며 비폭력 평화시위의 질서를 내부로부터 길어 올렸다. "이것은 굳어버리지 않은 가장 여린 생명의 감각이다." 나는 이렇게 메모장에 썼다. 한 방향을 향해 걸으면서도 툭툭 장난치며 서로 다른 걸음걸이로 걷고 있는 아이들에게서 자율과 민주의 새로운 희망을 보았다. 광장의 10대들에 20대가 동참하고 마침내 어른들까지 모여 함께 놀았다. 놀면서 뜻을 전했다.

지도부 없는 자발적 참여 역사를 가져본 아이들, 즉석 토론으로 행진 길을 스스로 정해본 아이들. 내게 이것은 'X세대'보다 놀라운 싱그러운 '촛불세대'의 출현이었다. 역사의 진화 방식에 대해 회의적인 내게 어렴풋하지만 희망이라는 말이 떠올랐다. 이 아이들이 만들어갈 미래가 궁금했다. 5월이 지나고 6월이 시작됐다. 살수차의 물대포가 시위대를 향해 난사될 때, 그것이 상징적인 총이라는 것을 깨달았다. 비폭력 평화의 방법으로 자신들의 의사를 전달하려는 시민의 염원을 일거에 짓밟는 폭력. 진화한 21세기의 시민을 막아서며 대치한 것은 여전히 20세기의 정치권력이었다. 도대체 누가 시민이 낸 세금으로 그들에게 물대포를 쏘랬나. 도대체 누가 우리 아이들을 군홧발로 짓밟으랬나. 방패로 찍으랬나.

도대체 누가! 20세기를 참으로 힘들게 통과하며 내내 우리를 괴롭힌 그 '누군가들'의 망령은 여전히 우리 안에 있다. 대통령도 알고 있을 우리의 상식. 모든 권력은 국민에게서 나온다. 가장 중요한 헌법기관은 바로 여기, 살아 숨 쉬는 시민의 몸과 마음이다. 건강하고 행복하게 살고자 하는 가장 자연스러운 몸과 마음이 법의 원천이다.

6월로 접어들며 시위에서 '독재 싫어!'가 등장하기 시작했다. 지금이 어느 시대인데 독재냐고? 나는 '독재 싫어!'를 외치는 보송보송한 아이들의 뺨을 바라보며 눈이 부시다. 촛불 광장에서 놀던 아이들은 알아채버린 것이다. 독재는 멀리 있지 않다는 것. 하드웨어적인 독재의 시대가 끝났다고 해서 우리 내부의 독재가 자동 소멸한 것이 아니라는 것을. 국민을 섬겨야 할 정부가 섬김은커녕 귀 막은 채 국민을 윽박지른다면 그것은 독재다.

나는 소프트웨어적인 독재의 변모를 민감하게 감지하는 아이들의 촉수에 다시 한번 놀란다. 정치에 대한 학습이 전혀 없는 저 아이들이 '독재'를 입에 올릴 때, 그것은 '생명의 감각'이다. 자신들의 오늘과 미래를 옥죄려는 거대한 힘에 대한 본능적이고 때 묻지 않은 거부. 당파적 이익이나 이데올로기와는 무관한 이 거부를 그저 단순하고 즉자적인 '어린애들'의 것이라 폄하할 수 있을까. 이것은 오히려 새로운 민주의 가능성, 민주의 진화 현장이 아닐까. 이 아이들의 머리털 하나 손끝 하나도 다치게 하지 마라.

우리는 '아직 죽지 않은 자'들일 뿐

●

설마 했는데 세월호 특별법 제정이 표류하는 기미가 역력하다. '세월호 전과 후'라는 표현이 흔해질 만큼 전 국민의 일상을 뿌리째 뒤흔든 슬픔과 공분의 시간. 이미 물속으로 반 넘어 가라앉고 있는 '대한민국호'를 끌어 올릴 수 있는 희망의 마지노선이 여기다. 수사권과 기소권이 포함된 완전한 특별법 제정! 이것이 되지 않는다면 우리는 한 발짝도 나갈 수 없다. 희생자 가족들은 보상을 바라는 게 아니라 철저한 진상 규명을 요구하는 것이다. 그런데 대체 이게 뭔가. 살아도 산 게 아닌 지옥을 견디는 유가족들이 국회 앞에서 노숙을 해야 하고, 땡볕 내리쬐는 거리에서 단식까지 해야 하는 상황이 벌어지다니. 십자가를 메고 걸어야 하는 것은 정치인과 사고에 책임이 있는 자들이 할 일인데 유가족과 단원고 학생들이 그 짐을 지고 있다. 여당의 기회주의와 몰상식이 도를 넘는다 치자. 대체 뭐 하자는 야당 대표들인가. 제 잇속 계산에 바쁜 잔머리와 상대적 무력함을 가장한 간 보기, 신물 난다.

시신 한 구가 더 수습되었다는 소식에 "이제 곧 100일이다"라는 고통스러운 탄식이 터져 나왔다. 글을 쓰는 지금, 광화문 광장에서 지인의 메시지가 도착했다. 단식 중인 유가족 한 분이 쓰러지셨다고 한다. 직시하자. 우리는 '아직 죽지 않은 자'들일 뿐이다. '요행히 살아남은 자'들일 뿐이다. 지금 같은 대한민국이라면 다음 죽음은 언제든 나와 내 가족, 친구들 차례가 될 것이다.

모두 틀렸다!

●

세월호 특별법에 야합한 여야는 저마다 책임 회피에 급급하고 여론 무마에 바쁘다. 더는 한국에 '야'는 없는 것 같은데 그들은 여전히 '여야' 구도로 싸우고, 각 진영의 내부도 마찬가지다. 국회는 비어 있기 일쑤고 온갖 계파 갈등에 만나기만 하면 계산질, 삿대질, 욕설이 일상이다. 이미 망한, 망해가는 정치판을 보며, 1400년 전 자유자재했던 철학자, 종교개혁가, 혁명가이자 수행자였던 원효를 떠올린다. 한국 정치판 인사들에게 권한다. 부디 원효의 화쟁 사상을 공부하시라고. 원효의 화쟁론은 대화론이다. 장님이 코끼리 만지는 예를 들어 그는 말한다. 다리를 만진 이는 코끼리가 기둥 같다고 하고, 몸통을 만진 이는 벽 같다고 한다. 모두 자신이 직접 만져본 것을 토대로 말하고 있으므로 자기주장이 옳다고 확신한다. 그래서 서로 싸우며 삿대질하고 욕하고 물고 뜯는다. 원효는 이들을 두고 외친다. "모두 옳소(皆是)!" 왜냐고? 그들이 각각 주장하는 것이 코끼리 아닌 것을 언급하고 있지는 않으니까. 동시에 원효는 이렇게 일갈한다. "모두 틀렸소(皆非)!" 누구도 코끼리의 참모습, 전체 실상을 파악하지 못하고 있으니까. 지금 한국 정치판에 가장 필요한 것은 "모두 틀렸다!"는 자각과 성찰인 듯하다. 나는 옳고 너는 틀렸다가 아니라, 틀린 너희를 옳은 내가 가르치겠다는 고집불통이 아니라, '모두 틀렸다'는 것을 인정하는 것. 국민이 안중에 없는 정치는 "모두 틀렸다!"

여긴요, 기도가 일이에요

●

안중근. 세월호 참사 54일 만에 발견된 이백구십이 번째 희생자. 마지막에서 두 번째로 부모 품에 돌아온 아이. 단원고 2학년 열일곱 살 중근이. 그 애가 나를 빌려서 쓴, 중근이가 쓴 시는, 9월 27일 안산의 '치유공간 이웃'에서 낭송됐다. 이날은 중근이 생일. 죽은 사람은 생일이 없어진다는데 부모에겐 아이 생일이 그렇지 않은 거다. 250명 아이들 전부는 못 하더라도 생일이 파악되고 부모님과 연이 닿은 아이들의 생일을 '이웃'이 챙긴다고 한다. 그 첫 번째 생일잔치가 중근이 생일이다. 국가가 회피하는 짐을 이웃이 지고 아이들은 고사리손을 내민다. 중근이는 이런 생일잔치를 고마워하긴 하겠지만, 아무것도 해결되지 않는 지상을 내려다보는 마음이 좋지만은 않을 것이다. 진실을 덮어 가리고 양심을 수장시킨 세상 한편에서 이토록 서러운 생일상을 차리는 사람들의 마음도 편치만은 않을 것이다. 아이들을 위해 충분히 울어줄 시간도 갖지 못한 채 거리에서 지쳐가는 우리 시대의 부모들. 봄의 통곡이 가을의 통곡으로 이어지는 참혹한 시절, 함께 울며 손잡은 이웃의 온기에 기대어 지옥을 건너는 중이다. 잘못을 감추는 일로 평안이 도래한 적은 없다. 반성과 참회 없이는 한 발짝도 전진할 수 없다. 세월호의 상처가 상처로 그치지 않고 우리 사회를 튼튼하게 할 수 있도록 우리의 연약함을 꺼내 이야기하자. 중근이가 말하는 것 같다. "여긴요, 기도가 일이에요. 사랑하니까, 힘내세요."

물방울 하나씩의 힘

•

그날처럼 대한민국호의 선장은 배를 버리고 도망갔다. 그도 답답했을 것이다. 1년이면 웬만하면 잊어먹어야 하는 시간인데 잊기는커녕 상주를 자청한 국민이 대규모 추모제를 연다고 하니 속 시끄러웠을 것이다. '지겹다'고 입이 되어주던 사람들마저 차츰 이 막돼먹은 정권에 피로감을 느끼는 시점이니 그도 불안하긴 할 것이다. 상가에 최루액 난사하는 일쯤엔 손톱만치도 윤리적 동요를 하지 않는 철벽 공권력에 머리 아픈 일 맡기고 선장은 외유 갔다. 경찰은 '불법 폭력'으로 충성을 다했다. 유림인 내 아버지가 가끔 인용하는 《정관정요》의 한 구절이 떠오른다. "군주는 배이고 백성은 물이다. 물은 배를 띄울 수도 있지만, 배를 엎을 수도 있다." 《정관정요》는 당나라 태종이 그를 보좌한 신하들과 문답한 정치 문답집이다. 당 태종 곁에는 뛰어난 인재가 많았는데, 태종은 이들의 직언과 비판을 잘 받아들여 정치에 반영했다. 또한, 그는 군주의 자리가 백성이 만들어준 것임을 알고 있는 지도자였다. 배를 엎는 힘 역시 백성에게서 나옴을 알았던 그는 몸을 낮추어 백성 앞에 겸손했다. 백성의 뜻을 살펴 받드는 것이 군주의 자리를 유지하는 길임을 알았던 당 태종시대를 태평성대 '정관의 치(治)'라 부른다. 사회적 스트레스와 집단 우울 증세가 나날이 짙어지는 지금 여기는 어떤가. 이쯤 되면 물이 요동쳐 배를 엎어야 하지 않겠나. 그만 엎어버려야 할 배와 어서 건져 올려야 할 배 사이, 물방울 하나씩부터 꿈틀거려야 한다.

해골로 만든 배

●

　손오공, 저팔계, 사오정 캐릭터로 사랑받는 《서유기》는 당나라 승려 현장의 인도 구법 여행기이자 견문록인 《대당서역기》를 기초로 '이야기'의 재미를 극대화한 장편소설이다. 영생을 얻기 위해 방랑하던 손오공이 스승 수보리 조사를 만나 신통술을 배우고 천상 세계를 어지럽히다가 석가여래에게 잡혀 오행산 아래 짓눌리게 되는데, 현장 삼장을 만나 함께 인도로 불경을 가지러 가게 된다. 손오공, 저팔계, 사오정은 어리석음, 탐욕, 성냄의 마음을 상징하니 서유기의 큰 맥락은 결국 '마음 다스리기' 여정인 셈이다. 여기에 매우 흥미로운 곳이 나온다. 바로 '통천하'다. 통천하는 아무것도 뜨지 못하는 드넓은 강이다. 새 깃털도 뜨지 못하고 심지어 그림자조차 가라앉아버린다. 당연히 어떤 배도 띄울 수 없는 데다 요괴까지 살고 있다. 그러나 불경을 구하러 가기 위해서는 그 강을 꼭 건너야만 한다. 일행은 요괴를 물리치지만 건널 배를 구하지 못해 허둥댄다. 그런데 통천하에 사는 요괴가 잡아먹은 사람 중에 인도로 가던 구법승들이 많았다. 모든 것이 가라앉는 그 강에 스님들의 해골만은 가라앉지 않았기에, 그 해골들로 배를 만들어 타고 일행은 강을 건넌다. 역사는 구법 여행에서 성공하고 돌아온 현장의 쾌거만을 기록하지만, 문학이 된 구법기는 이처럼 한 사람의 성공 뒤에 있는 무수히 많은 사람의 희생을 '해골 배'로 깨알같이 드러낸다. 인간의 역사 어디쯤을 살아가건 지금 살아 있는 우리는 모두 해골을 탄 존재들 아닐까.

'자신의 싸움'을 포기하지 않는 평화의 힘

•

'만화예술'이라는 찬사가 적절한 만화들이 있다. 엠마뉘엘 르파주의 르포르타주 만화《체르노빌의 봄》도 그렇다. 원전 사고 22년 후 직접 체르노빌로 간 작가가 핍진한 현장성과 예술성으로 구현한《체르노빌의 봄》은 국가가 은폐한 진실을 찾아내는 끈질긴 질문이 곧 인간성 회복의 여정임을 보여준다. 그러니 부천국제만화축제 초청으로 한국에 온 르파주가 세월호 유가족 농성장과 제주 강정마을을 찾아간 것도 자연스러운 끌림이리라. 그는 강정 해군기지 공사장 정문에서 경찰과 대치한 채 진행되는 거리 미사를 보고 스케치를 했다. "자신의 선택으로 싸움을 이어나가는 사람들의 모습"과 "싸움의 형식"에 관심을 가지며 '예술가의 촉'이 느낀 바를 이렇게 전했다. "발레나 예술적인 퍼포먼스처럼 보였습니다. 10분 만에 경찰이 와서 사람들을 들어내고 사람들은 다시 돌아와서 자리를 잡고요. 그리고 사람들은 노래하고 춤을 춥니다. 마치 '생명과 함께하는 건 우리야!'라고 말하는 것 같았지요." 그렇다. '생명의 느낌', '자신의 싸움'을 포기하지 않는 존재의 연약하지만 강한 힘. 이것이 평화의 힘이지! 길 끝에 도달해야 만나는 목표가 아니라 그 길을 가는 사람들이 만드는 것. 그러므로 평화는 더디게 보여도 더디지 않다. 색색의 조각보를 짓듯이 그렇게 한 땀 한 땀 지은 평화의 힘으로 저 흉물스러운 전쟁 기지를 통째 덮어버리는 날이 올 것이다. 강정, 수많은 강정, 거기에 깃들 평화의 봄!

당연한 일을 위해 너무 많은 수고가 필요한 사회

•

'장애등급제, 부양의무제'라는 말을 들을 때마다 불편하다. '등급, 의무' 이런 식의 표현이 본능적인 거부반응을 불러일으키는데, 내용을 들여다보면 말보다 훨씬 더 심각하다. 장애인 개인의 환경과 필요에 따른 사회보장이 되어야 하건만 제한된 예산 내 행정 편의주의는 장애인의 삶을 점점 고립시키고 있다. 장애등급제는 의학적 기준만으로 장애를 등급화해 장애인이 실제 필요한 서비스를 이용하는 데 장벽이 되어왔다. 매겨진 등급에 갇혀 정작 필요한 서비스를 받지 못한 장애인이 많다는 뜻이다. 부양의무제 또한 1촌 이내 가족의 책임으로 부양의무를 전가해 복지 사각지대를 양산해왔다. 장애등급제, 부양의무제에 반대하는 장애인과 빈민단체 공동행동이 광화문역 지하보도에서 농성을 시작한 지 2년이 넘었다. 지난 대선 때 박근혜 후보는 장애등급제 폐지, 모든 장애인에게 장애인연금 20만 원 지급, 부양의무자 기준 완화를 통한 사각지대 축소 등을 약속했지만 지금껏 아무 소식이 없다. 예산 확대 없이 '장애등급제'라는 이름만 없애고 기존 제도의 모순은 그대로인 제도를 '개선책'이라고 내놓고 심지어 기존 제도보다 후퇴한 기초생활보장법이 논의 중이다. 그러는 동안 김주영 씨, 박지우·지훈 남매, 송국현 씨, 박진영 씨가 이 제도의 폐해로 목숨을 잃었다. 명백한 사회적 타살이다. 부끄럽다. 장애인의 기본적인 권리가 실현되는 것은 당연한 일이다. 당연한 일을 위해 너무 많은 수고가 필요한 사회, 욕이 나오지만, 2년을 줄기차게 싸워온 장애인분들 앞에 내 투정은 정말 투정이다.

나의 방식으로 너를 길들이려 한다면

•

"너는 들어보지 못했느냐? 옛날 바닷새가 노나라 서울 밖에 날아와 앉았다. 노나라 임금은 이 새를 친히 종묘 안으로 데리고 와 술을 권하고, 아름다운 궁궐의 음악을 연주해주고, 소 돼지 양을 잡아 대접하였다. 그러나 새는 어리둥절해하고 슬퍼하기만 할 뿐, 고기 한 점 술 한 잔 마시지 않은 채 사흘 만에 결국 죽어버리고 말았다. 이것은 사람을 기르는 방법으로 새를 기른 것이지, 새를 기르는 방법으로 새를 기르지 않은 것이다."《장자》의 〈지락〉편에 나오는 바닷새 이야기를 곱씹으며 생각한다. 나는 나의 방식으로 너를 길들이려고 한 것은 아닌지. 만약 그렇다면 나는 너와 대화한 것이 아니다. 너의 존재 방식에 섬세하게 깨어 있지 않다면, 내가 아무리 너에게 악수를 청했다고 해도 나는 너와 소통한 게 아닐 것이다. 좀 더 강력하게 말하자면, 그런 태도는 비록 사랑을 말하는 순간에도 누군가를 억압하고 죽인다.

국민과 소통하겠다는 정치가, 현장과 소통하겠다는 행정가, 직원과 소통하겠다는 CEO, 학생과 소통하겠다는 교사, 자녀와 소통하겠다는 부모, 어떤 위치에서든 힘을 더 많이 가지고 있는 사람들이 이를 명심하지 않는다면 사회는 불행해진다. 숟가락 쥐듯 손쉽게 소통과 화합을 혀끝에 올리지 마라. 타인과 진심으로 연결되기 위해선 먼저 나의 욕망을 비워야 한다. 마음의 귀를 쫑긋 세워 작고 여린 소리까지 광대역으로 수신할 것. 진정한 소통을 위하여.

양심의 목소리 따라 살기

•

이예다. '양심적 병역거부' 사유로 프랑스에서 난민 자격을 얻은 91년생 한국 청년이다. 예다의 망명 이유는 징병제 자체에 대한 거부이며, 프랑스는 그 사유를 인정해 그를 망명자로 받아들였다. 그는 중1 때 데즈카 오사무의 《붓다》를 읽으며 생명존중사상과 전쟁에 대한 비판 의식이 처음 생겼다고 한다. 일체의 생명을 적대시하고 싶지 않다는 양심의 소리가 소년의 마음에 생긴 것이다. 시민을 폭력으로 진압하는 의경들, 군대 내 폭력, 해외 파병되어 미국을 위해 싸우는 한국 군대를 보며 그는 계속 질문했다. 권력자를 위해 합법적으로 폭력을 행사하는 집단으로서의 군대, 거기서 총을 들고 누군가를 죽이는 훈련을 받는다는 것 자체가 그 폭력에 동조하는 것 아닌가 하는 질문이 예다를 이끌었다. 결국, 그는 양심의 소리를 따라 난민의 삶을 선택했다. 얼마 전 일본 외신 기자회견에서 그는 징병제 부활 이야기가 흘러나오는 아베의 헌법 개정에 대해 소신 있는 발언으로 일본의 군 문제에 경종을 울렸다. 폭력적인 제도 바깥으로 자신을 밀고 나가는 이런 젊음들이 이 지긋지긋하고 딱딱한 세계를 바꿀 것이다. 너의 이야기를 신문에 써도 되겠니, 하고 물었을 때 그의 대답은 명료했다. "군인권을 위해서, 군대에 아들을 보낸 모든 어머니를 위해서, 온갖 열악한 여건 속에서 아무런 거부권도 없이 최저임금도 못 받으며 2년을 보내야 하는 청년들을 위해서, 모든 사람을 위해서 써주셨으면 해요!"라고.

당신의 영혼은 괜찮은가

•

넬슨 만델라가 지상을 떠난 2013년 12월, 나는 스물일곱 살 청년이 붙인 '안녕들 하십니까' 대자보에 응답하는 수많은 대자보를 보며 '나는 내 운명의 주인 / 나는 내 영혼의 선장'이라는 시구를 떠올렸다. 당신 괜찮으냐고 한 청춘이 물었고, 많은 사람이 그에 응답할 때, 거기엔 '정복되지 않은 자들(인빅터스)'의 속삭임이 있었다. 한국 사회가 조장하는 공포와 무기력과 냉소에 정복당하지 않으려는 안간힘으로서의 말 걸기.

세계의 냉혹함에 순응할 것을 암묵적으로 요구하는 기성의 시스템을 두드리는 연하고 보드라운 질문인 "안녕하니?", "괜찮니?" 그것은 만델라가 감옥에 갇혀 27년을 견디는 동안 자주 읽으며 동료 수감자들에게도 읽어주었던 시 〈인빅터스〉의 마음과 통하는 것일 테다. 이 끔찍한 지옥 속에서도 끝내 우리의 영혼을 지켜낼 수 있기를 바라는 간절함. 아, 우리는 모두 우리 삶의 주인으로 살고 싶어 하는구나.

공포정치의 전형이 뻔뻔스럽게 반복되는 시대착오적인 시대. 서글프지만, 서글퍼하고 있을 시간이 없다. 공포가 내면화되는 속도는 생각보다 빠르다. 공포는 현실도피는 물론 우리의 심신을 무기력과 냉소에 빠지게 한다. 냉소는 세상에 대해 취할 수 있는 가장 손쉬운 항복의 포즈다. 무기력과 냉소에 오염되면 내 삶의 주인으로 살 수가 없다. 그러니 슬픈 시대일수록 정신 차려 자신의 내면을 잘 돌봐야 하리라. 물신과 공포의 노예로 사는 게 아니라 자기 삶의 진짜 주인으로 살기 위해.

오늘의 나를 이루어낸

그 배추

그 시금치

그 고등어

그 꼬막

그 복숭아

죽어서 나를 살린

밥 한 그릇

저 한 방울

나 여기 살아 있다

고맙고 고마운 세상

사람이 사람의 미래다

•

서울시 교육감 후보 조희연 씨의 《병든 사회, 아픈 교육》이라는 책과 고승덕 씨의 《주식실전포인트》라는 책을 나란히 떠올려본다. 이들이 살아온 인생과 앞으로 이들이 사회에서 할 수 있는 일이 무엇인지 확연하게 드러난다. 돈 잘 버는 법을 가르쳐주는 변호사가 느닷없이 교육감 후보라니, 아마도 '교육감'이 무엇을 해야 하는 자리인지를 모르는 것 같다. 권력에 한 걸음 더 가까이 가려는 생각만 하는 사람들이 만들어내는 웃지 못할 해프닝이겠다.

내가 사는 강원도의 교육감은 민병희 씨다. 나는 20여 년 전 대학 재학 시절 민병희 '선생님'을 처음 보았다. 그때부터 그분은 이미 청소년들에 대한 사랑과 참교육에 대한 열정이 남다른 '진짜 선생님'이었다. 세월호 참사에 시국성명서를 낸 교사들을 적발해 중징계하라는 정부의 엄포에 강원도 교육청은 가장 먼저 '말도 안 돼. 우리 교사들은 못 건드려!'라고 제동을 걸었다. 민병희 교육감이 강원도민의 신뢰를 받는 이유는 그의 교육정책의 질과 방향에서 학생이 누구이며 교사가 무얼 하는 사람인지를 분명히 보여주기 때문이다.

뽑을 사람이 없어 투표하러 가기 싫다는 지인들에게 말한다. "그 맘 잘 아는데 교육감 선거는 꼭 해야 해!"라고. 무도하고 파렴치한 권력이 득세할수록 아이들을 잘 지켜내야 한다. 모든 것이 망가진 폐허 위에서도 사람들이 가장 먼저 학교를 짓는 이유는 사람이 사람의 미래임을 알기 때문일 터이다.

그날이 오길 기다린다

•

　지방선거가 끝났다. 개선점이 많다. 고령 유권자 중엔 여러 장의 종이가 두려운 분들이 많다. '어르신'들의 투표용지는 모조리 1번이 되기 십상이다. 누구를 왜 선택해야 하는지에 대한 사유가 진행되지 못한 데다, 이 많은 빈칸의 식별이 너무 어렵다. 게다가 농촌 지역엔 글을 모르는 어른들도 있다.

　다른 건 차치하고, 여태도 내가 답을 찾지 못한 질문이 있다. 교육감 선거에서 청소년이 제외되는 난센스 말이다. 자신들의 삶을 결정지을 행정가를 뽑는데 당사자들에게 투표권이 없다는 게 이상하지 않은가. 중학생이 선거권을 갖기에 너무 어리다면 일단 양보하겠다. 하지만 고등학생은 자신의 안목과 판단으로 교육감을 뽑기에 충분하고도 넘친다. 교육에 관해 아무 관심 없는 고령의 유권자 표를 고등학생 표로 전환해야 하지 않을까. 교육정책의 당사자인 10대들이 선거권을 가져야 교육 현장이 진짜로 변한다. 어떤 교육을 원하는지 10대들에게 물어야 한다. 학교의 주인이 행복하지 못하면 대한민국의 미래는 영영 불행하다. 조기교육이 경쟁교육의 동의어이고 학교가 학원의 유의어인 불행한 나라의 아이들이 언제까지 희망 없는 어른들 세계의 볼모로 잡혀 있어야 하나. 자신들이 원하는 학교를 꿈꾸며 토론하고 교육감 후보를 광장에 불러 정책 질의를 하고 논의하는 아이들 모습을 떠올려본다. 선거 과정 자체가 인문사회학적 소양의 개발과 민주주의 학습 과정이 되는 축제 같은 교육감 선거. 그날이 오길 기다린다.

서울대 보낸다고?

•

아이와 부모가 '입시경쟁'이라는 오랏줄에 묶여 10여 년의 시간을 보내는 기괴한 사회가 바뀔 수 있을까? 한국 사회의 부조리 집결체인 대학 서열화를 해체하고 '자기 공부를 찾아가는 사회'를 도래케 할 수 있는가? 그 멀고 먼 꿈을 위해 교육감만큼은 반드시 잘 뽑아야 한다고 생각한 사람들이 많았을 것이다. 나 역시 그래서 진보적이라고 자처하는 교육감을 지지했다. 그런데 내가 지지한 조희연 서울시 교육감의 최근 행보는 불안하다. 자율형 사립고등학교 문제에 대응하는 교육감의 사유 수준과 발언들은 애초 기대한 교육감의 '진보성'에 물음표를 던지게 한다. 당선 후 인터뷰에서 "일반고에서도 서울대 많이 보낼 수 있게 하겠다"고 했다니 '아이고야!' 하는 마음이 들었지만, 정책팀을 제대로 구성해 분명 우리 교육이 가야 할 길을 보여줄 거라 믿고 싶었다. 그런데 서울 지역 자사고의 일반고 전환이 유예된 상황에서 "일반고를 살리는 대책"이라고 거론하는 '대책'들은 또다시 물음표를 던지게 한다. 지금처럼 모든 교육이 입시를 목적으로 출구 없이 묶여 있는 상황에서 '교육 과정 자율성'이 일반고에까지 확대된다면? 일반고도 자사고처럼 국영수 몰입 교육을 하라는 것과 다를 바 없다. 정책이라기보다 꼬리 내리기 혹은 통 치기에 가깝다. 물론 학부모가 변해야 교육이 변한다. 적어도 교육정책이 그 변화에 덫을 놓아서는 안 된다. 아이들의 미래를 위해 지금 필요한 것은 입시 교육을 근본적으로 개혁할 의지다.

'밥을 굶는' 가난이라면 어떻겠는가

•

초등학교 다닐 때 양초 칠을 해 교실 마룻바닥을 반들반들하게 닦는 청소를 하곤 했다. 한 달에 한 번 이 대청소 시간이 돌아오면 아이들은 집에서 걸레를 하나씩 만들어 가야 했다. 그때마다 나는 늘 엄마와 신경전을 벌였다. 다른 아이들처럼 수건으로 만든 보송보송한 걸레가 좋은데 엄마가 만들어주는 걸레는 늘 더는 입을 수 없이 나달나달해진 낡은 내복 걸레였다. 해지고 보풀이 인 그것들은 네 귀 딱 맞게 두툼한 걸레로 꿰매어져도 아주 오래 입은 내복이라는 표시가 나는 것이어서, 대청소 시간이 얼마나 싫었던지…… 감수성 예민한 아이들에게 청소 걸레 하나가 이럴진대 진짜로 '밥을 굶는' 가난이라면 어떻겠는가. 가난이 어린아이들의 마음에 남기는 대부분의 상처는 상대적 빈곤감으로부터 생긴다. 반 친구 모두가 밥을 굶는 것과 나 혼자 밥을 굶는 것은 빈곤의 수준이 같다 해도 어마어마하게 다른 상처로 나타난다.

여당 대표가 "복지가 과잉으로 가면 국민이 나태해진다"는 말을 한다. 이 말이 주는 모욕감은 차치하고라도, 우리가 언제 제대로 복지를 이뤄본 적이 있다고 과잉 운운인가. 이 나라의 현재 '복지' 수준과 시스템은 일가족이 자신의 가난과 무능함을 증명해 보여야 돈이 나온다. 인간이 빵만으로 사는 존재가 아님을 현재의 복지정책은 전혀 이해하지 못하는 것이다. 모욕과 수치를 감당해야 얻을 수 있는 잔인한 밥이 아니라 한 개인이 자존감을 지키며 살 수 있도록 돕는 것이 복지다.

담뱃값 올리기 전에

　●

　세금 인상에 관한 정부 발표를 들으면서 자살률에 대한 기사가 오버랩되어 떠올랐다. 복지를 위해 증세가 필요하다는 대의에 동의한다. 문제는 '어디서 어떻게 걷을 것인가'이다. 올리겠다는 담배, 자동차, 주민세는 부자건 가난한 사람이건 똑같이 물어야 하는 간접세다. 세금은 소득이 많은 사람은 많게, 적은 사람은 적게, 직접세 먼저 내고, 국민 전체가 부담하는 간접세는 맨 나중에 인상하는 게 도리인 거다. 대표적인 직접세인 소득세, 법인세, 상속세, 증여세는 감면해주고 그렇잖아도 살림살이 팍팍한 서민들 주머니는 밑바닥 먼지까지 탈탈 털어내겠다니. 고릿적에 사라진 줄 안 '탐관오리'라는 말이 절로 떠오르는 시절이다. 이 무슨 난센스인가. 곳간이 넘치는 곳에서 걷어 굶주린 이들에게 나누는 것이 상식이다. 매일 끼니 챙기기도 벅찬 이들 밥그릇에 숟가락 꽂아서 '복지국가' 만들겠다니. 제발 좀 어지간히 하자. 이런 국가가 서민들에게 무슨 의미가 있는가. 담뱃값 올리기 전에 대기업 법인세부터 정상으로 돌려놓을 일이다. 최근 세계보건기구(WHO) 조사에 의하면 한국의 자살 증가율은 세계 2위란다. 다행히 1위는 면했네 하고 공무원님네들이 착각할까 봐 부연한다. 증가율이 2위이고 자살률은 '압도적 1위'다. 사람은 희망이 없을 때 자살한다. 제발 '이렇게는 살고 싶지 않은' 한계 수위로 국민을 내몰지 마라. 지금 정부의 세금정책이란 거, '서민들 죽어라' 하는 정책이다.

자본의 윤리는 불가능한가

•

"한국에 와서 꾼 꿈 중 가장 기억에 남는 꿈은 무엇입니까?" 장 률 감독의 다큐멘터리 영화 〈풍경〉을 본 지 한 달이 넘었는데, 새 해 벽두에 그 영화의 장면들이 꿈에 나왔다. 꿈을 묻는 영화가 꿈 에 나오다니. 꿈에서 나는 그 영화의 등장인물이었고 어디론가 하 염없이 걷고 있었다. 일터로 가는 것 같았다. 걷고 있는 나와 보조 를 맞추면서 더 가까워지지도 멀어지지도 않는 상태로 카메라가 나를 따라왔다. 나는 이주 노동자가 아니므로 이 영화에 등장할 이유가 없음을 말하려다 입을 다물었다. 내가 이주 노동자가 아니 라고 확실하게 말할 수 있는 것인지 갑자기 모호하게 느껴졌기 때 문이다. 막막함, 불안, 슬픔, 그 속에서도 끝내 유지되는 노동하는 행위의 아름다움, 입김처럼 번지는 따스함, 매우 시적인 긴장감을 유지하며 흔들리는 풍경들, 질문과 발견들……. 꿈은 영화처럼 흘러갔고 이윽고 마지막 장면에 이르렀는데, 뜻밖의 장면이 돌출 했다. 엔딩에서 카메라가 올려다본 하늘에…… 피 묻은 옷들이 떠 있었다.

2013년 새해 벽두부터 날아든 캄보디아 소식 때문일 것이다. 임금 인상을 요구하며 시위를 벌인 봉제 공장 노동자들에게 경찰 과 군이 총을 발사해 5명이 숨지고 30여 명이 부상당했다는 소식. 다시 말하자. 월급 9만 5000원을 주면서 주당 육십 시간의 노동을 시키다가 참고 참던 노동자들이 월급을 16만 원으로 올려달라고 하자 공수부대가 들이닥쳐 노동자들을 때리고 총 쏴 죽였다. 더욱 기막힌 것은 현지 한국 기업의 요청으로 인근의 911 공수부대가

투입되어 시위가 격화되고 유혈 사태가 발생했다는 것. 이 사건을
초기 보도한 한국의 지상파 방송들은 하나같이 이렇게 논평했다.
노동자 시위 때문에 생산 차질이 심해져 현지 한국 기업의 피해가
막대하다고.

　캄보디아 소식이 들려온 지 얼마 안 되어 방글라데시에서도 한
국수출가공공단에서 발생한 시위에 경찰이 발포해 스무 살 여성
노동자가 사망했다는 소식이 들려왔다. 베트남, 인도네시아, 필리
핀에서도 한국 기업들의 비윤리적인 노동자 착취와 탄압 소식이
계속 들려온다. 열악한 환경에서 저임금 장시간 노동으로 노예처
럼 부려지는 사람들과 그들을 향해 발포되는 총탄을 목도하고도
'한국 기업의 피해' 운운이 전부인 방송의 수준은 한국 자본의 수
준을 방증하는 것일 테다.

　〈풍경〉의 카메라가 떠오른다. 캄보디아, 베트남 등에서 온 외국
인 노동자들을 인터뷰하는 카메라는 조심스럽다. 허락이 떨어질
때까지 문밖에서 기다리는 사람처럼 그들의 노동 현장을 함부로
침범하지 않는 자세로 자주 머뭇거리며 오래 멈춰 있던 카메라.
현장의 소리들이 예민하게 살아 뒤척이는 영상. 감독이 유지하고
자 한 간격과 머뭇거림이 어떤 고뇌에서 출발했는지 공감되었으
므로, 아름다웠다. 예술이 인간에게 어떤 의미일 수 있는지에 대
한 고뇌가 살아 있는 영화처럼, 노동이 인간에게 어떤 의미인지,
노동자가 이 사회에서 어떤 의미인지, 노동에 대한 자본의 윤리
는 어떤 것이어야 하는지에 대해 고뇌할 수 있는 자본은 불가능
한 걸까.

군대여, 안녕

•

GOP 총기 난사 사건을 바라보는 많은 시각이 있을 텐데, 나는 사건을 처음 접한 순간부터 이런 말을 되뇌고 있다. 한국 사회에 존재하는 강고한 금기이자 함부로 입에 올리면 몰매 맞을 수도 있는 말. 그래도 하고 싶다. "군대 폐지!"

군 복무 중 매년 100여 명이 자살하고 5000여 명에 달하는 정신질환자가 발생한다는 게 쉬쉬하며 떠도는 검은 통계이다. 이런 곳에 청년들을 몰아넣고 개개인의 적응력 문제를 운운한다는 게 나는 끔찍하다. 군대의 존재 이유가 평화를 위함이라고? 과연 그런가. 코스타리카 이야기를 하고 싶다. 라틴아메리카의 유일한 중립국인 코스타리카는 스페인, 멕시코, 미국, 그리고 다시 스페인의 지배를 받으며 19세기를 어렵게 통과했지만, 독립 후 1949년 새 헌법 제정과 함께 중남미에서 가장 안정적인 나라로 자리 잡았다. 새 헌법의 핵심은 군대 폐지였다. 중남미 정세가 평화로워서 군대가 필요 없었냐고? 미소 냉전 체제가 극심하던 그 무렵 전 세계가 그랬듯이 중남미 역시 일촉즉발 화약고였다. 그럴 때 그들은 '자발적으로' 군대를 버렸고, 지금껏 중남미 다른 국가와 비교할 수 없이 평화로운 나라를 꾸려가고 있다. 이것은 군사력의 상호 균형을 통해서만 전쟁이 일어나지 않게 된다는 '맹신=주술'을 뒤엎는 생생한 예다. 군대 폐지 이후 코스타리카는 군대에 들일 비용을 민주주의, 인권, 환경에 투입했고, 지금은 세계에서 행복 지수가 가장 높은 국가군에 해당한다.

탈핵을 향해 한 걸음

•

삼척 핵발전소 관련 주민투표를 보며 가슴 뭉클하다. 지난 6·4 지방선거에서 탈핵을 주장하는 무소속 시장을 압도적 표차로 당선시키더니, 이번엔 신규 원전 부지 유치 주민투표에 68퍼센트 투표율, 85퍼센트 반대 입장이라는 놀라운 힘을 보여준 동해 사람들! 박근혜 정부는 삼척시의 주민투표 결과를 받아들이지 않겠다고 한다. 원전 건설은 국가 사무이므로 투표 결과를 수용하지 않겠다는 것. '국가란 무엇인가'라는 질문을 끊임없이 던지게 하는 이 정부의 말로를 생각한다. 시민의 '투표' 행위에 애초 개념 상실인 안하무인 정권에 일일이 반응하다간 지레 지칠 수 있다. 지금은 민심을 투표 행위로 정확히 보여준 삼척 주민의 힘에 더 주목하며 이 옹골차진 시민의 힘을 현실 정치력으로 분출시켜야 할 때. 삼척에서는 여러 정당이 모두 한목소리를 내고 있다. 주민의 목소리가 실제 정치력으로 성장한 이런 계기는 일종의 작은 혁명이다. 원전 의존도를 점차 줄여 탈핵으로 가는 것이 인류의 지속 가능성을 위한 지구적 비전임을 세계인이 공감해가는 때다. 그런데 우리 정부는 언제쯤 '원전 마피아'의 뒷수발 역할에서 벗어나려는지. 후쿠시마 원전 1호기의 격납 용기가 파손될 확률은 1억 년에 한 번이라고 오만한 분석을 내놨던 그 후쿠시마가 어떻게 되었나. 후쿠시마로부터 아무것도 반성하지 못한 이들의 미래는 후쿠시마다. 한세월 권력을 누리다 가면 그만이라 생각하는 자들의 목에 비상경보등을 달아야 할 시점이다.

연예인은 공인인가

•

우리는 '공인'이라는 말을 매우 모호하게 쓴다. 흔히 연예인에게 "대중의 사랑을 받는 공인"이라는 식의 말을 하지만, 연예인은 공인이 아니다. 연예인은 단지 유명인(셀레브리티)일 뿐이다. 곧잘 사건과 사고를 일으키는 몇몇 할리우드 스타를 떠올려보라. '공인이므로' 방정한 행실을 보여야 할 책임과 의무가 그들에겐 없다. 그저 자기 방식대로 살 뿐이며, 그런 그들을 좋아하는 대중과 싫어하는 대중이 있을 뿐이다. 위법을 저지르면 일반인과 마찬가지로 법적 처벌을 받으면 되고, 대중의 사랑에 기댄 유명세가 하향되는 것으로 유명인으로서의 죗값을 자연스레 치른다. 연예인의 선행 역시 공인으로서가 아니라 유명한 한 자연인으로서 하는 것이다. 기부와 선행은 한 사회의 '성숙한 어른'으로서 자기 삶을 아름답게 누리는 한 방식이다.

그렇다면 공인은 누구인가. 애꿎은 연예인이 아니라 국민과 시민의 세금으로 월급을 받는 이들이다. 국회의원, 장관, 대통령을 비롯해 공공기관, 공공단체에서 일하는 이들은 모두 공인이다. 이들은 월급 받는 동안 공인으로서의 공적 책임을 분명히 져야 한다. 그들에게 '공공성에의 기여'와 '공공선'에 대한 질 높은 감각을 요구하는 것은 시민의 권리이며, 개인의 사적 이익 추구를 자제하고 공적 의무에 최선을 다해야 하는 것은 세금으로 월급 받는 공인의 의무다. 그 의무가 힘들면 대통령이건 장관이건 그만둬야 한다. 이 나라에선 감옥에 가는 게 합당한 이들이 아무렇지 않게 총리도 하고 공공기관 단체장도 한다.

《해왕성》과 《진주탑》

•

　'이수일과 심순애'가 등장하는 《장한몽》을 비롯해 초기 번역 소설들은 원작의 시대적 배경, 풍속, 인명, 지명 등을 풍토에 맞게 바꾸어 쓴 번안 소설이었다. 《삼총사》로 유명한 뒤마의 다른 소설 《몽테크리스토 백작》이 한국에 소개된 것은 일본의 《암굴왕》을 중역 번안한 이상협의 《해왕성》이 처음인데, 그보다 적극적으로 평가할 가치가 있는 것은 김내성의 《진주탑》이다. 1947년에 나온 《진주탑》은 해방 직후 한국인들에게 빠르게 파고들어 대중적인 인기를 누렸다. 배신과 음모로 수감된 주인공의 탈옥과 모험, 몽테크리스토 백작으로 행세하는 에드몽 당테스의 복수극인 이 책에서 빵과 치즈는 밥과 된장으로 바뀌었다. 치즈를 모르는 한국 독자들이 감옥에서 맡는 치즈 냄새의 정서를 환기할 수 없을 테니까. 물론 번안 소설은 과도기 한 시절로 생명을 다했다.

　"신상털기식, 여론재판식", "높아진 검증 기준을 통과할 수 있는 분을 찾기가 현실적으로 매우 어려웠다." 연이은 청와대의 인사 실패에 대해 언론과 여론 탓을 하는 '우리나라 대통령'의 '말씀'을 들으면서 별안간 번안 소설들이 떠올랐다. 청와대와 대한민국 현실 사이가 번안이 필요한 지경으로 퇴행했구나 싶다. 《몽테크리스토 백작》과 《진주탑》 사이의 거리도 먼데 청와대판 《몽테크리스토 백작》은 《해왕성》 수준이다. 참고로, 《몽테크리스토 백작》을 《해왕성》으로 번안한 이상협은 친일 반민족 행위 704인 명단에 포함되어 있다.

그의 행방을 찾아주오

●

6월 첫날, 춘천 명동의 지하상가 화장실에서 20대 남자가 체포되었다. 화장실 벽에 현직 대통령을 풍자하는 벽화를 그렸다는 게 이유다. 그림은 서둘러 지워졌다. 경찰은 예술가의 여죄를 추궁하는 한편 단독 범행인지 여부를 조사 중이란다. 여기가 저 괴이한 독재왕조 사회인 북한인가. 모독이 용납되지 않은 신성불가침의 '왕'이 우리 머리 꼭대기에 있는 것인가. 여기는 세칭 '자유민주주의' 국가이다. 게다가 2010년대이다. 지금 이곳의 표현과 예술의 자유, 언론과 집회의 자유, 헌법의 기본권은 충분히 지켜지고 있는가. 너무나 수상하지 않은가. 우리는 아직 충분히 자유롭지 못하면서 자유민주주의 사회를 살고 있다고 착각하고 있는지도 모른다.

이 젊은 예술가가 굳이 법 적용을 받는다면 공공건물 낙서 죄정도일 텐데, 대통령을 풍자하는 그림을 그렸다고 체포되다니. 이래서 어떻게 한국 문화의 세계화를 말하고 도대체 무엇을 '개조'하고 '창조'할 수 있을 것인가. 경찰의 이런 과잉 충성은 대통령을 고작 이 정도 풍자도 용인하지 못하는 반문화적 존재로 비하시키는 행태이기도 하다. 공공의 대기가 이토록 경직된 사회에서 바스키아나 키스 해링 같은 상상력이 나오기는 어려울 테고, 뱅크시는 더욱 그러할 텐데. 자, 춘천에서 체포된 그는 어찌 되었나. 단신 기사 이후에 후속 기사가 없다. 설마 어디서 은밀히 해코지당하고 있진 않겠지. 그의 행방을 찾아주오.

성공 신화, 라는 말

•

흔히 '성공 신화'라는 말을 쓰는데 들을 때마다 갸우뚱한다. 성공이란 말이 하필 신화라는 말과 결합한 이유가 뭘까. "진실의 가장 큰 적은 거짓이 아니라 신화"라는 말이 있듯이, 신화는 흔히 현실의 은폐 도구로 사용된다. 어떤 인간의 삶도, 그것이 비록 성인의 삶일지라도 신화화되면 진실의 적이 되기 쉽다. 부풀려지고 윤색되는 덫을 피하기 어렵기 때문이다. 한 인간의 삶이 성공한 것인지 아닌지는 오직 그 자신밖에는 판단할 수 없다. 성공의 사전 뜻은 '목적한 바를 이룸'이다. 행복, 사랑, 자유, 평화 등 삶의 목적이 될 만한 가치는 그간의 인류사를 통해 충분히 증명되었다. 이 가치는 긴밀하게 서로 연결되어 있어서 사랑과 자유의 성취는 행복과 길항하고 평화와도 손잡는다. 그런데 괴이하게도 우리 사회에서 성공은 부와 권력에 과도하게 편향되어 있다. 삶의 목적이 되기엔 너무나 비루한 이런 가치에 '성공'이라는 말을 붙여놓으니 그 말을 보완하기 위해 '신화'라는 거품이 다시 필요하게 된다. 부도 명예도 권력도 내가 살고 싶은 행복한 삶을 위한 뗏목일 뿐이지 않은가. 강을 건너면 뗏목을 버려야 한다. 강을 건넌 뒤에도 뗏목을 끌고 산으로 들로 다니는 것처럼 어리석은 일은 없다. 큰 부자들이 정말 행복한 삶을 사는 경우를 거의 본 적 없는 것도 마찬가지 맥락이다. 행복을 위해 강 건너로 뚜벅뚜벅 가야 할 사람들이 뗏목에 집착해 뗏목을 잔뜩 모아 쌓아둔 강변에서 평생 못 벗어나는 형국이야말로 얼마나 불행한 일인가.

질문과 성찰의 능력이 필요한 이유

•

주로 정치판에서 상용되는 '절충'과 '타협'이라는 말이 어느 틈에 사회 곳곳에서 사용되는 것을 본다. 타락은 타협으로, 비굴은 절충이라는 말로 손쉽게 포장된 이 판의 '애용어'가 사회 도처로 번지는 것은 불길한 징조다. 심지어 이 말들은 상생이니 통섭이니 하는 모호하고 '있어 보이는' 말로 미화되어 쓰이기도 한다. 우리 사회에 과도한 극단적 이분법의 난무는 경계해야 하지만, 이분법의 대안이 절충이라고 부추겨지는 사회는 수상하다. 핵심이 빠진 절충이나 어설픈 타협 타령엔 힘 가진 자의 덫이 숨겨져 있기 십상이니까. 겉만 번지르르한 타협의 말에 속아 넘어가지 않으려면 사회 구성원의 인문학적 사유가 성숙해져야 한다. 나는 누구인지, 어떻게 살아야 할 것인지에 대한 성찰이 깊어지면 '양아치 정치판'에 부화뇌동하지 않을 수 있는 내적 힘이 생긴다. 정치권력은 인문학적 성찰 수준이 높은 국민을 원하지 않는다. 그들은 권력에 순응하는 삶을 '국민 됨'이라 조장하며 채찍과 떡고물을 함께 사용한다. 정치와 자본 권력에 내 삶이 휘둘리지 않으려면 질문과 성찰의 능력이 필요하다. 인문학은 절충이나 타협과 거리가 멀다. 문학은 질문하는 철학과 함께 모험하는 것이지, 절충과 타협이라는 말로 오염된 일상에 투항하는 것이 아니다. 절충과 타협은 반(反)예술적이고 반철학적이며 반인문학적인 것이다. 지금 우리 사회가 봉착한 위태로움은 흔히 말하는 타협과 절충을 못 해서가 아니라 오히려 비타협적인 성찰의 힘이 모자라기 때문에 생기는 게 아닐까.

그들의 행동이 그들의 진심이다

•

여기는 말들의 무덤. 텅 빈 말들이 유령처럼 돌아다닌다. 이 무덤의 권력자는 '보수'와 '진보'라는 말. 이미 죽은, 피도 살도 뼈도 숨결도 없는 말. 그런데도 이 유령의 말들은 여전히 대형 깃발을 휘날리고, 깃발 아래 줄 선 사람들은 악다구니 써가며 서로 할퀸다. 이 나라 정치판 어디에 진보가 있고 보수가 있나. 민주주의를 지키겠다며 새로 선출된 야당 대표가 가장 먼저 독재자 묘소에 참배하는 그로테스크한 광경. '민주주의'도 '독재'도 텅 빈 유령의 말이 된 무덤 속 무덤. 그들의 행동이 그들의 진심이다.

'조세 저항'이라는 말을 하지만 '저항'이라는 말 역시 텅 비어 있긴 마찬가지. 불만을 터뜨릴 뿐 아직 우리는 저항의 감각을 갖지 못했다. 지금은 민중, 국민, 시민이란 말 역시 비어 있다.

"세상에서 우리가 바꿀 수 있는 유일한 사람은 우리 자신밖에 없다"는 옛사람의 말을 경청하는 수밖에 방법이 없는지도 모른다. 한 방울씩 떨어지다 바위를 뚫는 낙수처럼, 비등점을 향해 차곡차곡 끓어오르는 물처럼, 불만이라는 형태로 바닥에서 무언가 무르익고 있다고 믿을 수밖에.

떼 지어 몰려다니는 말일수록 텅 비어 황폐하니, 우리는 다만 한 방울씩의 물방울로 온 힘을 다해 뛰어내리는 중인지도……. 벤야민식으로 말하자면 "항상 그때그때의 1보만이 진보이며, 2보도 3보도 n+1보도 결코 진보가 아니다." 온 힘을 다해 1보를 걷는 오늘의 행위가 오늘의 진심이다.

그럼에도 불구하고!

●

'아우슈비츠 이후 더 이상 서정시를 쓸 수 없다'는 아도르노의 말이 자주 회자되는 것은 한국 상황의 거듭되는 참담함 때문일 테다. 하지만 이 말을 '그럼에도 불구하고'라는 맥락을 삭제하고 받아들여선 곤란하다. '그럼에도 불구하고 살아 있는 자'의 치욕과 '그럼에도 불구하고 살아가야 하는 자'의 통렬한 절망 사이에 던져진 이 문장의 맥락은 이렇게 짚어야 한다. "그럼에도 불구하고 서정시는 쓰여야 한다. 이 야만의 세상에서 도대체 왜, 어떻게 예술을 해야 하는지에 대한 질문을 끊임없이 물으면서"라고. '그럼에도 불구하고'를 생략한 채 쓰인 서정시와 '그럼에도 불구하고'를 정면으로 돌파하며 쓰인 서정시는 완전히 다른 것이다. 아우슈비츠를 온몸으로 겪고도 시 쓰기를 멈추지 않은 파울 첼란은 극한의 밀도로 다듬어진 믿을 수 없이 아름다운 고통의 성채를 드러내 보였다. 참혹한 고통 속에서도 마지막까지 빛을 꺼뜨리지 않은 한 줌 희망의 얼굴을 직면해야 한다. 그것은 타인의 추함을 고발하는 방식이 아니라 자기 존재의 품위를 증명하는 방식으로 올 것이다. 극한 상황에서 대면한 한 떨기 꽃, 물에 비친 어슴푸레한 별빛 같은 것이 인간을 살게 하기도 한다. 세계의 참혹은 깊지만, 그럼에도 불구하고 오늘의 시들은 거리에서 '왜, 어떻게'의 질문을 갱신하며 나부끼는 중이다. 희망이 없는데도 끝내 살아, 끝끝내 아름다워지는 사람들이 성인(聖人)인지도 모른다. 어쩌면 성인은 도처에 있는지도 모른다.

햇빛이나 가리지 말고 좀 비키시지?

•

그리스 철학자 중 내게 매력적인 이는 단연 디오게네스다. 햇볕 바라기를 하기 좋은 쌀쌀한 가을에 그를 떠올린다. 그는 스스로를 '세계 시민'이라 칭하며 자기 삶의 주인인 자만이 누리는 파격과 자유를 온몸으로 살았다. 제국주의 욕망의 발현자인 알렉산드로스가 뭐든 해줄 테니 말하라고 유혹하자 "햇빛이나 가리지 말고 좀 비키시지"라고 대꾸한 유명한 일화가 보여주듯 디오게네스 앞에선 어떤 권력자의 권위도 통하지 않았다. '고작 왕일 뿐인 당신이 자유인인 내게 대체 뭘 해줄 수 있다는 거지?' 하는 배짱. 귀족과 권력자에게 밀착해 살았던 플라톤과 아리스토텔레스와 달리 디오게네스는 권력자의 과시욕에 정면 펀치를 날리고 부박한 욕망을 비웃으며 당대 민중과 함께 거리에서 살았다. 정신과 육체를 분리 사유하지 않은 그에게 철학은 삶과 유리된 엘리트주의 '학문'이 아니라 삶 자체였다. 어느 날 디오게네스가 야채 씻는 걸 본 플라톤이 말한다. "그대가 디오니시오스 왕에게 봉사했다면 지금쯤 야채 따위를 손수 씻는 일은 없었을 텐데." 디오게네스가 응답한다. "그대가 스스로 야채 씻는 법을 알았다면 디오니시오스 왕 따위에게 봉사하며 노예로 살지 않아도 되었을 텐데." 유실되어 전하지 않는 그의 저작 《공화국》을 읽고 싶은 날. 자본과 욕망의 노예인 핵심 권력자들과 그 노예인 중소 권력자들이 노예의, 노예에 의한, 노예를 위한 정치-경제 중인 여기. 가깝고 먼 데서 익어가는 짱짱한 햇빛이 그립다.

세상에서 가장 큰 질문지

●

세네카는 루킬리우스(루실리우스)에게 보내는 편지에 "나에게 한 사람은 온 나라와 같고 온 나라는 한 사람과 같다"고 썼다. 그대라는 타자. 그대가 언제나 내게 가장 큰 질문지이다. 세상에서 가장 주의 깊고 정성스레 보살펴야 정답의 근처에라도 이를 수 있다. 그대의 행복에 기여하며 나의 행복을 완성해가는 과정을 일컬어 인생이라 하는지도 모른다. '인(人)'이란 본래 기대어 있는 그대와 나로 구성되는 것이니까. 연인, 친구, 가족, 이웃, 인생을 알게 하는 이 다양한 '질문의 책'에 답을 구하기 위해 관심과 노력을 기울이는 한, 세상은 망하지 않는다. 사람들이 더 이상 서로에 대해 궁금해하지 않을 때, 그때가 세상의 멸망일 것이다. 힘든 날들이지만 여전히 이 땅에는 질문들이 많고 모르는 사람들이 서로를 궁금해한다. 광화문, 평택, 밀양, 강정, 안산……. 이 나라가 아직 망하지 않은 것은 청와대와 국회가 있어서가 아니라, '온 나라'와 같은 누군가를 궁금해하고 조금씩이라도 아껴주고 싶은 인생들이 많기 때문이다. "내가 사랑하는 사람이 나에게 말했다. '당신이 필요해요.' 그래서 나는 정신을 차리고 길을 걷는다. 빗방울까지도 두려워하면서. 그것에 맞아 살해되어서는 안 되겠기에."(베르톨트 브레히트, 〈아침저녁으로 읽기 위하여〉) 나를 필요로 하는 당신 덕분에 나는 더욱더 정신을 바짝 차리고 걷는다. 고맙다. 나를 깨어나게 하는 당신들. 내가 사랑하는 당신. 당신이라는 질문지.

카
덴
차
——

1

Engel voller Hoffnung
(nach Paul Klee)

홍상수 감독의 영화〈누구의 딸도 아닌 해원〉시사회.

딴 건 몰라도 매년 신작을 들고 나오는 그의 성실성에 감탄한다. 영화가 자기 삶의 특별한 사건이 아니라 그저 일상인 듯한 포지션이 좋다. 예술이기 이전에 일상인, 일상 속에서 예술이 되는 모든 것.

홍상수의 영화는 프랑스인들이 특히 좋아한다는데, 사실 나는 프랑스에서의 그의 인기에 대해 들을 때마다 고개를 갸웃거리게 된다. 한국어를 모어/모국어로 삼지 않은 사람들은 알아챌 수 없는 말의 뉘앙스가 차고 넘치는 게 그의 영화니까.

미세한 차이를 갖는 말들의 파동과 미장센을 완벽하게 무시하는 그의 태도는 묘한 해방감을 준다. 그의 영화를 보고 나면 형식과 언어의 문제에 대해 낙관하게 된다.

해원 역할의 정은채. 이름이 예쁘다. 은채. 언젠가 소설 주인공 이름으로 써먹고 싶을 만큼. 얼굴도 좋다. 근래 본 어떤 배우보다 매력적인 얼굴. 어떤 각도에서는 심지어 매우 남성적인 느낌까지 드는, 화각에 따라 아주 다르게 보이는 묘한 얼굴이다. 총체적인 의미에서의 기품. 단테의 베아트리체가 저런 얼굴을 가졌을 거라는 생각이 문득 들었다.

*

스탕달: "사랑에는 네 가지가 있다. 정열적인 사랑, 취미의 사랑, 육체의 사랑, 허영의 사랑이 그것이다." ('사랑에 대하여'나 '사랑학 개론'보다 '연애론'이 좋다. 개인적인 취향이지만.)

스탕달이 편애하는 건 당연히 정열적인 사랑. 엘로이스와 아벨

65

라르.

1) 감탄 2) 저 사람에게 키스하고 또 키스를 받으면 얼마나 좋을까? 3) 희망 4) 사랑의 탄생 5) 제1의 결정작용(結晶作用) 6) 의혹 7) 제2의 결정작용.

결정작용이 지속되는 한 정열적인 사랑은 계속된다.

스탕달의 연애론 언어 중 '결정작용'은 최상급으로 사랑스럽다.

잘츠부르크의 소금 창고. 겨울이 되어 잎이 떨어진 나뭇가지를 깊이 넣어두었다가 두서너 달 후에 꺼내 본다. 반짝거리는 결정체. 나뭇가지마다 소금의 결정이 붙어 다이아몬드처럼 빛나는. 본래의 메마른 나뭇가지는 크리스털 나뭇가지가 되어 있다!

사랑이 인간의 성장에 관여하는 핵심적인 열쇠는 아마도 이런 과정을 통해서겠지. 상대방의 아름다움을 발견하여 크리스털이 되게 만드는. 심지어 결정작용은 상대가 지니지 않았거나 잠재하기만 할 뿐 드러나지 않은 장점들을 찾아내어 크리스털화시키는 정신 활동까지 포함한다.

쉰아홉 살. 스탕달은 거리에서 쓰러져 죽었다. 비혼(19세기이니 '비혼'이라는 말이 탄생하기 한참 전이지만 그의 경우엔 '미혼'이 아니라 '비혼'이라는 생각이 든다. 그는 물론 '미혼'이라고 생각했겠지만).

묘비명: "살고, 사랑하고, 썼노라."

단테의 베아트리체는 궁금한데, 스탕달의 마틸드는 궁금하지 않다.

＊

송전탑에 올라 135일, 169일째 농성하는 노동자들에게 띄우는 백 번째 편지를 녹음한 다음 날.

대한문 '함께 살자' 농성장 기습 철거. 화단 조성.

공권력은 흔히 꽃에서 콘크리트를 만든다. 정원을 하룻밤 새 무덤으로 만든다. 꽃에게, 나무에게, 사람에게 치욕인 날.

*

지겨운 멘토들. 한국 사회 부박함의 극치. 그들의 소위 멘토링은 개인의 삶에 구체적인 영향을 끼치는 구조적 문제에 대해 백치가 되게 만든다. 개인적 요구와 사회적 요구에 대한 범주 개념이 없을 때 멘토링이 폭력이 된다는 걸 모른다. "각자 알아서 스스로 잘 돌파해야 해요. 그래야 저처럼 성공한답니다. 이리 와봐요. 방법을 알려드리죠." 뻔뻔스러운 자기 상품화.

*

서울에 나갔다 돌아오면 평소보다 두 배는 자야 겨우 회복된다. 하루 나갔다 오면 다음 날 하루는 공치는 셈. 체력 탓을 해보기도 하지만 서울이라는 도시가 주는 피로감엔 달리 도리가 없다.

그리고 또 그려도 늘 새롭다고 조선시대 화가 겸재 정선이 예찬한 한강. 그가 그린 '송파', '광진', '압구정' 같은 그림들의 유려한 생동감과 곡선의 향연을 들여다보다가 눈시울이 시큰해지던 시절이 생각난다. 그로부터 20년이 지난 지금 한강의 '레알'은 섬뜩하고 처참하다. 도시의 문화적 숨결이나 생태적 미감 같은 건 둘째치고 서울이 정말 끔찍한 건, 도시 전체의 공기 속에 떠돌고 있는 관습적인 자기 착취의 피폐함 때문이다.

자본주의 시스템이 개인을 물신의 노예로 전락시키는 그 바닥에서 개인들이 대면해야 하는 가장 불편한 진실은 자신을 착취하는 자신의 얼굴인지도 모른다. 신자유주의? 자유롭게 스스로를 착취하라고 각자의 손에 물신이 쥐여준 유리 채찍. 자기가 자기를 착취하는 것을 심지어 '자발적'인 것이라 착각하게 만드는.

인파가 북적이는 거리에서, 지하철에서, 빌딩 승강기에서 종종 현기증이 일고 식은땀을 흘린다. 무섭다. 그런데, 아무렇지 않은 듯, 도시는 움직인다.

분명한 건 어디서건, 자본에 덜 잠식될수록 더 자유롭다는 것.

*

지하철 4호선으로 갈아타기 위해 긴 지하보도를 걷다가 문득 김수영이 떠올랐다.

"너무나 많은 자유가 있고, 너무나 많은 자유가 없다."

어디서 읽었더라. 돌아와 책을 찾아보니 이런, 20대에 끼고 살던 〈시여, 침을 뱉어라〉에 있는 구절. 어느새 출처와 명사의 기억이 자주 깜빡거리는 나이. 그런데 이 문장은 서울 도심의 지하보도에서 문득 떠오를 때의 내 마음의 맥락과는 다른 문맥이다. 물론 뭐, 아주 통하지 않는다고 할 수는 없지만.

"지극히 오해받을 우려가 있는 말이지만 나는 소설을 쓰는 마음으로 시를 쓰고 있다. 그만큼 많은 산문을 도입하고 있고 내용의 면에서 완전한 자유를 누리고 있다. 그러면서도 자유가 없다. 너무나 많은 자유가 있고, 너무나 많은 자유가 없다. 그런데 여기에서 또 똑같은 말을 되풀이하게 되지만 '내용의 면에서 완전한 자유를 누리고 있다'는 말은 사실은 '내용'이 하는 말이 아니라 '형식'이 하는 혼잣말이다. 이 말은 밖에 대고 해서는 아니 될 말이다. '내용'은 언제나 밖에다 대고 '너무나 많은 자유가 없다'는 말을 해야 한다. 그래야지만 '너무나 많은 자유가 있다'는 '형식'을 정복할 수 있고, 그때에 비로소 하나의 작품이 간신히 성립된다."

오랜만에 그의 산문을 다시 읽으며 모처럼 마음 어딘가 울컥한다. 여전히 우리는 함께 앓고 있구나, 하는 느낌. 함께 아픈 자들이라는 이 느낌이 뭔가 퍽 든든한 배후 같아서 갑자기 식욕이 왕성해진 날이다. 이런 느낌을 오래전 죽은 사람에게서 받다니. 글쟁이란 이래서 좋구나. 산 자와 죽은 자를 막론하고 거추장스러운 관계없이도 퍽 많은 친구를 가질 수 있는 글쟁이적인 조건과 '책'이라는 매개물에 무한한 애정이 솟아나는 기분.

'너무나 많은 자유가 있고, 너무나 많은 자유가 없다'라는 제목의 옴니버스 모놀로그, 일종의 관객 참여형 낭독극을 만들어보면 어떨까 하는 생각도 스쳐가고.

"시. 아아, 행동에의 계시"라고 쓰고 있는 61년의 시작 노트에서 가만히 멈춘다. 그의 온몸, 몸부림, 고통과 고독이…… 서럽고, 정겹다……. 맙소사, 이런 서러움이 정겹다.

오랜만의 술. 혼자 마시는 술은 와인 석 잔이면 취한다. 오늘의 배경음악은 어쩔 수 없이 베토벤. 김수영이 마흔여덟 살에 발표한 산문 〈시여, 침을 뱉어라〉와 마흔 살에 발표한 시 〈육법전서와 혁명〉 사이에서 나는 취기가 오르고. 문득 글쟁이의 40대를 생각한다.

*

  음식 이름으로 소설이나 에세이를 쓰게 된다면, '도다리쑥국'으로 쓰게 될 것이다.

  한산도 쑥. 통영 쑥. 해풍 쑥. 토롬토롬. 포실포실. 팔팔팔 끓는 물. 도다리는 양파캉 파캉 무캉. 한소끔. 하얀 뱃살. 한 그릇에 소복이.

  열아홉 살 순이의 얼굴로 도다리쑥국을 끓이는 아주 몹시 늙은 백 살 된 여자에 대해.

*

  시집 《나의 무한한 혁명에게》 출간 후, 시집 제목에 관련해 받은 질문들이 많았다. 더는 시집이 안 읽히고 문학의 사회적 영향력이 점점 더 줄어들고 있는 현실에서 시집 표제로 떡하니 '혁명'을 달아놓다니요? 하는 뉘앙스들. 상황에 따라 조금씩 다르긴 하지만 이런 답들을 해드렸다.

  "일상의 혁명. 단독자로서의 고유성을 충분히 발현하며 살 수 있는 개인들이 많아지는 것. 고유한 개인들의 자유의지에 의한 자그마한 연대의 동심원들이 빗방울처럼 무수히 많아지는 것. 그리하여 어느 날 고인 댐의 물이 넘쳐흐르는 날이 온다면 참 좋을 것이다. 흘러넘친 물은 어디선가 또 고이겠지. 그러니 끊임없이 제각각 고유한 빗방울들을! 단독자로서의 고유성의 발현은 사랑과 자유의 감각에 섬세하게 깨어 있어야 가능하다. 사랑의 능력과 고유한 행복의 감각을 고양하는 데 예술, 특히 문학, 특히 시는 가장 아름다운 동반자다. 일상의 모든 곳, 모든 시간에서 고유한 빗방울 소리를 창조할 수 있는 온몸의 유희. 살아 있는 한 끝나지 않을 나의 혁명."

＊

오늘 강연장에서 김수영 이야기를 또 하게 되었다. 내가 쓴 산문 중에 김수영의 여성관에 대한 부분을 인상 깊게 읽었다는 대학원생 여성 독자의 질문 때문이다. 그녀는 〈어느 날 고궁을 나오면서〉에 내가 붙인 글 이야기를 하며 김수영에게 많이 실망했다는 이야기를 했다. 이런!

애니메이션 플래시로 제작한 시 낭송을 전자우편으로 보내주는 '문학 집배원' 글인데 일반 독자들이 쉽게 읽을 수 있도록 쓴 글이다. 내용은 이렇다.

> 항상 절정 위에 있을 수는 없는 노릇입니다만, 나의 일상이 정면에서 너무 비켜나 있다는 생각이 불현듯 들이닥칠 때 이 시를 읽습니다. 김수영 시인이 살아 있다면, 첫 연의 4행을 조금 고쳐달라고 청하고 싶지만("설렁탕집 주인에게 욕을 하고" 정도로 말이죠), 그는 이미 없으니 어쩔 수 없네요. 첫 연의 4행이 마음에 몹시 걸리지만 그래도 이 시의 놀라운 정직함을 좋아합니다. 후대의 시인으로서 김수영 시인에게서 배운 가장 큰 것이라면 문학 하는 사람으로서 삶에 대해 가져야 할 정직함과 번민의 자세입니다. 이 시는 1960년 4·19 혁명 이후 들이닥친 1961년 5·16 군사쿠데타, 그 반혁명의 시절을 살아내는 소시민으로서

의 자신에 대해 회초리를 들고 있습니다. 제가 느끼기에 시인으로서의 김수영이 가장 아름다운 때는 자유를 향한 지칠 줄 모르는 갈망과 일상에 대한 냉혹한 반성이 만날 때입니다. 그리하여 "욕망이여 입을 열어라 그 속에서 / 사랑을 발견하겠다"(〈사랑의 변주곡〉 첫 부분)라고 열기 어린 사랑의 지향을 노래할 때입니다. 60년대의 김수영이 거론하는 '비겁'의 목록을 2010년대의 '비겁'의 목록으로 바꾸어 읽어봅니다. 떠오르는 많은 괄호가 저를 부끄럽게 합니다. 아, 모래야 나는 얼마큼 적으냐, 바람아 먼지야 풀아 나는 얼마큼 적으냐……. 이 탄식이 하릴없는 자조로 침몰하지 않도록 정신 바짝 차리고 씩씩해져야겠습니다. 오, 자유! 오, 사랑!

질문한 독자의 마음을 알 듯해서 두 가지를 한 번에 이야기해야 했다. 그가 살아 있다면 첫 연의 4행을 고쳐달라고 부탁하고 싶은 것은 분명한 내 진심이라는 것. '설렁탕집 돼지 같은 주인년'이라는 표현은 이 시에서 같은 맥락으로 사용된 '야경꾼', '이발쟁이' 같은 말에 비해 지나치게 감정적인데, 정치사회적 사유에 섬세한 통찰력을 보여주는 김수영이 가끔 보이는 이런 언어들은 거의 재앙 수준이라는 것. '여편네, 이것, 이년, 계집.' 여성에 대한 김수영의 이런 어투가 후대의 소위 '문학 좀 안다(한다)'는 남성들에게서 성찰 없는 포즈의 차용으로 발견될 때는 더욱 한심하다는 것. 언어에 대한 자의식이 가장 중요한 사람들이 인간을 이해하는 중요한 한 부분에서 무사유한 자기 함정에 빠져버릴 때 당대 사회의 무의식에 끼치는 폐해가 크다는 것. 그런데, 그럼에도 불구하고, 김수영이라는 한 인간을 총체적으로 이해하려는 노력이 필요하다는 것. (이 이야기를 할 때 눈을 마주친 그녀는 매우 까칠한 표정이었지만) 김수영의 그런 언사는 여성에 대한 '관점'이라기보다 그의 개인적 트라우마에서 비롯된 위악적인 몸짓 같다는 것. 내가 느끼기엔 그의 이런 위악마저 얼마간 서럽다는 것. 1950년 김현경과의 결혼. 불과 몇 달 후 터진 6·25 전쟁. 그리고 이어진 북한 의용군 징집, 의용군 대열에서 탈출, 북한군에게 발각, 총살 직전까지 갔다가 천신만고 끝에 돌아온 서울, 이번엔 경찰에 체포, 거제도 포로수용소에 수용…… 그런데 이런 역사적 참혹함 속에서도 지켜낸 그의 자의식이 어느 부분에서 회복 불가능하게 훼손되어버렸는데 그것은 지독히 개인적인 관계로부터 왔다는 것. 아내 김현경이 김수영의 친구와 살림을 차린 것. 포로수용소에서 나온 김수영이 그 친구의 집에 찾아가 김현경에게 함께 돌아가자고 했을 때 거부당한 것. 연속적인 지독한 상처. 결국, 김수영에게 다시 돌아간 김현경…… 이런 과정이 김수영의 마음 어딘가를 불구로 만들어놓은 듯하다는. 역사가 만든 지옥은 의지로 회복 가능해도 개인적 사건으로서의 사랑의 지옥은 한 인간의 내면을 이토록 황폐화한다는. 병든 남자 김수영. 추상으로서의 사람을 사랑했지만, 구체로서의 여자를 사랑하지 못하는 불구. 이후 죽기 전까지 이어진 결핍의 연애들. 김수영처럼 사랑이 많은 사람이 사적인 영역에서 이토록 사랑에 결핍된 자로 황무하게 살았다는 사실이 나는 마음 아프다고. (질문한 그녀와 다시 눈이 마주쳤다.) 실망할 부분은 실망하라. 그러나 그것이 그의 전부는 아니다. 앞서 살았던 누군가의 삶이 오늘의 우리와 연결되는 방식 중 가장 안 좋은 것이 단면을 확대해 호불호를 '판단'하려는 자세 같다고. 우리가 그를 좋아하건 실망하건 어떻게 판단하건 그는 이미 죽은 자다. 오늘의 우리에게 김수영이 유효하려면 그가 병들어 빠져나오지 못한 상처를 성찰해 오늘을 살아가는 내 마음에 약으로 쓰는 것. 그의 결핍을 보았으니 결핍된 자로 불우하게 살지 않기 위해 스스로 노력하는 것. 앞서 산 모든 사람은 그런 측면에서 모두가 선생이라는 것.

강연 후 질의응답이라 그리 긴 시간이 허락된 게 아니었는데 갑자기 너무 많은 말을 쏟아놓고 나니 허탈했다. 나는 왜 그렇게 허겁지겁 김수영을 위한 변명을 한 것일까.

질문한 그녀가 사인을 받기 위해 내민 책은 내 첫 번째 산문집이었다. 가까이서 본 그녀는 내가 그 책을 쓸 무렵의 나이인 듯. 서른 혹은 서른하나. 눈이 마주쳤고, 서로 웃었다. 긴 생머리에 여리고 날카로운 느낌. 반가웠다.

*

영화 〈지슬〉.

좋다.

〈지슬〉이 구현하는 '원한 없는 해원'은 거의 종교적 승화에 가깝다 싶을 정도인데, 이상하게도 거부감이 들지 않는다. 그런 결과에 이르기까지 뒤척이며 토해내야 했을 울음과 회한과 고통의 치열한 과정이 매 시퀀스마다 고스란히 어룽져 있기 때문이다. 품격 있는 해원의 결정판.

'정길'이라는 인물의 유니크함은 이 영화의 예술성에 놀라운 힘을 보탠다. '설문대할망 신화'를 그런 식으로 변신시키는 독보적인 실험성. 충격과 먹먹함을 준다.

부산. 인디고서원.

8년 전 처음 만난 인디고 아이들은 여전히 나를 설레게 한다. 처음 봤을 때 20대였던 용준은 이제 서른한 살이 되었다. 윤영. 한결. 모두 풋풋한 20대. 이 서점에 모여 인문학 책을 읽고 토론하던 아이들이 대학에 들어가고 10명에 한 사람 꼴로 인디고로 돌아와 뭔가 재미있고 의미 있는 일들을 벌이는 중.

인디고에서 운영하는 채식 식당 '에코토피아'에서 밥을 먹다가 가라타니 고진 이야기가 나왔다. 가라타니를 만나러 갔을 때 서른 살쯤 나이 차가 나는 아내가 가라타니 곁에 있었는데 너무 멋있더라는. 가라타니의 시선, 행동 하나하나에서 아내를 얼마나 사랑하는지가 여실히 보이더라고. 가라타니 왈, 나이 차가 많은 아내를 위해 몸에 좋은 것만 먹고 운동도 열심히 하게 되었다고 했단다. 아내와 함께 있을 때 가라타니는 흡사 사랑에 빠진 소년 같은 얼굴이었다고 평하는 아이들. 유쾌했다.

올 초(2013년) 방한한 가라타니 고진의 얼굴은 좋아 보였다(그도 벌써 일흔 살이다).

"스몰 이즈 뷰티풀. 성장하지 않아도 괜찮지 않은가?" 물론!

"비자본주의적 경제 방식의 확산."

"'자본 – 네이션 – 국가'(라는 구조)를 어떻게 하면 붕괴시킬 것인가."

(사람마다 다르겠지만 나는 가라타니의 '자본-네이션-국가' 개념이 퍽 적확하다고 생각하는 편이다. 마르크스의 자본론이 국가를 경시했다고 비판해온 그는 국가가 근본적으로 산업자본주의와 연결돼 있으며 이

를 떠받치는 것이 네이션이라는 논리를 전개하는데, 국가는 군대와 관료에 의해 유지되고 있으므로 이를 총체적으로 비판하지 않으면 자본주의를 넘어설 수 없다고 보고 있다. 이런 구조에서는 국가에 의한 재분배만으로 현실적인 경제민주화를 이루기 어렵다는 의미도 된다.)

가라타니의 〈경향신문〉 인터뷰:

"나는 일반적인 의미에서 대의민주주의를 신뢰하지 않는다. 이 것도 '자본 – 네이션 – 국가' 시스템의 한 구성 요소이기 때문이다. 이 구조를 넘어서는 방법은 직접민주주의이고, 직접민주주의는 데모다. 총리 관저와 국회의사당 앞에서 벌어진 탈원전 시위는 소란이 아니라 하나의 어셈블리(의회)이다. 어찌 보면 담장 너머 (실제 국회라는) 어셈블리보다 더 중요하다. 그러니까 국회의원들이 시위대에 인사하러 오지 않았는가. 일본에서 아마 수십 년간 처음으로 일어난 변화라고 하면 데모다. 그 시위가 가장 치열했던 것이 지난해 6월로, 국회 앞에 20만 명이 모였다."

(나는 이런 관점의 가라타니가 좋다.)

"1975년 미국에 갔을 때 그곳의 대통령 선거를 1년간 지켜보면서 '풀뿌리 민주주의란 게 이런 거구나' 하는 감동을 받았다. 선거가 아니라 (사회)운동이라는 느낌이었다. 하지만 몇 차례 더 지켜본 뒤 '이건 그냥 마쓰리(축제)이고, 아무리 해봐야 본질적으로 바뀌는 건 없겠구나'라는 결론을 내렸고, 이후 거리를 두게 됐다. (선거를 해봐야) 바뀌었다는 기분만 들지 실제론 어느 것 하나 바뀐 건 없다는 느낌이 일찌감치 들었던 것이다. 한국의 상황도 좀 문제가 있는 게 아닌가 생각된다. 김대중 대통령이 집권하던 당시의 선거는 신선감이 있었지만 요즘 상황을 보면 그냥 축제에 불과하다는 생각이 든다. 아무것도 바뀌지 않고 있다. (그런데도 여기에

과하게 기대를 걸면서) 직접민주주의를 등한시한다는 생각이 들었다."

(역시 나는 이런 관점의 가라타니가 좋다.)

"(직접민주주의를 중시한다고 해서) 의회를 무시하는 것은 바람직하지 않다. 나는 소극적인 차원에서 대의민주주의를 중시한다. 하지만 목표로 하지는 않는다. 이번에 선거에서 승리한 정권이 시위를 제한하려 하고, 그 영향으로 시위가 줄어들고 있다. 그런 점에서 보면 (진보가) 선거에서 이기도록 하는 것이 필요하다. 국가가 무언가를 하지 않도록 하는 것이 중요하기 때문이다."

(또한 역시 나는 이런 관점의 가라타니가 좋다.)

세 번에 걸쳐 '가라타니가 좋다'고 쓰고 나니, 내가 그를 좋아하는 것이 취향의 문제인 것 같아서 유쾌하다.

그가 강조하는 '비자본주의적인 경제'의 창조는 지금의 자본주의 현실에 다층적인 균열을 내는 방식으로 가능한 다양하게 전폭적으로 시도되어야 한다. 이미 시도되었거나 앞으로 시도될 어떤 '비자본주의적 경제'는 50대 이후의 나의 삶과도 연결되지 않을까 생각한다. 두근거린다.

'생산 양식'의 사고를 통한 마르크스의 자본론이 현대의 문제를 해결할 수 없다고 보고 '증여'와 '호혜'라는 교환양식의 회복을 통해 애초부터 격차가 생기지 않는 교환적 정의를 실현할 것을 주장하는 가라타니의 관점이 지나치게 낭만적이라는 지적도 있지만, 나는 이런 사유에 여전히 매혹을 느낀다. 국가 간 관계의 적대를 그만두고 모든 나라가 (어느 한 나라로부터 시작해도 무방한) 유엔에 군사적 주권을 증여하는 혁명이 일어날 경우 이것이 '세계 동시혁명'으로 이어질 수 있지 않을까, 라고 그가 전망할 때, 인간에 대

한 뿌리 깊은 비관을 떨치지 못하는 나는 하하하 웃음이 터지면서
명랑해진다. 사랑스럽지 않은가. 가라타니 선생!

*

식당. 시끄러운 텔레비전. 뉴스 채널.
국가가 만들어낸 공포에 휩쓸리지 않기.
문학은 중요하다.
은수저.

2부 ——

바
람

듣고, 듣고, 듣고

•

올해(2014년) '돌아간' 사람 중 내게 각별한 또 하나의 이름은 클라우디오 아바도. 마에스트로건 거장이건 그 모든 수식어가 불필요한 사람. 베를린 필하모닉 오케스트라 음악감독으로 취임해 단원들과의 첫 만남에서 그는 말한다. "나를 클라우디오라고 불러주세요. 나는 보스가 아니에요. 우리는 같이 일하는 거예요." 보스이자 황제였던 전임자 카라얀과는 정반대의 탈권위적이고 부드러운 카리스마, 그것이 클라우디오다. 나치 당원이었던 카라얀이 히틀러의 선전책인 괴벨스에 의해 '기적'이라 불리며 출세 가도에 오른 것에 비해 클라우디오는 모든 영역의 파시즘을 반대했다. 그는 단원들의 다양한 의견을 경청하고 민주적 합의에 따라 수용했다. 안정적인 고전 레퍼토리에 머물지 않고 현대음악 레퍼토리를 적극 소개했고, 청소년을 위한 교육 프로그램에 정성을 쏟았다. '라스칼라' 극장 음악감독 시절, 티켓값을 내려 청년층과 노동자들의 극장 접근을 쉽게 하고, 가난한 노동자들을 위해 공장으로 직접 가 공연하기도 한 그는 오늘날 유행하는 '찾아가는 연주회'의 기원을 만들었다. "위대한 지휘자라는 것은 나에게 아무런 의미가 없다. 위대한 것은 작곡가일 뿐이다"라는 겸손과 "내게 있어 가장 중요한 것은 듣는 것. 서로에게 귀 기울이고, 타자의 말에 귀 기울이고, 음악을 듣는 것"이라 말했던 그를 생각한다. '듣지 못하는' 리더가 일으키는 문제들로 너무나 고통스러운 세상에서. 네, 클라우디오! 듣고, 듣고, 들을게요. 세상을, 사람을, 음악을, 시를, 이야기를.

'잘 놀아본' 아이디어

•

독일에서 온 놀이터 디자이너 귄터 벨치히의 초청 강연을 흥미롭게 지켜보았다. 일흔 살이 넘은 '어른 사람'인 벨치히는 '어린 사람'의 싱싱한 감각을 가진 노인이었다. 그의 이야기들은 '잘 놀아본' 아이디어들로 반짝거렸다. 그는 한국의 놀이터들이 죄다 불량품이라고 한다. 여름 날씨가 더운데 놀이기구들이 죄다 플라스틱인 것도 이상하고, 놀이터에 그늘 하나 없이 어딜 가나 중앙에 비슷비슷한 놀이기구가 똑같이 들어서 있다고 안타까워한다. 한국의 놀이터가 이처럼 천편일률적인 이유를 그는 '실용성을 앞세운 미국 놀이터의 영향을 받았기 때문'이라고 진단했다. '한국적인 공간들은 나무, 돌 등 자연물을 잘 이용하는데 놀이터에도 이런 양식이 적용되면 좋겠다'고 당부하는 이 할아버지의 말을 건축업자들이 귀담아들으면 좋을 텐데!

벨치히에게 한 시민이 물었다. '노인세대와 아이들이 함께 시간을 보낼 수 있는 공간'으로서의 놀이터가 가능하지 않을까? 벨치히는 정색을 하며 깐깐하게 답했다. "나이 든 사람들이 아이들과 있으면 늘 가르치려고 듭니다. 가르친다는 것은 '나는 알고, 너는 모른다'는 것입니다. 이런 구도 속에서 아이들은 자유롭게 놀 수 없습니다. 아이들이 놀 때는 어른 없이 아이들끼리 놀아야 합니다." 아, 맞다. 나도 어렸을 때 '우리'만의 비밀 동굴을 만들어 놀곤 했지! 벨치히의 대답은 특히 한국의 정서를 고려할 때 너무나 적확하지 않은가.

고리호 속의 토끼

●

봄 흙냄새가 여름 흙냄새로 바뀌었다. 얼었던 겨울 흙이 풀리며 따스하게 부풀어 오르는 봄 들판은 말할 수 없이 관능적이다. 부풀어 오른다는 것은 다른 존재를 위한 숨구멍을 많이 가진다는 것. 봄 흙이 여름 흙이 된다는 것은 그 숨구멍들에서 새로운 생명이 본격적으로 살림을 시작했다는 것이다.

개구리 울음소리가 와글거리는 여름 흙의 들판에서 나는 불안하다. 이대로라면 이 땅의 사람들이 맞닥뜨리게 될 또 다른 세월호가 될 고리호 때문이다. 원자력이라는 말은 핵이라는 말의 공포감을 교묘히 완화시킨다. 노후한 핵발전소인 고리 1호기는 30년 설계수명이 이미 끝났지만 어쩐 일인지 2017년까지 가동이 연장되었다. 잦은 고장, 은폐, 뇌물 비리, 불량 부품 사용, 운영 관리의 폐쇄적 인맥구조 등이 세월호와 많이 닮았다. 만약 고리호가 침몰하면 직접 피해 규모는 300만 명. 사람만 희생당하는 게 아니라 우리가 의식주를 기대고 사는 모든 바탕이 괴멸한다. 설계수명이 만료되었지만 여전히 가동 중인 월성 1호기도 사정은 마찬가지다. 이 작은 땅덩어리에 23개의 핵발전소가 있고 그중 고리와 월성의 것은 시한폭탄이나 다름없다. 계절마다 다르게 풍기는 흙냄새를 느끼며 살고 싶은 소박한 바람조차 산산이 파탄 날 것 같은 이 무서운 예감이 '잠수함 속의 토끼'를 자처하는 한 시인의 과민함으로 그치길 바라지만, 과연 지금 아무 일도 일어나지 않는다고 해서 이게 아무 일도 아닌 것인가.

상습 시위꾼

•

말의 타락이 극심하다. 청와대에서 '순수 유가족'이라는 해괴망측한 조어를 뿜어내더니 검찰에서는 '상습 시위꾼'을 찾아내 반드시 법정에 세우겠단다. 국민이 진짜로 법정에 세우길 원하는 자들은 찾지도 잡지도 못하는 검찰의 말씀이다.

'상습 시위꾼'이라면 나도 몇 명 안다. 안전망 없는 이 사회의 바닥까지 내몰린 힘없는 사람들의 손을 가장 먼저 잡아주러 달려가던 이들. 누군가 고통받고 있을 때 내 일이 아니라고 모른 척하지 못하는 이들. 인권운동가, 평화활동가, 시민운동가, 치유활동가 등으로 불리는 그들의 공통점은 타인의 아픔에 대한 공감능력이 큰 사람들이라는 거다. 섬세한 인권 감수성을 가진 사람들이 인권이 침해받는 현장에 가장 먼저, 그리고 '상습적으로' 달려간다. 진흙탕 같은 사회일지라도 사람 사는 세상의 향기가 끊어진 적 없다면 그것은 진흙탕 속에서도 악착같이 뽀얀 꽃을 피워 내려 애쓰는 이 '상습적 희망 바라기'들의 실천 덕분이다.

감수성의 세상과 담쌓고 살 게 뻔한 검찰 관계자들께 한 가지 비밀을 더 알려드리자면, 사실 시인들이야말로 진짜 '상습 시위꾼'이다. 시인은 부패한 세계의 질서에 반항하는 운명을 타고난 자들이다. 말과 글로 타인의 영혼을 흔들고 싶어 하고 안주한 채 썩어가는 기성의 체제를 전복하고 싶어 한다. 상습적으로, 집요하게, 매 순간 체제를 해체하고자 꿈꾸는 가장 위험한 '상습 시위꾼'인 시인들을 어디 줄줄이 꿰어 법정에 한번 세워보시지?

설악산 케이블카

•

　설악산 케이블카 소식을 듣는다. 논란 끝에 이미 부결되었던 사업인데 대통령의 '관심'으로 급추진되는 모양새다. 지금 운행 중인 설악산 권금성 케이블카는 오래전 일인 데다 독재정권 때 일이니 어쩔 수 없다 치자. 단 며칠의 올림픽 경기를 위해 가리왕산을 짓밟고 있는 자들이 이젠 설악산마저 망쳐놓으려 한다. 무지한 정치권력과 돈만 좇는 자본권력은 온갖 타락한 합성어를 만든다. 저들이 '친환경 케이블카'라고 우기는 '친환경'과 '케이블카'의 합성은 목 졸라 살해하면서 '너를 살리기 위해서'라고 외치는 형국이고, 죽어라 패면서 '사랑하기 때문'이라고 말하는 것만큼 어불성설이다. 제발 좀 그대로 두라. 한반도의 가장 빼어난 보물들인 강과 산, 갯벌을 죄다 불구와 기형으로 황폐화시키고 대체 무엇을 미래세대에게 물려주려는지. '강원도정'은 대체 어디로 가고 있는가. 최문순 강원도지사는 환경문제에서 거의 문맹 수준이다. 착각하지 마시라. 수려하고 거친 야성을 지닌 본래의 자연이 있어 사람들이 강원도로 오는 거다. 본래의 설악과 장장 3500미터 케이블카로 혈맥을 다 끊어낸 설악은 결코 같은 설악이 아니다. 케이블카로 정상에 올라 관망하는 설악이 마음에도 진정 담기겠는가. 멸종 위기종 산양을 비롯한 뭇 생명이 설악에서 쫓겨날 때 이 땅의 미래가 쫓겨나는 것이다. '시인' 역시 그만 멸종하거나 이 나라를 떠나야 할지 모를 일이다.

생각이 많아지는 옥수수 냄새 속

•

토종 씨앗 보존운동을 하는 지인이 햇옥수수를 보내왔다. 옥수수 냄새는 향수를 자극한다. 껍질을 벗기고 수염을 챙겨두며 찜통에 물을 올린다. 물 끓는 소리를 들으면서 나는 말똥말똥해진다. 이 옥수수는 그대로 잘 말렸다 화분에 심으면 옥수수 싹이 날 것이다. 그게 너무 고맙다. 콩 심은 데 콩 나고 팥 심은 데 팥 난다는 말은 이제 진리가 아니다. 모든 열매는 씨앗이기도 해서 자연스레 자기 종족을 보존해왔지만, 인간의 탐심은 속칭 '터미네이터 식물'이라 하는 불임 씨앗부터 '프랑켄슈타인 식품'이라고 하는 GMO에 이르기까지 세상의 씨앗들을 온통 뒤죽박죽 괴물화하고 있다. 우리가 시장에서 사 먹는 농산물 대부분은 종자 회사의 씨앗으로 키운 것이다. 이들은 첫해엔 열매를 맺지만 다음 해부턴 열매를 맺지 못하는 불임 씨앗이 대부분이다. 종자를 팔아 돈을 버는 몬산토 같은 종자 회사들이 농가가 자가 채종으로 계속 열매를 얻지 못하게 형질을 조작해 일회용 씨앗을 만드는 거다. 수확량을 늘리기 위한 온갖 GMO 종자들은 상상만으로도 끔찍하다. 옥수수에 청어 유전자를, 토마토나 딸기에 넙치 유전자를 넣어 '프랑켄슈타인 식품'을 만들고 한 번 수확하면 자손을 남기지 않고 아예 자살하도록 유전자를 변형시킨 '자살 씨앗'을 만드는 것도 다국적 종자 회사들이 하는 일이다. 이 무서운 탐욕에 대항해 토종 씨앗을 지키고자 노력하는 사람들을 나는 어떤 식으로 응원할 수 있을까. 생각이 많아지는 옥수수 냄새 속이다.

잡스에게 배워야 할 것

●

초중고등학교는 대학 가기 위해, 대학은 취직하기 위해 존재하는 한국에서 '교육'을 말하는 일은 막막하다. 대학이 시장 논리에 노골적으로 포섭되면서 진리와 학문 탐구, 인간의 성숙과 성찰, 이런 말을 대학과 결부시키는 일이 낯 뜨거워진 지 오래다. "군에서 제대해 복학하니 다니던 학과가 없어졌다"는 이야기가 흔해진 세상. 자본 앞에 '알아서 기는' 대학 행정은 '우리는 취업 학원이다'라고 암암리에 선전하고 기업과 연계해 '취업률 높은 대학'을 증명하려고 저마다 난리다. 기업의 입맛에 따라 대학을 구조조정하고 취업률 지표로 학과를 통폐합하는 걸 '합리'로 받아들이는 여기. 영어 관련 학과가 아닌 과들의 전공 수업을 영어로 하고 과제물도 영어로 내라고 하는 해괴한 여기. '국어문법론', '국어학강독', '한국선사고고학', '한국근현대사'를 영어로 강의하고 영어 과제를 제출하라는 어이없는 사태를 촉발시키는 것도 기업이 영어 실력을 요구하기 때문이다. '취업 공부 때문에 학과 공부할 시간이 없다'는 말이 아무렇지 않게 상용되는 파탄 난 '상아탑'. 그런데 생각해보자. 자본과 기업이 성공의 아이콘으로 추앙해 마지않는 스티브 잡스는 "애플의 모든 기술력을 주더라도 소크라테스와 한나절 대화할 수 있으면 좋겠다"고 했다. 과대 포장된 면이 있는 인물이긴 하지만 이런 인문학적 열망은 분명 잡스를 잡스이게 한 원동력 중 하나다. 취업률 기여도 0퍼센트에 가까운 철학과 인문학적 질문의 능력이 잡스의 성공에 긴요하게 작동한 힘이라는 것을 한국의 대학들은 정말 모르는 걸까.

'수능 대박'이라는 말과 청소년 자살률

●

11월에 들은 가장 슬픈 말은 '수능 대박'이라는 말. 오래전 유행한 '부자 되세요'만큼이나 마음 한구석을 쓸쓸하고 욱신거리게 한다. 객관성을 표방하는 수학능력평가에 대박이라는 사행성 심리가 합성되는 배경에서 이 시험의 본질을 간파한 대중 정서를 나는 느낀다. 중고교 6년 동안의 공부에 대한 평가와 앞으로의 인생에 꼬리표처럼 따라붙을 대학 학벌이 시험일 단 하루의 운과 컨디션에 좌우된다는 것. 일종의 '도박판' 원리와 흡사하다는 것. 그동안 노력해온 공부 수준을 평가하고 자신을 더 잘 성장시키는 공부로 이끄는 관문이 아니라, 서열화한 대학들 앞에 줄 세우기 하는 과정이라는 것. 경쟁을 통한 순위 매기기와 '정당하게' 낙오시키기. 올해 수능을 본 입시생은 64만여 명이라 한다. 이른바 '괜찮은' 대학 신입생이 될 약 10만 명을 제외하면 55만 명에 가까운 청소년들이 시스템 유지의 들러리가 되고 마는 이런 게임이 20년이나 지속되어왔다. 그동안 대한민국은 전 세계에서 청소년 자살률이 가장 높은 국가로 최장수하고 있다. 교육의 이름으로 올가미 씌워 아이들의 몸과 마음을 사지로 몰고 있는 잔인하고 뻔뻔한 어른들의 국가. 언제쯤 이 지독한 서열화와 학벌주의의 악순환을 끊을 수 있을까. 또 한 번의 수능이 끝났다. 이 무렵이면 기도 목록이 하나 더 늘어난다. 수능 성적을 비관해 불행에 빠지는 아이들이 부디 없기를. 수능 따위 인생의 여러 출발점 중 한 점에 불과하단다. 그러니 애야, 살자. 우리, 살자!

싸가지론

●

어느 교사가 자신이 가르치는 남학생들에게 이렇게 말했다는 이야기를 직접 들었다. "나는 솔직히 너희를 평등하게 보지 않는다. 우리 교실에 네 등급의 신분이 있다. 공부 잘하고 싸가지 있는 놈이 왕족이다. 공부 못하고 싸가지 있는 놈은 귀족이다. 공부 못하고 싸가지도 없는 놈은 평민이다. 공부 잘하고 싸가지 없는 놈이야말로 노비다." 재미있는 구분이다. 비록 신분 등급 운운하긴 했지만 그 교사는 학생들을 정말 사랑하는 열혈 교사다. 비유는 거칠지만 학생들은 담임선생님이 자신들을 정말 사랑해서 하는 말이란 걸 알고 있으리라.

요컨대 가장 중요한 건 '싸가지'다. 흔히 '성적만 좋으면' 모든 게 다 용서된다는 식으로 자녀를 키우는 게 요즘 세태지만, 그 교사는 학생과 학부모에게 분명히 말한다. 공부 못하고 싸가지 없는 놈은 자기 인생 하나 힘들면 되지만, 공부 잘하고 싸가지 없는 놈은 다른 많은 사람을 고통에 빠뜨리기 십상이라고. 돈 있고 권력 있는데 싸가지 없는 사람들이 세상을 얼마나 망쳐놓는지 너무나 자주 목도하지 않는가. 사람마다 수준이나 형편이 같을 수 없고 인간적 한계가 존재하지만 싸가지가 없으면 다 꽝이다. 그렇다면 '싸가지'란 무엇인가. 사전에는 '싹수', '소갈머리'의 지방어라고 소개되어 있다. 싹수 있다는 것은 성찰의 능력이 있다는 것일 테다. 여러 사람 힘들게 하는 싸가지 없는 '갑'들이 흔한 세상이니 그들을 반면교사 삼는 것도 싸가지의 내용을 터득하는 요령 중 하나겠다.

특별하지 않은 바로 너

•

사람들은 흔히 내 자식이 특별하길 원한다. 내 아이에게 넌 특별하다고 부추기고 칭찬하는 게 '교육적으로' 좋다고 여기기도 한다. 정말 그럴까? 오래전 잠시 중국에 머물 때, 식당이나 공연장 등에서 조부모를 하인 부리듯 하는 '소아 황제'들을 많이 봤다. 한족에게 적용되던 한 가구 한 자녀 정책으로 집안 모두에게서 '특별한' 대우를 받아온 아이들은 자기밖에 모르는 안하무인의 성정이 극심했다. 내 자식이 특별하길 바라는 건 성숙하지 못한 부모의 병이다. 너는 특별한 아이라고 쓸데없이 칭찬하며 키우면 아이가 더 많이 행복할까. 뭔가를 더 잘하고 싶은 이유가 특별한 존재라는 칭찬을 받기 위해서일 때, 그 아이는 불행해질 확률이 높다. 자신이 특별하다는 생각(착각)이 성취로 이어지면 다행이지만 그렇지 못한 경우가 훨씬 많으므로. 특별하지 않아도 우리는 누구나 사랑받아 마땅한 존재들이다. 아이를 사랑하는 것은 그 아이가 특별해서가 아니라 생명 그 자체가 본래 사랑받아 마땅하기 때문이다. '존재 자체로 사랑받는' 행복감이야말로 사람이 경험할 수 있는 가장 큰 보람이자 충만이다. 특별하기는커녕 내가 평균보다 못나도 언제나 나를 지지하고 사랑해주는 부모가 있다는 믿음을 가진 아이들이 어여쁘게 성장한다. 세상의 모든 생명은 저마다 고유한 우주인 것이고, 우리는 저마다의 고유성을 사랑하고 응원하는 것. 고유한 우주와 고유한 우주가 만나 서로의 고유성을 무한 지지하고 아껴주는 것이 사랑의 가장 '특별한' 힘이다.

등반가의 노동과 셰르파의 노동

•

등반가에게는 미안하지만, 나는 '아무개, 에베레스트 등정 성공' 같은 소식을 들을 때 환호한 적이 없다. 왜 산의 정상을 '정복'해야 하는가 하는 물음은 둘째치고, 한 사람의 등정 성공을 위해 필요한 수많은 셰르파가 먼저 떠오르기 때문이다. 현대의 고산 등정이란 레포츠 산업과 긴밀히 연결된 일종의 비즈니스가 되었다. 정상에 오른 등반가에게는 명예와 여러 형태의 물질적 후원이 따른다. 그러면 셰르파는? 셰르파는 짐을 나르고 수당을 받는 노동자다. 함께 산에 오르는데, 등반가의 노동은 '꿈의 실현'을 위한 것이고, 셰르파의 노동은 생활을 위한 것인 셈이다. 임금 노동자에 기대어 있는 누군가의 꿈과 모험, 나는 이것이 불편하다. 등반가의 등정 성공은 셰르파 없인 불가능하다. 등반가의 도전과 모험 정신이 진짜 멋진 것이 되려면 자신의 꿈을 실현하는 데 결정적인 도움을 준 이들에게 감사하고, 그 마음은 현실로 표현되어야 한다. 그러기 위해선 무엇보다 셰르파의 임금이 올라야 한다. 노동에 대한 정당한 보수는 동반자 관계의 초석이고, 그에 따라 셰르파와 그 가족이 직업에 보람과 자존감을 느끼게 될 때, 등반가의 등정은 산 앞에 부끄럽지 않은 것이 된다.

현대차가 서울 삼성동 한전터 인수에 10조 원을 베팅했다. 천문학적인 돈이다. 그 의사 결정을 정몽구 회장이 직접 했다고 한다. 나는 왠지 그룹 총수가 고산에 깃발을 꽂은 모습이 떠오르고, 현대차와 협력업체의 수많은 비정규직 노동자, 하청 노동자가 셰르파처럼 떠올라 잠을 설친다

겨울 밭을 위하여

•

차고 비는 순환의 여정이 잘 보이는 계절. 수확이 끝난 겨울 밭을 보는 농부의 마음을 생각한다. 겨울 밭은 빈 밭처럼 보일지라도 빈 밭이 아니다. 거기엔 씨앗이 들어 있고 벌레가 살고 있으며 무엇보다 농부의 혼이 있다. 눈에 안 보인다고 해서 빈 것이 아니다. 귀농해 농사짓는 지인들은 하나같이 말한다. 농사를 지을수록 밭이 옥토가 되어간다는 느낌이 들 때, '그 흙을 만지는 기분!'을 어찌 설명할까, 라고. 신비롭지 않은가. 겉보기에 비슷해 보여도 화학비료와 농약에 의존해 농작물을 자라게 한 밭과 유기물의 순환을 돕고 자연의 공생 섭리를 존중하며 농사짓는 밭의 속흙이 확연히 다르다는 사실이! 유기농의 기본에 충실한 지인들은 농한기 겨울에도 '더 나은 공생 원리'를 연구하느라 바쁘다.

유기농 이야기를 하자니 '이효리 콩' 해프닝이 떠오른다. 자신이 직접 키운 콩을 마을 장터에서 팔면서 '유기농'이라고 '한글'로 쓴 게 문제가 된 것. 핵심은 '관의 인증' 여부인데, 텃밭에서 수확한 소량의 유기농산물을 마을 장터나 집 앞에서 파는 경우에도 관계 법령의 적용을 받아야 하는가에 대해선 합리적인 논의가 필요한 것 같다. 그런데 그보다 시급히 살펴야 할 건 '관의 인증' 자체에 대한 농민들의 불신이 크다는 사실이다. '국립농산물품질관리원'의 '친환경 농산물 정보 시스템'이 정작 정직한 유기농을 하는 농부들의 신뢰를 얻지 못하는 상황이니, 인증 운운에 앞서 '관의 자성'부터 필요한 것이 아닐까.

폰만 스마트하면 뭘 해

•

스마트폰 보급률이 텔레비전 보급률을 훌쩍 앞지른 상황에서 앞으로의 대세는 스마트폰이겠다. 이 물건은 사실 텔레비전보다 더 집요하게 '나의 시간'을 잠식할 확률이 높다. 손안의 물건인 만큼 매혹적이고 더 위험하다. 우선은 이 물건의 육체성 자체가 인간의 신체에 위협이 된다. 특히 어린아이들의 경우 더욱 심하다. 다른 전자기기에 비해 스마트폰 전자파는 강력하다. WHO가 2급 발암물질로 규정한 전자파는 '주의력결핍과잉행동장애(ADHD)', 뇌암 등과 관련된다. 인체와 거의 항상 접촉해 있는 기기이므로 위험률은 더 높다. 어린이의 머리뼈는 성인보다 얇아서 스마트폰 전자파의 영향이 훨씬 크다. 스마트폰을 만지작거리느라 몸을 움직이지 않는 것도 성장기 아이들의 신체 발달에 영향을 미친다. 어려서 자주 디지털 영상에 노출된 아이들은 커서도 실제 세계보다 가상 세계에 더 익숙하게 되기 쉽다. 당연히 사회성이 떨어지게 된다. 그런데 참으로 이상하지 않은가. 유럽이 엄격하게 전자파 기준을 세우고 열 살 미만 아동의 스마트폰 사용을 법으로 금지하는 것과 달리 한국의 아동들은 스마트폰 사용에 있어 '고객'으로 대우받는다. 삼성이 망하면 국가가 망할 것처럼 호들갑 떠는 이들에겐 스마트폰 장사만 잘되면 고객이 누구든 상관없을 것이다. 스마트폰을 통해 어른들이 얻을 수 있는 생활의 편리는 분명 있다. 하지만 스마트폰에 대한 통제력을 잃는 순간, 스마트한 건 내가 아니라 폰일 뿐이다.

휘발성 위로

•

작가님, 욕심이 불행을 부른다던데. 그래서 욕심 많은 제가 불행한가 봐요. 에이, 욕심 없는 사람이 어디 있나요. 욕심, 욕망은 삶의 동력이 되죠. '마음을 비우려는 욕심', 이건 좋은 욕망이죠. 세상을 좀 더 좋게 만들고 싶은 욕망, 좋은 사랑을 하고 싶은 욕망, 이런 좋은 욕망은 응원하고 힘을 모아줘야 해요. 욕망이란 저 괴상한 '순수이성' 같은 관념이 아니거든요. 그런데 작가님, 어떤 욕망이 저를 너무 괴롭혀요. 부끄럽지만 ○○ 브랜드 신상 백이 너무 갖고 싶거든요. 하하, 간단하네요. 마음만 비우면 되는 거잖아요. 명품 가방이나 옷을 싫어해서리. 제가 잘 이해 못 하는 욕망이긴 하네요. 헉, 그래요? 명품을 어떻게 싫어할 수 있죠? 말씀과 달리 욕망에 솔직하지 않은 거 아녜요? 명품 자체가 싫다기보다 '명품을 가지고 있다'는 것을 드러냄으로써 자신을 표현하는 욕망이 슬프지 않아요? 명품 물건 가졌다고 그 사람이 명품이 되는 게 아니란 건 우리 모두가 아는 사실이잖아요. 휘발성 위로에 불과하죠. 진짜 멋진 건, 바로 당신이어야 하는 거잖아요. '그 사람 참 멋지지!' 하는 바로 그거! 그런 아우라를 만들어가려고 욕심부려야 하는 거겠죠. 네에, 그런데 정말 작가님은 명품이 싫어요? 솔직히 말해보세요. 명품이 왜 싫겠어요? 장인 정신이 깃든 물건은 사람을 반하게 하죠. 장인의 물건과 '명품 시장'은 다른 문제고요. 저도 20대엔 명품 좋아했어요. 그런데 명품 덕 본 게 없네요.

'여류'라는 말

●

　20대 중반의 나이로 등단했을 때, 공적인 자리에서 내가 질색
하던 말이 '여류 시인'이라는 수식이었다. '여류'도 싫은데 나이와
외모를 지칭하는 말까지 곁들여져 소개될 때 느꼈던 불쾌함은 지
금도 여전하다. 나이와 외모는 직업의 세계에서 불문이어야 옳다.
'여류'라는 말은 예술계에서 주로 많이 쓰이는데, 여성 예술인 앞
에 관습적으로 붙이는 이 말에 대해 그다지 문제의식을 못 느끼는
분위기가 나는 매우 불편하다. '남류'라는 말은 쓰이지 않건만 여
성의 경우에만 '여류'라는 한정어를 붙이는 이유는 무엇일까. 남
성이 하는 예술은 관형어의 구속이 불필요한 '예술'인데, 여성이
하는 예술은 '여류'라는 관형어에 구속되어 주류에 부속된 지류의
느낌으로 왜곡된다. 여성이건 남성이건 작가는 작가일 뿐이다. 이
자명한 상식이 우리 사회 내밀한 의식 속에선 아직 상식에 도달하
지 못하였기에 이런 단어가 여전히 상용되는 것인지도 모른다. 그
어떤 '류'도 아닌 오직 '창작하는 자'로 수많은 여성 작가가 오랜
시간 눈부신 활약을 해왔음에도 여전히 '여류'라는 말이 신문이나
텔레비전 등 공공매체에서 고민 없이 사용되는 것을 보는 일은 슬
프다. 인식의 해방은 말의 해방을 동반해야 비로소 완전해진다.
그 시적 성취와 치열한 생애를 통해 볼 때 시인 고정희 앞에 '여류
시인 고정희'라 쓰는 것이 가당키나 한 이야기인가. 누군가 나혜
석이나 프리다 칼로를 '여류 화가'로 한정시킬 때 그들 예술의 진
면목은 반토막 나고 마는 것이다.

있는 그대로 사랑하기

•

키라 나이틀리의 토플리스 사진이 실린 잡지 표지를 보았다. '그녀답게' 아름다웠다. 그 표지 사진과 관련해 키라는 한 인터뷰에서 밝혔다. "가슴을 더 크게 만들거나 수정하지 않는 조건으로 촬영에 동의했다"고. 자신의 몸을 있는 그대로 보여주길 원한다는 것이다. 의도적 과장과 보정 혹은 조작으로 여체 이미지를 왜곡 소비하는 세태를 향해 던지는 당당한 문제 제기지만 사실 당연하지 않은가. 지난여름 한국에선 '이것또시위'가 있었다. 여성민우회활동가들이 제안한 일명 '브라 노(NO)브라' 시위. "브래지어 안 하고 다니면 이상하게" 보는 시선의 억압으로부터 자유롭기를 원하는 '이유 있는' 시위지만 이 역시 당연하지 않은가.

초경 때 엄마와 언니들로부터 선물 받은 것이 생리대와 브래지어였다. 그때 나는 브래지어를 왜 해야 하는지 이해할 수 없었다. 내 가슴은 브래지어를 하지 않아도 될 만큼 충분히 작았다. 성인이 된 뒤에도 나는 브래지어와 친하지 않다. 달리기할 때 부담스럽지 않을 만큼 자그마한 내 가슴이 나는 좋다. 브래지어를 껴입어야 할 필요를 못 느낀다. 브래지어가 필요한 경우는 한 가지, 건강상 이유에서가 아닐까. 가슴 사이즈가 많이 커 일종의 지지대 역할을 해줄 필요가 있을 때 말이다. 가슴은 가만히 있는데 가슴을 바라보는 시선은 다르고, 흔히 억압적이다. 그 시선에 신경 쓰며 부풀리거나 감추다가 망가져가는 것이 몸만은 아닐 것이다.

부자 노예

●

사악하고 어여쁜 돈 이야기다. 돈 덕분에 부자들은 집, 차 등의 물질은 말할 것도 없고 성, 노동력, 교육, 건강까지 구매한다. 돈은 무소불위로 보인다. 그러나 원하는 무엇이라도 살 수 있는 '힘'은 돈을 통해 얻을 수 있는 가장 기초적인 기쁨에 불과하다. 최초의 돈은 교환의 '편리'를 위해 고안되었다. 인간이 좀 더 자유롭고 즐겁기 위해 번거로운 노동을 줄이고자 만든 도구 중 하나였을 뿐이다. 이러한 쓰임은 급격히 잊혀 이제 돈은 인생 목표가 되기 일쑤다. 돈을 사용해 자유로워져야 할 사람들이 돈의 노예로 살다 죽어가는 기괴한 풍속도. 최근 보도에 따르면 한국에는 금융자산만 10억이 넘는 이들이 총 16만 7000명 정도라고 한다. 그런데 이 중 78퍼센트가 자신이 부자는 아니라고 답했다. 생존을 위해 매일 돈을 벌어야 하는 노동자와 서민들의 삶에는 핍진한 생활의 요구라는 '활기 = 근육'이라도 존재하지만, 100억은 가져야 부자가 된다는 이런 열패감 앞엔 연민도 아깝다. 이러니 은행에 쌓아둔 돈으로 존재를 증명하는 무지한 한국 부자들이 기부와 거리가 먼 것도 당연하다. 이들에게 '진짜 기쁨을 위하여 돈 '잘' 사용하는 법'을 가르치는 프로그램이라도 있으면 좋겠다. 돈은 자신과 세상의 좋은 순환을 돕는 쪽으로 기능할 때 가장 이롭다. 돈의 노예로 살고 싶은가 주인으로 살고 싶은가. 부자 아닌 사람들도 매일 자신에게 물어야 한다. 자본주의가 키운 돈의 괴물성은 상상 이상으로 강력하다. 정신 차리고 살지 않으면 훅 간다.

어처구니를 찾아서

•

 사는 게 어처구니없는 시절이다. 어처구니없는 일들이 그저 어이없고 황당한 정도로 끝나면 다행이지만 요즘의 어처구니없음은 거의 언제나 누군가(들)의 죽음에 직간접으로 연결되어 있다. 허탈감과 분노에 계속 노출된 개인들은 스스로를 지키기 위해 냉소와 무관심을 구조화하고, 이제 어디서건 이 나라를 떠나고 싶다는 말이 공공연히 들린다.

 '어처구니'는 맷돌의 손잡이를 가리키는 우리말이다. '어처구니 없다'는 맷돌을 돌리려는데 손잡이가 없는 상황! 도끼질하려는데 도낏자루가 없는 경우와 같다. 이 노래를 기억하는가. "수허몰가부 아작지천주(誰許沒柯斧 我斫支天柱)". 신라시대 원효가 짓고 불렀다는 이 문장은 "누가 자루 빠진 도끼를 빌려주겠는가. 내가 하늘을 괴는 기둥을 깎겠다"로 흔히 해석된다. 노래 속 원효의 욕망을 알아챈 왕이 요석공주를 내주었다는 너무나 상투적인 이야기와 연결되어 떠돌곤 했다. 그러나 나는 이 한자 조합을 이렇게 읽는다. "누가 자루 없는 도끼를 주겠는가. 내가 하늘을 떠받친 기둥을 찍어버리겠노라!" 어처구니없는 도끼로 하늘을 떠받친 기둥을 끊어내고 새로운 질서를 만들겠다는 사자후. 이것은 어처구니없는 도끼의 가장 빛나는 역발상이다. 맨몸뚱이 하나로 사는 백성들은 애초부터 어디에도 의지할 데 없는 손잡이 없는 도끼 신세 아닌가. 어처구니없는 백성의 삶이 어느 날 자신들의 진정한 어처구니를 찾아 분연히 일어설 때 새 하늘이 열리리라는 사자후가 요즘 자꾸 떠오른다.

사람 사는 마을에는 도서관이 있어야 한다

•

　도서관 사서가 직업인 독자를 만날 때 "좋으시겠어요!"라고 인사할 때가 있다. 십중팔구 책 좋아하는 사람들이 사서가 되었을 테니 도서관이라는 직장은 훌륭하지 않은가. 그런데 내 인사에 "사실 좀 힘든 노가다예요"라는 답이 돌아올 때가 많다. 정부가 올해 추진하겠다고 발표한 47개 공공도서관이 제대로 개관하면 전국 공공도서관 수는 968곳이 된다. 문화적 갈증을 해소할 수 있는 지역도서관이 2000개 정도만 운영되면 문화생산자와 시민의 소통 원활은 물론, 고사 직전의 창작자들에게도 살길이 주어질 수 있다는 생각도 든다. 의미 있는 저작이어도 초판 1000부 찍기가 어려운 인문학 도서들, 이젠 500부를 찍어도 초판 소화가 어렵다는 시집이나 소설책도 2000개 정도의 공공도서관이 '제대로' 운영되어 국고 구입이 되면 부족한 대로 한국 문학의 토양은 유지할 수 있다. 도서관 2000개는 아직 꿈같은 일이지만 장기 안목으로 계속 노력해야 한다. 문제는 현재 정부의 도서관 확충 계획안이 안목 있게 장서를 구비하고 인문학 프로그램을 활성화시킬 수 있는 내용성보다 '도서관 건물 짓기'에 급급해 보인다는 점이다. 도서관 확충이 도서관 '건물 짓기'라면 그것은 토목건설업자의 배를 불려줄 뿐, '사람 사는 마을에 도서관이 있어야 한다'는 말의 진짜 의미와 거리가 멀다. 어떤 전문가들이 어떤 조건에서 일하는지가 도서관의 질을 결정한다. 좋은 책과 사람의 소통을 고민할 인력의 안정적 수급 없이 도서관 건물만 늘어난다면 도서관은 '독서실'이 될 수도 있다.

희망버스 시인

•

"나는 작가다. 모든 작가는 '정치에 거리를 두려는' 충동을 느낀다. 평화롭게 책을 쓸 수 있도록 내버려두기를 바라는 것이다. 하지만 불행히도 그런 이상은 기업형 슈퍼마켓들 틈바구니에서 살아남기를 바라는 구멍가게 주인들의 꿈보다도 실현 불가능한 것이 되고 있다." 1938년 조지 오웰이 독립노동당에 입당하며 쓴 글이다. 작가이자 언론인이었던 조지 오웰처럼, 불의에 대한 저항은 많은 작가에게 중요한 문학적 동기가 되어왔다. 그런 작가 중 하나인 송경동 시인이 법원으로부터 '국가와 경찰에 1500여만 원을 배상하라'는 판결을 받았다. 2011년 '희망버스' 집회 참가자에게 송 시인이 불법행위를 권유해 경찰의 피해가 발생했다는 것이다. 그는 평화롭게 시를 쓸 수 있는 세상을 진심으로 바라기에 거리로 나선 시인이다. 그런 시인에게 죄를 물었다. 가난한 시인이 1500여만 원이라는 거액을 배상해야 하는 것도 큰일이지만, 이 판결의 진짜 문제점은 '희망버스'에 참여했던 사람들을 선동에 휘말린 '우매한 대중'으로 모욕하고 있다는 점이다. '희망버스'를 이끈 힘은 '사람으로서 이대로 보고 있을 수 없다'는 보편적 휴머니즘이었다. 벼랑 끝에 내몰린 이웃의 손을 잡고자 하는 절박함에 공감한 시민들이 '희망버스'를 타고 전국에서 모였다. 법관이여, 법의 이름을 빌려 관습적으로 공권력을 편드는 행태가 부끄럽지 않은가. 디케의 저울에 올려야 할 것은 정의에 대한 존경과 사회적 약자를 지키려는 공공선의 의지다.

다양한 형태의 가족 만들기

•

해맑은 얼굴의 서른 살 청년 민은 프랑스로 돌아가 파트너인 K와 팍스(PACS)에 등록한다고 했다. 모였던 한국 친구들이 민의 '언약식'을 축하하며 건배했다. '시민연대협약(Pacte Civil de Solidarité)' 정도로 번역되는 팍스는 '서로 도우며 함께 살기로 한 개인 간의 계약'이라 할 수 있다. 합의한 계약서를 법원에 신고하면 프랑스 정부는 조세와 사회보장 등 다양한 혜택을 제공한다. 전통적 의미의 결혼은 아니지만 이에 준하는 법적 지원을 누릴 수 있어서 팍스로 가족을 이루는 이성, 동성 커플들이 점점 늘고 있다고 한다.

아직 안정적 직업이 없는 청년인데도 민에겐 가난하면 가난한 대로 삶을 즐기며 살아가겠다는 여유로운 힘이 있었다. 자신에게 열려 있는 다양한 선택의 가능성을 잘 알고 있을 때 나오는 여유 말이다. 나는 미래에 대한 불안으로 그늘진 우리 청년세대를 떠올리지 않을 수 없었다. 한국도 비혼 인구가 늘고 있지만 아직은 자발적 선택보다 주로 사회경제적 이유로 결혼을 '포기하는' 경향이 강하지 않. 늘어나는 동거 커플에 대한 제도적 지원은커녕 또 다른 가족 형태로서의 가능성부터 검토해야 하는 수준이다. 다양한 형태의 커플과 가족이 만들어진다는 것은 개인의 자유와 행복의 감각을 섬세하게 진화시키는 과정이기도 하다. 비혼 커플의 아이가 '법률적 결혼' 없이도 축하와 제도적 지원 속에서 태어날 수 있는 때를 상상해본다.

욕이 욕본다

●

신호등 앞에 서 있는 잠깐 동안 욕을 엄청 들었다. 교복을 입은 고등학생 셋의 대화. 절반이 욕이다. "새끼, 웃기지 않냐?", "씨발, 재섭써.", "병신, 닥치고!" 등등. 아이들 목소리를 들으며 가슴이 싸하게 아프다. 아이들이 욕을 해서가 아니라 욕이 이미 욕이 아니게 되어서 슬프다. 표현의 욕망을 담는 게 말이고 욕도 자연스러운 말의 일부를 이룬다. 막힌 곳을 터주는 적극적인 감정 표현으로서의 욕. 자기 치유의 욕망을 가진 말이라는 점에서 욕은 유용하다. 그러나 습관이 되어버린 욕은 그 욕을 뱉는 사람의 마음에 어떤 변화도 일으키지 못한다. 우리나라 청소년들의 입말에 욕이 남발되는 것은 아이들이 행복하지 못하기 때문이다. 욕이라도 해서 억눌린 정서가 해소될 수 있다면 지금처럼 출구 없는 시험 지옥을 견디는 아이들에게 욕은 오히려 권할 만하겠지만, 카타르시스가 사라진 습관적인 욕은 불필요하게 늘어난 헛껍데기 음절 덩어리들에 불과할 뿐이다.

내가 기억하는 최고의 욕은 친할머니의 것이다. "새 뒤집혀 날아가는 소리!", "귀신이 잡아가 아작아작 뼈째 씹어 먹을 놈!" 이런 욕들에는 발견의 기쁨과 상상의 카타르시스가 있었다. 아, 새는 몸을 뒤집은 채 날 수 없구나. 그런 발견은 하늘을 한번 다시 보게 하고 구름 속을 드나드는 새들의 이름을 궁금하게 했다. 귀신에게 잡혀가 아작아작 씹히는 '그놈'을 상상하면 몸과 마음의 감각이 짜릿하게 통쾌해지지 않는가.

우리가 상용하는 욕 중엔 쌍시옷으로 시작하는 욕이 많다. "씹

할!" 이 욕은 감정을 터뜨려 울화를 해소하는 데 유용할 수도 있다. 그러나 청소년들이 이런 욕을 습관적으로 하는 걸 보는 일은 곤혹스럽고 슬프다. '애들아, 그 말의 어원을 아니? 사랑하는 사람과 나누어야 하는 소중한 행위를 왜 '그따위'들에 연결하니?' 신호등 앞에서 나는 안타깝게 속말을 한다.

동물에 빗댄 욕도 마찬가지다. '개새끼'는 물론 개 같은, 돼지 같은, 뱀 같은, 여우 같은, 이런 비유들을 들을 때마다 '개돼지가 무슨 죄야?' 하고 되묻고 싶다. 이유 없이 인간의 혀끝에 불려와 곤욕을 당하는 동물들에게 미안하다. '개만도 못하다'라는 식은 좀 낫다. 비교격의 폭력이 있을지라도 개만도 못한 짓을 하는 상대에 대한 일말의 언어적 응징이 카타르시스를 준다. 그런데 '개새끼', '개 같은' 식의 표현은 대상의 고유성을 폭력적으로 훼손한다. 인간의 관점에서 열등하고 비루한 존재 취급을 당하는 개들. 개가 어때서? 반려동물과 함께 사는 사람이라면 더구나 이런 욕들은 매우 불편할 것이다.

애꿎은 동물들을 끌어들일 필요 없이 그렇게 살면 '욕 자체'가 된다는 걸 보여주는 인간들이 이미 많지 않은가. 히틀러 같은 놈! 아이히만 새끼! 이런 이름들이 너무 멀리 있는 것 같다면, 대한민국 역사 속에서도 이미 검증된 '욕 자체'들은 많다. 이 ○○○ 같은 놈!

퍼 날라지는 시

•

한 강연장에서 어떤 독자분이 내 시 〈바늘귀 속의 두근거림〉을 블로그에서 읽었고, 참 좋았다고 하셨다. 그런데 나는 아무리 생각해도 그런 시를 쓴 적이 없다. 가만히 생각해보니 내 산문집에 나오는 산문의 일부였다. 누군가 옮겨 적은 그것을 블로그 주인장이 시라고 생각한 모양이었다.

인터넷 블로그나 카페 등에 퍼 날라지는 시들에 대해서도 저작권 개입이 필요하다는 이야기들이 있지만, 나는 이에 반대. 인터넷 세계의 황무함을 개탄하는 시절 아닌가. 그러므로 더더욱 나는 내 시들이 인터넷 바다에 떠 있는 가녀린 별 조각들처럼 어디선가 반짝거리고 있는 게 좋다. 시가 태어나는 자리는 '저작권'이니 하는 '권리 주장'과 애초에 거리가 있는 것이고, 그 거리가 역설적으로 시의 순수성을 지켜온 것이라 나는 믿는다. 그러므로 내 시들이 불특정 다수의 블로그나 카페를 장식하는 장식 문패 정도가 될지라도, 여전히 시를 퍼 나르는 그 마음들 자체가 소중하다고 생각한다. 하여 시집을 읽지 않는 사람에게도 어느 날 문득 시를 만나는 기쁨이 깃들기를 바란다. 그런데 당부 하나. 가능한 한 원문이 훼손되지 않은 채 퍼 날라졌으면 좋겠다. 조사가 빠지거나 다르거나 행갈이, 연갈이가 틀린 건 부지기수고, 심지어 중요한 단어, 문장, 행, 연이 빠진 채 떠돌기도 하는 시들을 봐야 하는 일은 슬프다. 주격조사 '은는이가' 중 어느 것을 쓸지, 보조사를 쓸지 말지를 놓고도 밤새 고민하는 게 시인이라는 종족이다.

연애 상대 고르기

·

한눈에 '이 사람이다!'를 알아본, 이를테면 운명의 경우가 아니라면 우리는 대개 데이트를 통해 상대를 차츰 알아간다. 사랑을 주고받는 것, 어쩌면 이게 인생의 전부 아닐까. 마르그리트 뒤라스의 말을 빌리자면 "이게 다예요!" 어떤 대의적 성취를 이루고 산다 해도 사랑이 없다면 공허하다. 누군가를 사랑하고 싶은 이들이 사랑을 통해 더욱 아름다워지고자 하는 과정, '연애'란 그래서 참 예쁘다. 그런데 사람으로부터 상처받아 사랑에 냉담해진 청년들을 종종 만나게 된다. '사랑하고 싶은' 상처받은 20~30대 친구들에게 나는 가끔 사람 보는 기준에 대해 말하곤 한다. 내 기준은 이렇다. 보통의 '일하는 사람'들, 즉 통상 의미에서 사회경제적 지위가 그다지 높지 않은 사람들에게 상대가 어떻게 대하는가를 잘 보라. 경비원, 청소원, 식당 종업원, 택배 기사, 각종 서비스업의 비정규직 노동자와 아르바이트생……. 약자와 소수자에게 친절하고 따뜻한 사람이라면 일단 안심이다. 그런 사람은 연애 혹은 결혼 생활을 하더라도 상대에게 치명적인 상처를 입히지 않는다. 강자에게 약하고 약자에게 강하게 구는 비굴은 언제라도 폭력으로 변할 수 있고, 그 약자는 연애 당사자가 될 수도 있다. 요컨대 '사람에 대한 예의', 이것을 갖추지 못한 사람과 잘못 엮이면 인생이 괴로워진다. 입에 발린 사랑의 말을 아무리 쏟아낸다 해도 나지막한 보통의 존재들과 공감할 수 있는 따뜻한 사람이 아니라면 만남의 아름다운 열매를 맺을 가능성은 적다.

교황의 자비

•

"너희가 그들에게 먹을 것을 주어라"는 성경 말씀을 보통은 베풂으로 이해하지만, 프란치스코 교황은 이렇게 말한다. "빈곤의 구조적 원인을 없애고 가난한 이들의 온전한 발전을 촉진하도록 일하라." 이것은 시혜가 아니다. 가난으로 고통받는 사람이 곧 나라고 느끼는 동체대비(同體大悲)의 마음 자세다. 이를 불교에서는 자비라 한다. 자비는 연민이나 동정보다 적극적인 공감에 가깝다. 자타불이(自他不二)한 존재 간의 희로애락을 내 일처럼 겪는 마음이다. 영어로는 'Sympathy'와 'Empathy'. 둘 다 공감을 뜻하지만 이해한다는 차원을 넘어 타인의 아픔에 이입하여 자신의 아픔처럼 느끼는 'Empathy'가 자비에 좀 더 가깝겠다. 머리로 이해할 때는 '그래, 너 아픈 거 잘 알겠다. 그러니 어서 병원에 가봐라'가 된다면, 가슴과 온몸으로 느낄 때는 아픔을 멈추는 방법을 지금 당장 찾게 된다. 너의 아픔이 나의 아픔으로 느껴지니 즉각 실천으로 연결시키는 것이다. 달라이 라마, 프란치스코 교황 등 세계인의 존경을 받는 성인들에게는 나와 타인의 경계가 없는 자타불이, 동체대비의 아우라가 숨결처럼 스며 있다.

전 세계인이 안타까워한 세월호 참극을 겪고도 이 비극의 구조적 원인을 없앨 첫 발걸음인 특별법 하나 만들지 못하고 있는 나라에 와야 하는 교황의 마음을 생각한다. 아마도 교황은 이 땅의 고통을 나누기 위해 더 많은 기도로 눈물 흘리고 계실 것이다.

웃프다, 노벨문학상

●

노벨문학상 시즌이 지나갔다. 매년 후보로 거론되는 한 원로 시인 때문이기도 하겠지만 왜 저토록 노벨상에 연연하는 것인지 걸러지지 못한 욕망이 쓸쓸해서 웃프다. 한국에서 노벨문학상이 안 나오는 것이 무슨 국가적 자존심의 문제인 양 치부하는 언론 정서도 마찬가지. 국제적 상을 받으면 개인의 명예가 되는 것은 확실하겠다만. 그게 '대한민국 문학' 전체의 명예와 대체 무슨 상관이란 말인가. 게다가 노벨문학상 수상이 해당 개인의 문학적 성취와도 딱히 일치하지 않는다는 걸 알 만한 사람은 이미 알지 않나. 몇 년 전 수상자인 중국 소설가 모옌을 떠올려보라. 노벨문학상의 권위? 아유. 권위는 무슨! 그저 모양 빠지지 않는 패들을 추려 넣은 통을 흔들어 제비뽑기한다고 생각하면 속 편한 거다. 몇 년 전 베를린에 문학 행사 갔을 때 우연히 헤르만 헤세 기사를 본 적 있다. 신문 1면 헤세의 사진 밑에 이런 글이 쓰여 있었다. '젊어서 헤세의 시를 좋아하지 않는 사람은 영혼이 메마른 사람이고 사십이 되어서도 헤세를 좋아하는 사람은 개성이 없는 사람이다.' 한참 웃으며 독일 사람들 참 냉정하구나, 생각했다. 그래도 노벨문학상 '씩이나' 받은 '세계적 작가'를 신문에서 이런 식으로 말할 수 있다니. 한국 같으면 꿈도 못 꿀 일이다. 어떤 상의 권위로부터도 자유로울 수 있는 정신이야말로 문학의 힘 아닌가. 부연하자. 큰 상을 받은 한 사람의 작가가 독자의 사랑을 독차지하는 것보다 의미 있는 100명의 작가가 고르게 독자의 사랑을 받는 것이 진짜 한국문학이 사는 길이다.

시 읽을 시간이 없는 당신에게

•

시, 소설 읽을 시간이 어딨습니까. 다른 책 읽기도 바쁜걸요. 책 깨나 읽는다는, 흔히 지식인입네 하는 이들에게서 이런 이야기를 종종 듣는다. 세계적인 트렌드인 피케티니 지젝이니 유명 석학들의 신작 쫓아가기도 바쁜데 한가롭게 문학책 뒤적일 시간이 어딨소 하는 뉘앙스들. 이런 반응에서 나는 한국 지식인들의 묘한 '꼰대성'을 느낀다. 알다시피 유식과 삶의 지혜는 정비례하지 않는다. 심지어 그 반대이기도 해서 지식, 정보, 교양이 많을수록 그에 치여 오히려 삶에 대해선 수동적, 방어적, 보수적이 되는 아이러니도 흔히 발생한다. 삶이란 사람들과의 관계 맺음, 만남과 이별의 연속 과정이다. 그러니 타자의 마음을 이해하는 능력, 흔히 말하는 공감 능력이 높을수록 좋은 삶에 가까워진다. 문학은 타자의 마음에 관여하는 글쓰기다. 논리 정연한 이론으로 단순 환원되지 않는 들쭉날쭉한 삶의 구체를 들여다보고, 가장 남루한 타자로부터도 존재의 고유성을 밝혀가는 작업이기도 하다. 시가 한 사람의 타자로서의 자신에 대한 이해에 더 집중한다면 소설은 자신이 아닌 타자들에 대한 이해에 더 집중한다. 시를 읽고 가슴 먹먹해본 기억이 없고, 소설 속 타자들과 함께 인간 조건에 대해 고민해본 적 없는 지식인들이 생산하는 화려한 이론의 궤적은 온기 없는 박제에 불과할 때가 많다. 공감 능력이 떨어지는 지식생산자들이 흔히 '교수 논법' 펼치는 꼰대의 한 전형을 이룬다. 지식에 파먹혀 정작 삶을 잃어버린 사람들의 꼰대스러움엔 대책이 없다.

귀족 중독

•

정색하고 먹는 양식을 나는 좋아하지 않는다. '양식'이라고 통칭하는 서양 음식이라기보다 귀족들의 식문화를 본떠 식탁에 차려지는 과다한 식기들과 '예의범절'에서 나는 과시용 허례의 헛헛함을 느낀다. 오랜만에 미용실에 갔다가 온갖 패션 잡지들 속의 여성들이 한결같이 '귀족적 아름다움', '귀족적 우아함'이라는 표현들로 장식된 것을 보았다. 추천 레스토랑, 바로크나 로코코 타입 집 꾸미기, 명품 브랜드 신상품 순례 등등. 저들이 '귀족적=우아함'이라고 등식화하는 '귀족'의 정체는 과연 무엇일까. 많은 문학작품이 보여주듯 중세 귀족들의 삶은 '우아한' 품격과는 거리가 멀다. '우아(優雅)'는 적절한 위엄, 소박함, 절제된 품위와 연결되는 단어다. 일하지 않는 계급의 공허한 내면을 권력의 거래, 물질, 섹스로 채우려 한 그들의 '귀족 문화' 속에는 음식 중독, 섹스 중독, 의례 중독, 사교 중독 등 온갖 중독이 넘쳐난다. 그런데도 이 현란한 자본주의시대의 귀족 선망은 '자본교'의 선택받은 돈 많은 장로 계급이 되고 싶은 발버둥인 걸까. 공허한 내면에 대한 요란한 보상 심리일까. 제 손으로 자기 먹을 것을 생산하지 못하는 것에 대한 부끄러움은커녕 손에 물 한 방울 안 묻히며 '소비 중독자'처럼 사는 게 귀족적인 삶이며 '여자의 행복'은 그런 거라고 세뇌하는 총천연색 잡지들. 광고가 8할을 차지하는 이런 잡지들의 고급 코팅 종이들은 재활용하기도 어려우니 '잡지 공해'라는 말이 절로 떠오른다.

괴상한 높임말

●

"여기 아메리카노 나오셨고요. 거스름돈이세요. 시럽은 옆에 있으시고요." 아이고, 어딜 가든 매장에선 이런 괴상한 높임말들이 넘쳐난다. 아메리카노가 나오시고, 돈이시고, 시럽이 있으시고⋯⋯. 이게 웬! 말 스트레스 심한 이런 '공해어'들이 퍼지는 1차 원인은 기업의 무식함이다. 서비스 교육한다며 고객 대하는 말을 저런 식으로 가르치는 거다. 이 무식한 교육의 원리는 이렇다. '소비자는 왕'이니 일단 무조건 높여드리는 게 장땡이라는 것. 그러나 생각해보라. 소비자는 왕인가? '왕'은 소비자라 불리는 '사람'이 아니라 그의 지갑에서 나오는 '돈'이다. 존댓말 체계가 복잡한 한국어라 일일이 따져 쓸 능력은 안 되고 높임처럼 들리는 말을 돈 쓰는 사람에게 마구 붙여대는 거다. 이런 괴상한 높임말을 들을 때 내가 몹시 불쾌한 것은 이 말들이 비문이어서만이 아니다. 말속에 교묘히 들어 있는 '비굴함'의 강제 때문이다. 이런 말들은 고객을 직접 상대하는 종업원들에게 돈 앞에 일단 고개 숙여야 한다는 비굴함을 전제한다. 동시에 '소비자는 왕'이라는 공허한 기표를 무지하게 받아들인 '진상 고객'을 만들어낸다. 진짜로 왕 대접받으려는 사람들이 애꿎은 종업원들에게 과도한 감정 노동을 요구한다. '사람'이 아니라 '물질, 상품, 돈'이 중심인 천박한 소비 자본주의 속성이 비문 높임말에 은연중 드러나는 셈. 자정 좀 하자. 우선은 기업들이 이런 무식한 교육을 당장 멈추길 바란다.

청소부님과 대통령님

•

한국어를 모어이자 모국어 삼은 글쟁이인 나는 한국어가 가진 아름다움에 가끔 황홀하다. 최근엔 형용사와 부사 사용을 줄인 주어, 동사 구조의 간단명료한 문장 선호가 대세지만, 나는 형용사와 부사의 풍성함이 한국어의 중요한 장점이라 생각한다. 글쟁이로서 내가 우려하는 것은 높임말 체계이다. 말과 글이 사유에 미치는 영향은 매우 큰데, 한국어의 높임말 과잉은 권위적 사회 분위기와 내통한다는 느낌이다. 청소부를 청소부님이라 하지 않으면서 국회의원을 국회의원님이라 불러야 안심하는 내면에는 사회경제적 권위에 기댄 '높임과 낮춤'의 등급화와 개인을 대하는 비민주적 불평등성이 있는 게 아닐까. 좋은 사람들과 있을 때 나는 대개 말을 편하게 쓴다. 내가 누군가에게 한결같이 깍듯한 높임말을 쓴다면 그 사람과 친해지고 싶지 않다는 내 거부 의사이기도 하다. 유난히 문법이 복잡한 한국어의 과잉 존대는 왜곡된 권위 의식을 부채질하고 일상의 민주화를 방해한다. 우리가 추구해야 할 것은 예의를 갖춘 편안한 말이지 문법에 경직되게 갇힌 말이 아니다. 권위적 사회의 허위가 심할수록 관습에 복종하지 않는 말, 자기를 잘 사랑하는 말이 중요하다. 평생 우리 글말을 보듬어 온 이오덕 선생도 "우리말에는 높이거나 낮추는 말의 등급이 많은 것이 문제다. 될 수 있는 대로 높임말을 적게 쓰는 것이 좋겠다"고 한 적이 있다. '대통령이 말했다'와 '대통령님께서 말씀하셨다' 사이에서 한국어는 어디로 가면 좋을까.

저 예쁜 무우한테 무가 됩니까?

●

가을이면 내가 가장 탐하는 채소가 '무우'다. 무우는 워낙 쓸데
많은 채소이고, 무우 요리 또한 끝이 없다. 가을무우를 구덩이에
잘 보관했다가 한겨울에 꺼내 살강하게 언 듯한 그것을 쓱쓱 깎아
야참으로 먹던 어린 시절을 떠올려본다. 몸속이 환해지듯 시원하
다. 무우 맛! 무꾸, 무시, 무수 등의 토박이말들로 발음될 때 무우
의 맛은 절정에 달한다. 그러니 내게 무우 맛은 내 고향 말로 '와,
무꾸 맛나다!'라고 할 때가 절정인 셈.

10년쯤 전에 〈나는 아무래도 무보다 무우가〉라는 시를 쓴 적 있
다. 아무리 생각해봐도 '무'보다는 '무우'라고 발음할 때 컴컴한
땅속에서 스미는 듯한 무우의 흰빛 같은 게 느껴지고 무우— 하
고 땅속으로 번지는 흰 메아리 같은 느낌이 살아나니 무우를 무조
건 무라고 쓰라는 건 싫다는 내용이다. 중국처럼 지역 간 말의 편
차가 너무 커 공적인 소통 자체가 불가할 경우 베이징(북경)어를
중심으로 표준말을 정하는 건 어쩔 수 없다 하겠으나, 우리는 그
런 경우가 아니다. 여러 지방의 말 중 서울 방언을 표준어로 정해
쓰는 것일 뿐인데, 서울 중심의 편의성에 기댄 권위적인 표준말
규정에 왜 몽땅 따라야 하지? 준말이 널리 쓰이고 있다 하더라도
본딧말 역시 널리 쓰이고 있으면 둘 다를 표준말 삼는다는 부가
규정도 있지 않은가. 나는 무우만큼은 앞으로도 무라고 쓰지 않
겠다. 저 예쁜 무우한테 무가 됩니까? 하늘은 높고 무우는 살찌는
계절, 무우를 내놓으시오. 무!

무우라고 쓴 원고가
무가 되어 돌아왔네
표준말이 아니기 때문이라는데,
무우-라고
슬쩍 뿌리를 내려놔야
'무'도 살만 한 거지

바닷물 흐물흐물

•

한글을 배우는 조카가 글씨를 써 보여줬다. '바닷물은 흐물흐
물'이란다. 그래그래! 물은 지구 최고의 용매지. 무엇이든 섞고 녹
이려면 말랑말랑, 흐물흐물해야지. 그래야 서로 물들지. 엄지를
치켜 칭찬해줬더니 조카는 의기양양이다. 청도에 사는 과수원집
아이가 '감말랭이 꼬득꼬득'이라고 쓴 것을 본 적 있다. 타고난 시
인인 아이들은 자연물에 대한 부사, 형용사 구사에서 탁월한 감각
을 보여준다. 어떤 이들은 한국어의 부사와 형용사 과잉이 단점이
라 말하기도 하고 가능한 한 명사와 동사만으로 문장을 만드는 것
이 경쟁력 있다고도 한다. 외국어로 번역할 때 한국어의 형용사와
부사는 그 어감을 살려 번역하기 어렵다는 것이다. '언어 경쟁력'
이라는 게 왜 필요한지도 의문이지만 한국어가 가진 좋은 점을 억
압해 얻는 경쟁력이라면 글쎄다. 나는 한국어의 복잡한 존대법은
좀 더 단순해져야 한다고 생각하지만, 풍부한 부사와 형용사는 큰
장점 중 하나라고 생각한다. 언어는 그 언어를 모어 혹은 모국어
삼은 당대 언중 속에서 생생한 활기를 지니면 되는 것이다. 붉음
이나 푸름 속에 얼마나 다채로운 서로 다른 붉음과 푸름이 있는지
한국어의 색채어 변주는 유려하게 보여준다. 표현 언어가 다채로
울 때 자연의 다채로움과 차이들이 몸의 감각으로 훨씬 잘 소통된
다. 재밌는 것은 아이들이 느끼고 표현하는 '흐물흐물'이나 '꼬득
꼬득'은 묘사하는 그 물질의 상태에 거의 근접하다는 것. 아이가
느끼는 흐물흐물한 바다는 흐물흐물하다!

예술 사용법

•

좋은 예술은 기본적으로 치유 에너지가 있다. 좋은 예술가들은 '상처 입은 치유자(wounded healer)'의 역할을 종종 해낸다. 나는 쇼팽의 〈녹턴〉 전곡을 너무나 사랑하지만, 예기치 않은 상처와 맞닥뜨리게 될 때 마치 구급약처럼 찾게 되는 곡은 〈폴로네이즈-판타지 op. 61〉이다. 조르주 상드와의 뜨거웠던 사랑의 파국, 지병인 폐결핵의 악화 등 심신이 모두 상처로 가득했던 쇼팽 인생 말기작 중 하나인 이 폴란드 춤곡에는 불안과 고뇌, 갈 곳 잃은 지친 영혼의 애도가 가득하다.

12~13분 정도의 이 곡을 한두 시간 반복해 듣다 보면 어느새 마음에 '빨간약'이 발라진 듯 침착해지고 내처 한숨 자고 일어나면 '그래, 못 견딜 상처란 게 어디 있겠어' 하는 여유를 찾곤 한다. 이 곡을 처음 맞닥뜨렸을 때의 개인적 체험의 영향이 있기도 하겠지만, 이런 극적인 마음의 변화를 추동할 수 있는 것은 예술이 아니라면 불가능하지 싶다.

아플 때 나는 왜 이토록 아픈 음악을 찾는가.

이 무의식적 처방이 일종의 동종요법(同種療法)이란 걸 세월이 퍽 흐른 후에 깨달았다. 인간의 영혼은 희망을 말함으로써 절망을 이겨내기도 하지만 고통을 통해 고통을 완화하기도 한다. 유독 지치고 힘든 날 말러의 무시무시한 교향곡 5번을 찾게 되는 것처럼 말이다.

아, 당신도 많이 아팠구나. 인간이 겪을 수 있는 무수한 고통의 흔적이 아로새겨진 음악 속에서 경험하게 되는 경이로운 위로.

'그래, 아프면서도 포기할 수 없는 것이 삶일 것이다'라는 깊은 공명.

비애의 경험자가 승화시켜낸 예술, 상처 입은 사람이 자신의 상처로부터 건져 올린 예술 언어는 그래서 힘이 세다. 당연한 이야기지만 음악처럼 문학 역시 삶을 위해 있다. 문학 자체에 무슨 절체절명의 가치가 있다는 듯한 문학주의적, 탐미적 경향에 나는 동의하지 못한다. 저마다의 개인들에게 너무나 소중한 한 번뿐인 삶을 사랑하는 데 작은 도움이라도 되기 위해 문학은 존재한다. 극도로 배타적인 집중을 요구하는 예술이 상처받은 인간들을 그들만의 골방에서 불러내 토닥인다는 것은 얼마나 신비로운 일인가.

예술을 저 높은 천장 금고에 보관하며 '교양'으로 떠받들지 말고 기쁘거나 슬프거나 고통스러운 삶의 모든 순간에 친구처럼 불러내 수다 떨 듯 누리자. 예술은 숭배할 것이 아니라 삶에 힘이 되도록 사용하는 것이다. 고단한 일상일수록 더더욱!

나는 지금

애인의 왼쪽 엉덩이에 나 있는

푸른 점 하나를

들여다보고 있습니다

오래전 내가 당신이었을 때

이 푸른 반점은

내 왼쪽 가슴 밑에 있었던 것 같습니다

나는 항상 앞으로 나아가고자 노력하고 있네

•

괴테의 첫 소설은 《젊은 베르테르의 슬픔》이고, 마지막 소설은 《파우스트》다. 첫 소설 이후 20년이 지나 《빌헬름 마이스터의 수업시대》를, 다시 25년이 지나 《빌헬름 마이스터의 편력시대》를, 다시 11년이 지나 《파우스트》를 완성한다. 여든세 살이 되는 해에 파우스트 2부를 완성하고 죽음을 맞은 괴테는 평생에 걸쳐 창조력의 소진 없이 걸작을 써내는 저력을 보여준다. 사실 괴테는 첫 소설을 발표한 스물다섯 살에 이미 최초 형태의 《파우스트》를 완성한 상태였다고 한다. 이후 개작과 수정을 계속해 죽는 해에 파우스트를 마쳤으니 평생에 걸쳐 《파우스트》를 쓴 셈이다. 창조자의 차고 맑은 샘을 죽는 날까지 유지한 괴테의 저력은 어디에서 왔을까. 괴테는 어린 시절 그의 어머니로부터 '이야기 지어내기의 즐거움'을 물려받았다고 했다. 어머니와 아들은 무수한 밤을 이야기를 만들며 밝혔다. 그 즐거움이 일생 마르지 않는 창조의 샘을 파놓았던 것이다. "영원한 여성이 우리를 저 높은 곳으로 이끌어 올린다"는 합창은 괴테가 그런 어머니에게 바친 찬사이기도 하리라. 요한 페터 에커만이 괴테와 나눈 대화 중에 이런 대목이 있다. 《파우스트》가 어느 정도 진척되었는지 에커만이 묻자 괴테 왈, "나는 날마다 그 작품을 떠올리며 생각을 거듭하고 있네. 젊은이들은 무슨 일이든 하루아침에 해치워야 한다고 생각하지만, 내가 운 좋게도 계속 건강을 유지하게 되면 이번 봄 몇 달 동안 4막을 부쩍 진전시키려 하네." 괴테가 평생 유지했던 일관된 자세는 이것! "나는 항상 앞으로 나아가고자 노력하고 있네."

회향의 마음

•

'회향(回向)'이란 말을 좋아한다. 이 말은 불교에서 흔히 쓰이는 말이지만 굳이 불교에 한정할 필요는 없다. 자기가 닦은 공덕을 세상으로 되돌려 다른 중생에게 널리 이익이 되게 하려는 것이 회향의 마음이다. '배워서 남 주자'는 정신이다. 초등학교부터 경쟁 교육에 밀어 넣어지는 한국의 교육 현실을 생각하면 남 주려고 배운다는 게 가당치 않은 얘기로 들리겠지만, 잘 생각해보자. 남줄 수 있어서 배우는 게 좋은 거다. 우리 존재가 놓인 자리가 그렇다. 타인을 위한 기도와 나를 위한 기도가 더불어 깃들지 못하면 필연적으로 존재는 고독해진다. 병들게 된다. 내 아픔, 내 자식의 고통, 내 가족의 슬픔, 내가 당하는 불평등 외엔 관심 없는 사회는 병든 사회다. 모든 존재는 서로 기대어서만 존재하게 되어 있다. 남에게 주는 게 나에게 주는 거랑 마찬가지다. 불교의 기본 정신인 '자리이타(自利利他)'가 이 맥락에 있다. 수행해 깨달아 자유를 얻는 것은 나에게 이익이 되는 자리적 측면이다. 깨달은 바를 타인을 위해 쓰는 것은 이타적 측면이다. 자신의 이익과 타인의 이익을 동시에 추구할 수 있는 삶이야말로 조화롭다. 자신을 잘 돌보며 그와 동시에 내 존재가 타인과 공동체에 도움이 되도록 노력하는 삶. 회향은 바로 이 맥락에 있는 기도이자 실천의 노력이다. 이렇게도 바꿔 말할 수 있겠다. 세상을 변화시키고 싶으냐, 너를 변화시키고 싶으냐. 이 둘은 수레의 두 바퀴처럼 함께 가야 하는 질문이다.

카
덴
차 ──

2

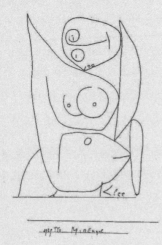

잠에서 깨면서 아인슈타인을 생각했다.

꿈에서의 레퀴엠이 모차르트였기 때문인지도 모른다.

눈물방울이 툭 떨어지는 순간 공간의 비틀림을 생각했기 때문인지도 모른다.

아인슈타인 왈, "뉴턴은 중력을 작용력이라 생각했지만, 나는 공간의 비틀림이라고 보네."

공간의 비틀림. 매우 시적인 직관/계시.

아인슈타인에게 죽음이 무엇이냐고 사람들이 물었다.

아인슈타인 왈, "모차르트를 듣지 못하는 것."

흥미롭게도, 7세기 사람인 원효를 공부하다가 20세기 사람인 아인슈타인이 새삼스레 좋아졌다.

'죽음이란 모차르트를 듣지 못하는 것.'

이 말은 조사선(祖師禪) 계보에서 흔히 인용하는 마조, 백장, 황벽, 임제, 조주 등 걸출한 조사들의 퍽 매력적인 화두들과 섞어놓아도 단연 두드러질 만한 화두라고 느낀다. 친연성을 찾자면 마조도일(馬祖道一)의 '일면불 월면불(日面佛 月面佛)'과 궤를 이룰 듯. '일면불 월면불'을 이해하기란 난도가 있지만, 아인슈타인의 저 말은 듣는 이에게 내재된 (시적인) 직관력을 매우 자율적인 방식으로 자극하고 개방하는 듯. 범주의 차이가 있겠지만 아무튼 수긍하게 된다. 수긍한 자기 세계가 저마다 특이성을 지닌 채 하모니를 이루는 것이 가능하다 싶은 광범위한 공감력. 전염되고 싶어라. 기꺼이.

아인슈타인 왈, "학교는 따분하기 짝이 없었고 교사들은 누구나 할 것 없이 부사관 같았지. 나는 알고 싶은 걸 배우고 싶었는데, 그들은 시험을 위한 공부를 시키고자 했어. 학교의 경쟁 시스템, 특히 운동이 가장 싫었어. 그런 이유로 나는 낙제생이 되어 몇 번이나 학교를 그만두라는 권고를 받았네. 그곳은 바로 뮌헨의 가톨릭 학교였지. 교사들의 입장에서 보면 나의 지식욕은 기묘하게 보인 것 같아. 시험 점수야말로 그들의 유일한 잣대였기 때문이지. 그래서 나도 학교를 단념했어. 열두 살이 되던 해부터 교사를 믿지 않게 되었지. 나는 대부분의 교과 내용을 집에서 배웠어. 처음에는 숙부님께, 그다음엔 한 주에 한 번씩 우리 집에 밥을 먹으러 오던 학생에게 배웠지. 어느 날 그 학생이 임마누엘 칸트의《순수이성비판》을 가져다주었어. 그 책을 읽고 나서는 학교에서 교육받은 모든 것을 의심하기 시작했지. 예전부터 알고 있던 성서의 신도 믿을 수 없었고, 자연 가운데 나타나는 신만을 믿게끔 되었지."

자연 가운데 나타나는 신! 아름다움과 신비의 기원.

아인슈타인이 따분해한 독일 교육은 지금 퍽 나아졌지만, 한국의 교육은 어디서부터 손대야 할지 가늠이 안 되는 무저갱이다 (애초에 비교 불가하긴 하지만).

"기성 종교를 기대해서는 안 되네. 우리는 권력에 몸을 팔지 않는, 무조건적인 사랑의 '우주적 종교(Cosmic Religion)'를 창설할 필요가 있지."

바로 그것! 붓다. 예수. 그리고 아인슈타인.

아인슈타인의 바이올린에 대해 뭔가 쓰고 싶다. 메모 완료.

*

마거릿 대처가 사망했다. 향년 여든일곱 살. 국내 메이저 언론의 한결같은 대처 추앙에 새삼 놀란다. 위대함, 고귀함이라는 말까지 동원해가며 내놓는 찬양 일색의 추모 기사들. 대처가 이렇게까지 영웅시되는 인물이었나? 오싹하다. 죽은 자에 대해 가능한 한 좋게 말하고자 하는 인지상정치고는 이건 너무 과하지 않은가. 성찰의 기회 자체를 스스로 박탈하는 냄비 언론의 부박함은 부고 기사에까지 이토록 적나라하다.

대처에 대한 내 기억의 편린들: (괴물과도 같은) 신자유주의. 엄청난 실업자의 양산. 빈부 격차 경제 양극화의 심화.

이 역시 주관적 판단이긴 하지만 이런 부분이 완전히 잊혀도 좋을 만큼 그가 찬양받을 정치인인가. 대처는 2003년 미국의 이라크 침공을 공개적으로 지지했다. (그해 봄, 내가 〈피어라 석유!〉와 〈도화 아래 잠들다〉를 쓸 때 CNN에서 본 대처의 연설을 분명히 기억한다.) 넬슨 만델라를 '테러리스트'로 규정했다. 칠레의 피노체트, 이라크의 사담 후세인, 인도네시아의 수하르토 같은 독재자들과 동맹을 (대처식의 표현으로 '우리의 가장 훌륭하고 소중한 친구들'과의 우정을) 지켜왔다. 대처는 박근혜 씨의 '롤모델'이기도 하단다.

대처의 장례식을 국장으로 치를 계획이었으나 "마거릿 대처의 국장에 반대한다"는 영국 내 반대 여론이 75퍼센트에 달했다고. 영국의 영화감독 켄 로치의 공개 입장이 인상적이다. "대처를 어떻게 추앙할 수 있나? 그의 장례식을 민영화하자. 경쟁 입찰에 부쳐 최저가에 낙찰시키자. 대처는 이런 방식으로 장례를 치르길 원했을 것이다." 켄 로치답다.

＊

    냉소와 자기 연민을 경계하자. '수처작주 입처개진(隨處作主 立 處皆眞)'하자.

＊

    책 읽는 속도가 점점 느려진다. 몰입이 어렵다. 자꾸 내가 개입 한다. 천체물리학 책을 펴놓고 두 페이지 분량을 읽으면서 세 시 간짜리 낭독 공연을 만들고 있는 나. 집중력이 퇴화하는 건지 오 지랖이 넓어지는 건지 아무튼 모종의 난독 증상. 약간 걱정된다.
    문학이 좋은 건, 그나마 텍스트에 대한 몰입도가 다른 분야의 책에 비해 높다는 것. 신간 시집을 받고 펼쳐본 첫 번째 시나 소설 집의 첫 소설 등이 머릿속에서 낭독으로 구성될 때는 나름 괜찮은 느낌.

＊

    켄 로치 감독의 영화〈엔젤스 셰어〉시사회.
    참 좋다.
    켄 로치 감독의 뛰어난 전작들〈하층민들〉,〈랜드 앤드 프리덤〉, 〈자유로운 세계〉,〈빵과 장미〉,〈보리밭을 흔드는 바람〉다 좋은 데,〈엔젤스 셰어〉는 그의 영화로는 뜻밖이다 싶은 따스함이 가득 하다. 냉정한 시선으로 현실에 늘 정면 대결해온 그가 보여주는 이 따뜻함은 뭐랄까, 울컥한다. 소소한 유머의 사랑스러운 잔영들. 힐링이 필요하다고 느끼는 이들에게 권하고 싶은 영화.

우리 사회에 흔하디 흔한 힐링팔이들. 그들이 의도적으로 간과하고 있는 것들을 놓치지 않으면서 진짜 힐링을 작동하게 하는 힘. 개인이 아무리 노력해도 개인이 몸담은 사회가 병들어 부글거릴 때 치유의 한계는 슬프게도 분명하다. 사회적 부상자(낙오자, 루저)들이 희망 찾기에 나설 때 발생하는 공감력. 일종의 '운디드 힐러'로서의 치유력.

무엇보다 켄 로치, 그가 대체 몇 살인가. 여든을 향해가는 노장인데, 이토록 건강하고 따스한 시선이라니. 기성세대가 보기에 한심한 루저들을 그리면서 그들의 진짜 한심한 부분들까지도 따스하게 껴안는, 일관되게 사회적 약자의 편에 있던 일생의 작업이 팔십 생애에 이르러 따스한 물처럼 스며 흐르는 느낌. 이미 거장의 반열에서 추앙받아온 지 오래되었으니 그쯤 되면 자기 갱신을 멈추고 '자뻑'에 꼰대로 살아가는 허깨비 노장들이 수두룩하건만, 그는 꼰대가 되지 않는다. 끊임없이 작품을 만들며 생기 넘치고, 작품과 세상에 대해 점점 더 유연해지고 따뜻해지는 켄 로치 옹께 건배!

이런 제목 탐난다.

엔젤스 셰어: 오크 통에서 위스키가 숙성되는 동안 해마다 2퍼센트가 증발해 흔적도 없이 사라지는데 이것을 가리키는 말이란다. 천사의 몫. 하하, 위스키 홀짝거리는 천사. 하하하, 까짓 거 천사에게 나눠 줬어. 부상당한 천사에게!

택시 안에서 들은 라디오 프로그램. 항간에 떠도는 저런 종류의 착한 계몽들, 이를테면 '자살'이란 단어를 뒤집으면 '살자'가 된다거나 'Evil'이라는 단어를 거꾸로 쓰면 'Live'가 된다거나, 한 생각 돌려먹으면 삶이 시작된다는 종류의 계몽은 이른바 '좋은 생각'임에도 불구하고 불편하다. 이런 종류의 계몽은 거의 항상 이분법 위에서만 작동 가능하므로. 사살은 악의 편. 그 반대는 선의 편이라는.

'자살 방지 캠페인' 같은 말들 역시 교묘하게 억압적이다. 더구나 그런 계몽이 '생명 경시 풍조'를 운운하며 설파될 때, 자살은 악이고 악을 방지해야 한다는 일관된 관점이 동반하는 폭력성. 자살이 권장할 만한 일이 아니라 하더라도 선악의 이분 구도 위에서 '당연한 악'으로 규정될 때 자살에 이르게 되기까지 자살자가 감당해야 하는 고통을 이해할 수 없다. 자살을 생각하게 된 사람의 고통을 이해하고자 하는 노력 없이 자살을 방지할 수 있는 대책을 어떻게 찾을 수 있나. '자살 방지'가 초점이 아니라 '고통의 이해'가 초점이어야 진짜 캠페인이 되는 것 아닌가.

고통의 이해. 문학의 몫. 말 그대로의 공명(共鳴).

진정한 내적 변화의 가능성은 공명하는 순간 없이 오기 힘들다.

✳

작가들이 강정마을에 책 마을을 만들고 있다는 소식을 듣고 시민들이 책 모으기를 시작했다. 책을 통한 평화의 실현을 소망하는 마음들. 100일 동안 10만 권의 책을 모아 '강정평화책마을'로 보내는 게 이 시민프로젝트의 최초 목표이긴 하지만 10만 권은 사실 상징적인 숫자이고, 진행 속도를 보니 5만 권 정도가 가능할 듯하다. 마을 곳곳에 만들어질 서가에 책들이 꽂히기 전 임시 보관할 공간을 확보하기 위해 강정마을 회장님 댁 창고를 보러 갔다가 강아지를 만났다.

오늘 데려왔다는 골든리트리버 종의 강아지. 사모님은 벌써 이 아이가 크고 나면 마당이 좁을 거라고 걱정하신다(골든리트리버는 대형견이란다). 순하고 맑은 눈의 강아지. 머리에서 목으로 이어진 목덜미가 왠지 애잔해서 가만히 쓰다듬어주다가 그 앞발을 발견했다. 새삼스레 '앞발의 발견'이라니. 하하.

강아지의 앞발이 본래 그렇게 두툼하고 사랑스러운 것인지 처음 알았다. 그 애의 앞발을 잡아본 순간 기분이 너무 좋아졌다. 악수하듯 앞발을 쥐어보니, 이 애가 무럭무럭 크고 싶구나! 하는 생각이 곧바로 들었다. 자라고 싶은 목숨. 깨끗한 순도. 강아지 앞발을 잡고 한참이나 기분 좋은 울컥 모드였다: 앞발이 두툼한 생명은 참 기분이 좋구나! (내 앞발은 앙상하고 볼품없는데. 첫.)

2011년 김진숙 씨가 한진중공업 영도 조선소의 크레인 위에 머물 때, 어느 밤 그녀와 이런 이야기를 나눴더랬다. 사방이 다 쇠붙이뿐이라 목숨 가진 게 그리웠어요. 따뜻한 것이……. 그 이야기를 했더니 동지들이 밥통을 올리면서 강아지를 몰래 올려줬어요. 그 따뜻한 체온이 얼마나 좋던지. 너무 좋아서 막 눈물이 나더라고요……. 그런데 그녀는 곧 강아지를 내려보냈다고 했다. 35미터 공중. 그 높이가 무서웠는지 죄다 차가운 쇠붙이뿐이라 싫었는지 강아지가 끙끙 앓는 소리를 내며 한 걸음도 못 걷고 두려워 떨더라고. 그 애가 바로 연대예요. 저기 밑에서 왔다 갔다 하는 걸 여기서 매일 내려다보지요. 이틀 만인가 사흘 만에 다시 내려보낸 그 강아지가 지상에서 씩씩하게 자라서 한진 노동자들과 함께 크레인 건너편의 촛불 집회장을 지키고 있었다. 이름은 '연대'. 그 애도 참 잘생긴 백구.

*

강제 폐업된 진주의료원 사태를 지켜보다가, (차마 이름을 거론하고 싶지 않은) 그 도지사의 웃는 얼굴 때문에, 진주의료원 폐업에 따른 대국민 담화문을 발표한 뒤 기자들의 질문을 받으며 웃고 있는 그토록 평범해 보이는, 중년 남자의, 밝은 웃음 때문에…….

아이히만이 떠올랐어, 응, 한나 아렌트의 《예루살렘의 아이히만》, 바로 그 아이히만…….

악의 평범성…….

여전히 팽팽한 탄식이야…….

무서워…….

1961년 12월 이스라엘 특별 법정. 아우슈비츠에서 수많은 유대인을 학살한 아돌프 아이히만의 재판에 법정 증인으로 나온 유대인 예이헬 디느루.

재판장이 말한다.

"디느루 씨, 가까이 가서 보세요. 저 사람이 분명 아우슈비츠에서 수많은 사람을 학살한 사람입니까?"

디느루가 가까이 가서 아이히만의 얼굴을 보다가 겁에 질려 쓰러진다. 나중에 사람들이 물었다.

"무슨 일입니까? 그때의 악몽이 떠올랐기 때문입니까? 그의 얼굴에서 악마의 모습을 보았나요?"

디누르가 말한다.

"아닙니다. 그가 너무 평범한 얼굴이어서 충격을 받았습니다."

그렇지. 당혹스러웠을 것이다. "오 하나님! 어떻게 악이 저렇게 평범할 수 있습니까?!"

그 재판을 지켜본 한나 아렌트 역시 《예루살렘의 아이히만》에서 탄식한다.

"악이 저토록 평범하다니……!"

아우슈비츠에서 아이히만은 광기에 젖어 있었다. 광기가 빠지자 아이히만은 그저 평범한 소시민에 불과했다. 나중에 디느루는 말한다.

"저는 그때를 잊지 못합니다. 저도 언제든 아이히만이 될 수 있음을 깨달았습니다."

타인의 고통에 대한 무관심과 무사유는 괴물을 만든다.

악의 평범성: 문학이 탐구해야 할 중요한 지평의 하나.

아렌트에게 악의 동의어는 무사유. 그것은 곧 정신(활동)의 죽음(중단)이다.

아렌트가 강조하는 새로운 정치적 사유의 중요성. 사유는 곧 탄생이다. 인간다운 삶을 가능케 하는 진정한 정치의 부활.

*

"화성에 우음도라는 섬이 있다."

인터넷 포털에 뜬 제목을 본 순간 내가 떠올린 건 태양계의 네 번째 행성인 그 화성(Mars)이었다. 하루의 길이와 밤낮과 계절의 변화가 지구와 매우 비슷한 별. 물병자리의 수호성인 천왕성만큼이나 내가 좋아하는 별. 화성을 배경으로 한 워낙 흥미로운 추정들이 많으니까, 가령 '인면암'의 해프닝처럼 그 비슷한 어떤 지형이 새롭게 발견되었나 보다 했다.

화성에 우음도? 오, 어울리네! 이러면서 동시에 떠오른 건 〈우음〉이라는 경허(鏡虛)의 시.

저물녘의 붉은 화성 어느 사구에 앉아 졸음에 겨위하는 경허의 음성으로 낭송되는 시를…… 상상하며…… 좋다, 퍽 좋다…… 하던 참이었다.

노을 비낀 빈 절 안에서
무릎을 안고 한가로이 졸다가
소소한 가을바람 소리에 놀라 깨보니
서리친 단풍잎만 뜰에 가득해
斜陽空寺裸 拘膝打閑眠
蕭蕭驚覺了 霜葉滿階前

시끄러움이 오히려 고요함인데
요란하다 해도 어찌 잠이 안 오랴
고요한 밤 텅 빈 산달이여
그 광명으로 한바탕 베개 하였네
喧喧寧似默 攘攘不如眠
永夜空山月 光明一枕前

일 없음이 오히려 할 일이거늘

사립문 밀치고 졸다가 보니

그윽이 새들은 나의 고독함을 알아차리고

창 앞으로 그림자 되어 어른대며 스쳐가네

無事猶成事 掩關自日眠

幽禽知我獨 影影過窓前

깊고 고요한 곳 이산(마음산)에서

구름을 베개 하여 졸고 있는 내 행색

에헤라 좋구나 그 가운데 취미를

미친 십자로(온 세상)에 놓아두리라

那山幽寂處 寄我枕雲眠

如得其中趣 放狂十路前

일은 있는데 마음을 헤아리기 어려워

나른해지면 이내 잠을 잘 뿐이다

예부터 전해오는 이 글귀는

오직 이 문 앞에만 있을 뿐이다

有事心雖測 因來卽打眠

古今傳低句 祈在此門前

– 우연한 노래(偶吟)

아주 오래전 그러니까 20대 중반에 웃기는 경로로 경허를 알았
다.

수행자로 사는 일에 퍽 매력을 느끼기도 하던 때였는데, 비구니 사찰 생활을 가까이 볼 수 있는 인연이 있던 터라 사찰 생활의 엄격함을 경험하고는 질려서 미리 도망쳤다. 잘 아는 스님 한 분이 은근히 출가를 종용하던 때였다. 그때 능치듯 둘러댄 내 대답이 이랬다.

　"저는 잠자는 걸 너무 좋아해서 중이 되지 못할 거예요."

　내겐 절실한 대답이기도 했다. 하루 네다섯 시간밖에 자지 못하는 비구니 사찰의 엄격함은 아무리 계산기를 두드려봐도 내게는 답이 안 나왔으니까. 지금도 그렇지만 그때 나는 심지어 감기 몸살마저 잠으로 치료한다고 생각한 사람이었다.

　그때 내 대답을 들은 스님이 하신 말씀,

　"평생 졸다 간 경허 큰스님도 계시는데, 뭘!"

　경허와 잠.

　잠 속에서 보는 한바탕 꿈으로서의 생.

　몽인(蒙人).

　우연한 노래(偶吟),

　제목 좋다.

　우연한 시,

　라고 제목을 달아 연작을 몇 편 쓰고 싶다.

　졸고 있는 자신을 예찬하는 노래라니.

　아무리 그래도 무슨 중이 졸고 있는 자기를 예찬하냐.

(그러니 경허지.)

홀연히 사람에게서 고삐 뚫린 구멍이 없다는 말을 듣고
문득 깨달으니 삼천대천 세계가 다 내 집이로구나
忽聞人於無鼻孔 頓覺三千是我家

－오도가(悟道歌)

스케일 끝내준다. 그러니 경허지.

가히 우습구나 소를 찾는 자여
소를 타고 다시 소를 찾고 있구나
볕 비낀 방초 길에
이 일이 실로 유유하구나
可笑尋牛者 騎牛更覓牛
斜陽芳草路 那事實悠悠

－심우송(尋牛頌)

소를 타고 다시 소를 찾고 있다고?! 정신이 번쩍 드는 몽인의
할!
"본래 잃지 않았거니 어찌 다시 찾을 것인가(本自不失 何用更
尋)"라고 묻는 인간에 대한 도저한 낙관.
그렇지, 여래장. 부처님 씨앗!
원효의 후신들.

그런데 클릭해보니, 우음도는 경기도 화성 이야기였다.

경기도 화성에 '우음도'라는 섬이 있단다. 옛적 뭍에서 들으면 소 울음소리가 들린다는 섬. 그 우음도에 다녀온 기행 글이 몇 장의 스산한 사진들(불도저, 포클레인, 개발공사 관계자 외 입장불허 표지판 등)과 함께 실려 있었다. 시화호가 개발되면서 갯벌과 바다를 터전으로 살던 주민들은 생계 터전을 잃게 되었고, 이제 섬도 아니고 육지도 아닌 우음도에는 몇몇 주민만이 황량한 삶을 견디고 있다는.

*

하고 싶은 것과 할 수 있는 것 사이의 거대한 벽.

그것을 허무는 일은 한 번에 벽이 콰르릉 무너지는 방식으로는 오지 않는다.

예컨대 고흐는 이렇게 고백한다. "지금 가진 조그만 끌로 아주 천천히 아주 오랫동안 집요하게 벽을 긁어내는 것. 그 수밖에 없어, 테오. 나를 극복해가는 일이지."

그렇다. 이른바 양질전환의 법칙. 가장 정직하고 그러므로 가장 매력적인.

경허를 빌리자면 이렇겠지.

경허가 사랑한 제자 만공. 그와의 일화.

한창 잘나가는 제자 만공 왈,

"스승님께서는 곡차를 마시지만 저는 술이 있으면 마시고 없으면 안 마십니다. 밥이 있으면 먹고 없으면 안 먹습니다. 끄달리지 않지요. 여기 술안주로 나온 이 파전도 마찬가지. 파전이 없을 때

굳이 파전을 먹으려 하지도 않고 만약 생기면 굳이 안 먹으려 하지도 않습니다. 있고 없음을 따지지 않습니다."

이때 경허 왈,

"그러한가. 나는 다르네. 나는 술이 먹고 싶으면 가장 좋은 밀씨를 구해 밭을 갈아 씨 뿌리고 추수하고 밀을 베어 누룩을 만들어 술을 빚고 걸러 향기롭게 마시겠네. 파전이 먹고 싶으면 파씨를 구해 밭을 일구어 파를 심고 거름을 주고 알뜰히 가꾸어 파를 수확해 밀가루와 버무려 기름에 부쳐서 꼭 먹어야만 하겠네."

하하하. 제자 만공은 스승 경허의 이 말을 듣는 순간 등줄기에서 땀이 쑥 흘렸다는데.

몽인 경허의 술과 파전.

언어를 다루는 일이 대체로 이와 비슷하다는 느낌.

3부

눈물

잊을 수 없는 인사

•

오에 겐자부로와 그의 장애인 아들 이야기는 세간에 퍽 알려져 있다. 아들 히카리는 겐자부로의 헌신적인 노력에 힘입어 자신의 재능을 살린 실내악 작곡가가 된다. 하지만 그의 장애가 줄어든 것은 아니었다. 나이 들수록 본래 가진 지적장애에 시각장애와 뇌전증(간질)이 더해지고 다리에도 문제가 생겼다. 어느 날 산책을 겸한 보행 훈련을 하는데 히카리가 돌에 걸려 넘어졌다. 겐자부로도 히카리도 모두 놀라고 당황한 상황. 이때 한 부인이 달려와 괜찮으냐고 물으며 히카리의 어깨를 잡았다. 그 순간 겐자부로는 부인을 강하게 제지하며 '우리를 그냥 놔두라'고 한다. 히카리는 낯선 사람이 자기 몸을 만지는 것을 극도로 싫어하기 때문이다. 부인은 자신의 호의를 차갑게 거절한 이들에게 화를 내며 가버렸다. 그때 또 한 사람이 이들을 지켜보고 있었다. 한 소녀가 오에 부자와 적당히 떨어진 거리에서 휴대폰을 꺼내 겐자부로에게 보였다. 그것은 '내가 여기서 당신들을 지켜보고 있다. 어딘가 연락이 필요하면 말해달라'는 무언의 메시지였다. 잠시 후 진정한 히카리는 일어나 다시 걷기 시작했다. 소녀는 그 모습을 끝까지 지켜본 뒤 자전거를 타고 떠났다. 오에 부자에게 살짝 고개 숙여 인사를 하고서. 겐자부로는 "그 소녀의 미소 띤 인사를 잊지 못한다"라고 산문집《말의 정의》에 썼다. 부인도 소녀도 모두 '선한 행동'을 한 사람들이다. 그 행동의 바탕을 이루는 '마음', 역지사지해보는 주의 깊은 마음에 대해 생각한다.

굿바이와 굿모닝

•

몸속에 염전이 생긴 것처럼 눈물 많은 한 해였다. 한반도 전체가 소금 창고에 부는 봄, 여름, 가을, 겨울의 바람결 속이었다고 할까. 종교가 없는 나 같은 사람도 천국 혹은 극락이 있기를 진심으로 바랐던 한 해의 세밑, 석정현 작가가 그린 그림을 보다가 또 한 번 짜디짠 소금 향내를 맡는다. 따사로운 해변에 모인 세월호 아이들과 신해철을 본다. 해맑은 아이들 얼굴에 터지는 웃음과 '굿모닝 얄리'라고 쓴 말풍선을 보다가 눈물이 흐르고 만다. 이번이 올해의 마지막 눈물이길. "굿바이 얄리 이젠 아픔 없는 곳에서 하늘을 날고 있을까". 신해철의 곡 〈날아라 병아리〉의 얄리에게 '굿바이'가 아니라 '굿모닝'이라고 전하는 그림꾼의 마음이 저녁노을에 겹친다. 그래요, 부디, 거기, "굿모닝!"이길. 얘들아, 기억할게. 너희의 아침을 매일 축복할게. 우리 모두를 위해 숙제를 남겨준 아이들. 숙제는 남은 사람들의 몫이니, 너흰 그곳에서 부디 평화하렴. 고마워. 그리고 신해철. 그는 음악과 사람 모두를 치열하게 사랑한 사람이다. 음악 속에 사람에 대한 사랑을 녹여내고자 혼신의 힘을 다한 치열한 뮤지션이다. 사람 없는 음악이 있을 수 없듯이, 음악을 사랑한다는 것이 곧 사람을 사랑하는 일이기도 함을 알고 있었던 사람. 당신이 남긴 노래들이 지상의 많은 사람에게 힘을 줄 거예요. 당신의 마음을 이해하는 좋은 음악인들이 이 땅의 음악을 지켜갈 거예요. 이제 편히 쉬어요. 굿바이가 아니라 굿모닝!

세상에 없는 달

•

"마음에 담아두신 이야기를 해주시면 한시라도 빨리 조치를 하겠다. 가족을 잃은 사람의 슬픔을 겪어봐 잘 안다. 여러분이 어떠실지 생각하면 가슴이 멘다.", "국정 최고 지도자로서 사고 발생에서부터 수습까지 무한 책임을 느낀다.", "특별법은 만들어야 하고 특검도 해야 한다. 무엇보다 진상 규명에 유족 여러분의 여한이 없도록 하는 것, 거기서부터 깊은 상처가 치유되기 시작하지 않겠냐는 생각을 갖고 있다.", "유가족들이 찾아오면 언제든지 만나겠다." 몇 달 전 박근혜 대통령이 했던 말들이다. 그런데 이제 대통령은 세월호에 관련된 모든 기억을 일시에 잃은 듯 무시무시한 무반응으로 일관한다. 직업윤리 제로. 대통령직 결격사유다. 대통령에게 주어지는 무소불위 권력은 약속에 대한 행동의 책무를 다하라고 주는 것이기 때문이다.

새누리당 원내 지도부와 세월호 유가족 대표단의 3차 회동이 결국 결렬됐다. 정부와 여당은 대체 무엇을 그토록 두려워하는 것일까. 갈수록 의혹이 깊어진다. 추석이 코앞인데, 이 시대 가장 고통받는 부모들이 대통령의 집 앞에서 노숙 중이다. "찾아오면 언제든 만나겠다"던 대통령은 어디로 간 것일까. 대문을 열고 따스한 밥 한 끼 챙겨 먹이진 못하더라도 제 나라 국민을 이렇게까지 냉대하는 대통령을 보아야 하는 일은 정말이지 절망스럽다. 이제 곧 추석이 오고 추석 달이 뜨겠지만, 잃어버린 아이들을 인도할 달은 아직 오지 않았다. 세상에 없는 달을 맞아야 하는 추석이다.

'우리'를 가져본 적 없는 슬픔

●

2006년 월드컵 당시 연재하던 칼럼에 〈토고가 이겼대도 좋았겠다〉라는 글을 쓴 적이 있다. 붉은 물결이 거리를 메우며 '토고전'의 승리를 기원한 때였으므로, 그 칼럼에 대한 반응은 얼마간 격렬했다. '온 국민'이 '한마음'으로 '우리'의 승리를 기원하는데 상대편이 이겨도 좋다는 말은 몹시 불경했을 터. 평소 축구에 관심 없는 이들까지 '대한민국'의 승리를 응원하며 축구에 열광하는 분위기가 불편했다. 월드컵 시즌이 돌아올 때마다 미묘한 느낌들을 받곤 하는데, 피리 부는 사나이의 우화처럼 '어떤' 피리 소리를 듣곤 한다면 내가 너무 지나친 걸까. 축구를 좋아하는 이들이 뿜어내는 자유롭고 발랄한 응원 문화가 참 좋다. 그러나 대한민국 모든 사람이 축구를 통해 '우리=대한민국인'으로 똘똘 뭉쳐 거듭나는 것 같은 기묘한 '단체성'은 여전히 불편하다. 이 시기, 월드컵만큼 중요한 뉴스가 한국에는 정말 없단 말인가. 축구 경기를 보는 일은 재밌다. 현실을 잊고 몰입하게 한다. 경기하는 동안 자연스럽게 '우리'가 이겼으면 좋겠다고 생각한다. 골이 터지면 환호성을 지른다. "대~한민국!" '우리'라는 느낌이 '우리'의 가슴을 벅차게 한다. '우리'가 올곧게 '우리'여본 적이 없음을 느끼는 이들은 더욱 그럴 것이다. 불확실한 미래, 실업 대란과 빚더미 학비의 중압감에 시달리다 광장에 모여든 청년세대의 가슴은 더 그럴 것이다. '우리'라는 이름으로 보호받을 수 있고, '우리'라는 이름으로 자신의 꿈을 펼치는 것을 지원받을 수 있는 '우리'를 가져본 적 없는 슬픔이 '우리'를 저토록 목메게 부르게 하는지도 모른다.

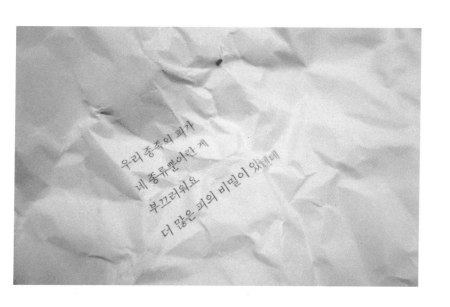

우리 종족의 피가
네 종류뿐이란 게
부끄러워요
더 많은 피의 비밀이 있을텐데

서울 도심의 노랑 파도

•

브라질 국민들의 월드컵 반대 시위는 온당하다. 'FIFA 집에 가!'라고 그들은 반대 시위를 하지만 아마도 브라질 경기가 시작되면 축구를 즐길 것이다. 슬퍼도 기뻐도 '뼛속까지 축구의 나라'라고 하는 그 땅 민중들의 삶의 리듬이자 춤이 축구니까. '시위하는 몸'과 '축구를 즐기는 몸'은 상충되는 것이 아니다. 나는 축구를 그다지 좋아하지 않지만, 거리 응원 추진을 놓고 너무 경직되지 않았으면 좋겠다. 축제를 즐기되, 당면한 우리의 실상을 보듬어 의미 있게 만들 수 있지 않겠나. 팽목항에 나부끼는 노랑 리본의 물결처럼 서울 도심에서 노랑 파도를 일으켜본다면! 형식을 살아 움직이게 하는 것은 언제나 내용이다.

거리 응원을 벌이는 서울 도심이 노랑 티셔츠와 리본으로 일렁이고, 그 가운데 '세월호 참사 진상규명 특별법제정 범국민서명'을 함께 진행하는 건 어떨까. 사람이 모이는 곳 어디서든 노랑 리본을 달고 노랑 비행기를 날리고 노랑 종이배를 접어 띄우며 마지막 한 분이 마저 돌아올 때까지 기다리겠다는 다짐을 하자. 더 많이 이름 부를수록 기억의 힘도 커지는 것 아닐까. 경기 시작 전 '애국'의 공허한 메아리 대신 아직 돌아오지 못한 사람들의 이름을 하나하나 불러보자. 일괄 명명되는 '희생자'가 아니라 내 딸, 아들, 친구, 이웃인 그분들의 이름을 손잡고 다 함께 불러보면 좋겠다. 잊지 않겠습니다. 당신들의 마지막 숨결, 그 한 방울의 시간을 온 마음 다해 기억하겠습니다.

그래야 사람이다

●

팽목항을 오가며 기도해온 미황사 금강 스님이 《삼국유사》에 나오는 혜통 스님 출가 일화를 빌려 세월호 부모 심정을 이야기한 것을 기억한다. 한 소년이 시냇가에서 놀다가 어미 수달을 죽이고 뼈를 버렸다. 다음 날 일어나보니 뼈가 사라졌다. 핏자국을 따라가 보니 수달의 뼈가 예전에 살던 굴로 돌아가 새끼 다섯 마리를 품고 있더란다. 이런 것이 부모의 마음이다. 그 부모들이 꼬박 1년을 거리와 광장에서 보내고 다시 삭발과 행진을 하고 있다. 세월호 이야기 이제 그만 좀 하라는 사람들이 있음을 안다. 하지만 여태 진상 규명의 첫발조차 떼지 못한 이 참사는 여전히 현재진행형이다. 세월호에 대해 불편한 태도를 보이는 분들께 전해드린다. "내겐 발목을 적시는 불편함에 불과한 물이 누군가에겐 턱밑을 치받는 물이라면 내 불편함 정도는 견뎌주는 게 사람이다. 그래야 내 턱밑까지 물이 찼을 때 누군가 자신의 불편함을 무릅쓰고 나를 구해준다. 그러라고 사람은 함께 사는 것이다."(이명수, 《그래야 사람이다》) 그렇지 않은가. 세월호에 타고 있던 아이가 세월호가 지겹다는 바로 당신의 아이일 수 있고 당신 자신일 수도 있다. 사람이면 마땅히 가져야 할 '사람됨'에 대해 생각하자. '그러라고 사람은 함께 사는 것이다!' 세월호 인양과 철저한 진상 규명은 희생자 유가족만을 위한 일이 아니다. 세월호 이후 이 땅에서 '안전한 사회'에 대한 인식과 제도가 조금이라도 나아진다면 그것은 세월호에서 희생된 사람들 때문이다.

목불에 사리가 있는지 보려 했소

●

단하가 부처를 태웠다! 《전등록》에 나오는 '단하소불' 이야기다. 어느 날 단하 스님이 추위를 참을 수 없어 목불을 쪼개 모닥불로 태웠다. 절을 지키던 다른 스님이 이를 발견하고 깜짝 놀라 소리쳤다. 아무리 춥다 한들 절에서 불상을 태울 생각을 하다니 '상식'에 어긋나도 한참 어긋난 일 아닌가. 이때 단하 스님이 담담하게 말한다. "목불에 사리가 있는지 보려 했소." 노발대발하던 스님이 말한다. "헛! 나무에 어떻게 사리가 있을 수 있단 말인가?" 그 순간 단하 스님의 입가에 떠올랐을 미소가 상상되지 않는가. 목불이 그저 나무로 만든 형상일 뿐임을 '노발대발 스님'은 인정한 셈이다. 어떤 형상에도 집착해 사로잡히지 말 것을, 인간을 억압하는 모든 것으로부터 자유로워져야 함을 단하 스님 일화는 보여준다. 불상에 집착하거나 십자가 형상과 교회 건물에 집착하는 일들이 여전히 비일비재하다. 사람을 사랑한 부처와 예수의 정신은 온데간데없고 껍데기 형상만 남아 사람을 억압한다면 종교는 '위안'이라는 최소한의 미덕조차 발현시키지 못한다. 형상에 집착하듯 자기 종교에만 집착할 때 타락은 극에 달한다. 보수 성향 개신교 단체들이 '봉은사역' 역명 철회를 요구하는 시위를 벌였다는 소식을 들으니 한숨이 나온다. 고이면 썩는다. 단하소불의 정신이 아니라면 어떤 종교도 인간의 나약함에 기댄 감옥이 되고 만다. 스스로 우상이 되어 자기 종교 외의 모든 것을 부정해버리는 종교라면 답이 없다. 종교가 단지 신앙의 거대한 묘지일 뿐이라면.

큰 종소리는 가장 작은 것들에서 들려오곤 한다

•

때때로 사는 일이 고단하게 느껴질 때, 내가 잉태되고 태어날 무렵을 상상해본다. 그러면 하루하루 최선을 다해 살아야겠다는 다짐이 새로 생긴다. 한 생명이 태어나기 위해 많은 생명이 마음을 모아주었으리라는 생각이 오롯이 들고, 내 생명이 다른 생명의 기도로 만들어졌다는 느낌이 든다. 우리는, 나는, 세상에 태어나는 순간부터 뭇 생명에게 빚이 있는 거다. 어여쁜 생명의 빚.

오래전 여름 한철을 합천의 해인사에서 난 적이 있다. 문학과 예술에 안목 있는 큰스님이 해인사의 요사채가 작가들의 집필 공간으로 요긴하게 쓰인다면 그 또한 좋겠다며 내주신 방에서 첫 번째 장편소설의 초고를 쓰던 때였다. '팔만대장경'이라는, 절실한 불심(佛心)이 문자언어로 보존되는 그곳은 문자언어를 다루는 작가들에게는 참으로 귀한 공간인데, 그 특별한 곳에서 첫 장편 작업을 할 수 있어서 무한히 감사한 날들이었다. 더불어, 가끔 스님들께 얻어듣는 지혜로운 말씀들이 죽비 소리처럼 나를 깨워주곤 했다.

어느 날 아침 공양을 마치고 해인사 경내를 슬슬 거닐던 참이었다. 나지막한 담장의 오목기와에 거미줄이 반짝이고 있었는데 큰스님이 그 담장의 거미줄을 들여다보고 계셨다. 그때 거미줄로 날벌레 하나가 날아들었다. 새로 걸려든 먹잇감 쪽으로 거미가 슬슬 움직이려 하고 있었다. 거미줄에 걸려든 먹잇감보다 그리 크지 않은 몸집의 거미였다. 거미줄에 걸린 날벌레는 필사적으로 몸을 움직이고 있었다. 사람의 눈으로 보면 미물들의 먹고 먹히는 생존

사슬의 장인 셈이니 굳이 관여할 바 아닐 수도 있는 사소한 풍경이었다.

그런데 그때, 스님이 손을 내밀어 그 조그만 날벌레를 거미줄에서 살며시 거두어 담장 저편으로 보냈다. 갑자기 먹잇감이 사라져 버린 상황에 어리둥절해하며 거미가 가만히 몸을 움츠리고 있었다. 그 작은 거미가 나는 신경이 쓰였다. "얘는 배고파서 어쩌나요?" 내가 장난스레 한마디 했고, "그러게나 말일세" 하고 스님이 머쓱하게 대답하셨다. 그리고 잔잔하고 부드러운 목소리로 이어진 말씀. "얘를 살리면 거미가 투덜댈 테지. 하지만 약자를 보면 즉각 구하는 것. 건너편에서 또 걸리면 또 구하는 것."

그때 내 마음이 쿵, 울리며 쏴 시원한 바람 한줄기가 스몄다. 거미줄과 거미와 날벌레가 있는 그 사소한 풍경 앞에서 세상만사가 먹고 먹히게 되어 있다는 초연함을 보일 수도 있을 테지만, 거미줄에 걸린 미미한 생명이 필사적으로 몸을 움직이는 그 버둥거림에 즉각 답하는 스님의 잿빛 승복 자락이 아름다웠다. 삼라만상 중생의 아픔에 온 감각으로 즉각 반응할 것. 초연한 자세로 고통 없기를 바랄 것이 아니라 고통의 즉각적 구제를 위해 어떤 실천을 할 것인가를 물을 것. 그 순간, '대자대비(大慈大悲)'라고 우리가 늘 중얼거리는 한 말씀이 생생한 활기를 띠며 내게 다가왔다. 큰 종소리는 가장 작은 것들에서 들려오곤 한다.

망각과의 싸움

•

'단원고등학교 2학년 3반 17번 박예슬 전시회'가 지난 2014년 7월 4일 서촌갤러리에서 오픈했다. 디자이너가 되고 싶었던 예슬이의 꿈을 우리 가슴으로 옮겨 심으려는 노력이 눈물겹다. 피지 못한 채 수장된 꽃봉오리들, 어른들의 탐욕과 무책임으로 인해 영영 돌아오지 못한 모든 아이의 꿈이 거기에 함께 있다. 예슬이가 디자인한 구두가 예슬이 엄마의 발에 맞는 구두로 실제 제작되어 전시된 현장에는 날마다 많은 청소년이 다녀간다. '예슬 언니에게'라고 쓴 초등생부터 '보고 싶다, 예슬아'라고 쓴 또래까지, 포스트잇에 쓴 편지들이 갤러리 벽면에 가득 붙어 있다. 이 전시회는 예슬이를 통해 세상에 보내지는 다른 차원의 구조 신호이다. 늦지 않게, 제발 더는 늦지 않게!

이 전시회가 소중한 것은 이런 문화적 거점을 통해 '망각과의 싸움'을 질기게 이어갈 수 있다는 것이다. 벌써 기억의 피로함을 운운하며 망각을 종용하는 언론과 여론에 휩쓸려선 안 된다. 끈질긴 기억과 직시 없이 고통의 치유는 없다. 치유의 첫 관문은 세월호 특별법 제정이다. "내 새끼가 왜 죽었는지 알고 싶습니다. 알 수 있도록 도와주십시오. 왜 안 가르쳐주는지 알려주십시오. 특별법이 필요 없는 세상이 되도록 제대로 된 특별법을 만들어주십시오"라는 유가족의 통렬한 눈물을 통과하지 않고선 대한민국의 미래는 없다. 법 만드는 인간들아, 제발 좀!

놀자, 〈파티51〉

•

"어제 있었는데 오늘 강제로 없어지는…… 이러면 안 되는 거 잖아요. 사람이 살고 있는데……." 다큐영화 〈파티51〉은 거대 자본에 밀려 강제 철거 위기에 처한 홍대 앞 칼국수 집 '두리반'에 젊은 음악인들이 모여 '제대로 놀아준' 기록이다. 두리반은 고통은 많으나 승리의 기억은 드문 우리에게 사막 속 우물 같은 희망을 남겼다. 차지게 놀면서 눈물의 공간을 웃음의 공간으로, 절망의 현장을 소망의 현장으로 바꿔간 '자립음악생산자'를 꿈꾸는 청년들의 생생한 '놀이 에너지'가 영화에 가득하다. 갈수록 '잘 놀기' 어려워지는 우리 현실에서 '놀이, 예술, 삶'의 유쾌한 결합이 건강하게 반짝거린다. 청년세대와 가난한 예술가를 위한 '기본소득' 논의를 포함해 예술과 더불어 행복할 수 있는 공동체의 진화에 대해 영화는 다양한 방식으로 질문한다. 정당한 보수를 주지 않고 젊은 음악인들을 손쉽게 소모하는 세태에서 음악과 더불어 행복하게 살고픈 청년들이 '보통의 생활비'를 만드는 것이 얼마나 막막한 일인지, 청년세대가 직면한 많은 문제가 두리반 싸움의 과정에서 더욱 생생해진다. 청년들은 물론이거니와 기성세대가 많이 봤으면 좋겠다. 재개발로 쫓겨났던 두리반은 벗들의 손을 잡고 사지에서 기어 올라왔다. 홍대 근처에 갈 일 있으면 다시 문을 연 두리반에 들러주시라. 정갈하고 정성스러운 칼국수, 보쌈, 왕만두 모두 킹왕짱 맛있다. 무엇보다 두리반은 어려운 시기 손 내밀어준 벗들을 잊지 않고 그 마음들을 어떻게 이어갈지 늘 고민한다. 그게 벗들에 대한 예의이고 의리임을 믿기 때문이다.

참혹한 난쏘공의 시대

•

《난장이가 쏘아올린 작은 공》이 출간된 1978년, 이 땅에서 노동자가 어떤 취급을 당하는지 충격적으로 드러낸 동일방직 사건이 있었다. 그로부터 수십 년이 흐르는 동안, 오물 테러를 당하던 방직 노동자는 회사원, 승무원, 수많은 직종의 감정 노동자, 비정규직 노동자로 분화되어왔다. '먹고살 만해진' 세상이건만 인간을 언제든 쓰고 버려도 되는 일회용 존재로 한없이 가볍게 취급하는 비인간화는 더욱 심해졌다. 자식들로 대물림되며 점점 추악하고 천박해지는 재벌가의 갑질은 도를 넘고, 양극화의 극점에서 길 끊긴 사람들은 자꾸 죽어간다.

이 엄동설한에 70미터 공장 굴뚝에 올라간 쌍용차 해고 노동자들 소식을 듣는다. 비상식적인 대법원 판결 후 벼랑 끝에 몰린 이들이 다시 오른 캄캄한 고공. 그들이 저 싸움터에 나선 것은 자신이 감당해야 했던 고통 때문만은 아니다. 세상의 힘없고 여린 존재들이 안쓰러워 손 내밀던 눈물 많은 사람들. 회사가 정규직을 해고하기 전 비정규직부터 쫓아낼 때 자신들도 쫓겨날 위기에서 비정규직 노동자들의 손을 잡았던 사람들. 이 싸움은 노동하는 사람에 대한 자본의 부당한 횡포에 노예처럼 굴복하며 살지는 않겠다는 인간 선언이기도 하다. 《난쏘공》의 신애가 말한다. "저희도 난장이랍니다. 서로 몰라서 그렇지, 우리는 한편이에요." 칼바람 매섭지만, 부디 모두 무사히! 공장 굴뚝 위 난장이의 꿈은 이 땅에서 노동하며 살아갈 우리 아이들의 미래에 닿아 있다.

티볼리와 오체투지

•

쌍용자동차 해고자들이 굴뚝에 오른 지 한 달이다. 그동안 쌍용차 굴뚝은 사람이 사람에 대해 가지는 우정의 연대가 폭넓게 펼쳐지는 '신개념 굴뚝'이 되어가고 있다. 굴뚝 밑에서 함께 밤을 지새우는 사람들, '해고 노동자가 만드는 티볼리를 타고 싶다'며 전국에서 응원하는 마음들, 오체투지로 차디찬 길바닥을 행진하며 간절함을 더하는 사람들. 70미터 공중과 지상의 낮은 땅은 따스한 체온으로 연결되어 차디찬 겨울을 통과하는 중이다. 체온의 연대이므로 오래갈 것이다. 쌍용자동차에 진심으로 조언드린다. 굴뚝에 대한 퇴거단행 가처분, 하루 200만 원의 강제금, 이런 강경 태도가 얼마나 시대착오적인지 아시면 좋겠다. 굴뚝 사람들과 함께 해야 신차 티볼리는 성공할 수 있다. 소형 스포츠 실용차인 티볼리의 잠재 구매자들은 굴뚝과 연대하는 이 시대 평범한 '보통 사람들'이다. 회사는 강제금 운운이 아니라 굴뚝 사람들과 전폭적인 대화에 나서야 할 시점이다. '신차 판매로 경영이 정상화되면' 해고자 복직을 검토할 수 있다는 식의 태도는 구태의연한 답습이다. '해고 노동자들의 복직이 먼저 이루어져야' 경영이 정상화되는 거다. 자동차 만드는 걸 좋아하고 회사를 사랑했던 평범한 가장들인 해고 노동자들이 복직되어 신명 나게 티볼리를 만드는 그 과정 자체가 티볼리 성공에 결정적인 힘이 될 거라는 말이다. '회계 조작 부당 해고로 26명을 죽음으로 내몬 회사의 티볼리'로 기억되고 싶은가, '복직된 노동자들이 만든 희망의 티볼리'로 기억되고 싶은가.

지금 여기의 억울한 사정

•

쌍용차 해고자들을 처음 만났을 때 이런 질문을 한 적이 있다. 회사를 위해 평생 일해온 노동자들을 일회용 부품처럼 쓰고 버리는 그런 회사에 뭐하러 돌아가려고 애쓰느냐고. 그때 내가 들은 첫 대답은 이랬다. "억울해서요." 그 한마디에 나는 앞서 그런 질문을 한 내가 말할 수 없이 부끄러워졌다. 이들의 길고 고단한 싸움의 밑바닥에 무엇이 있는지 그제야 보였다. 이것은 단지 밥그릇 싸움을 넘어 인간으로서의 존엄을 회복하고자 하는 싸움이구나.

'단지'라는 수식어를 붙였다고 해서 밥그릇이 중요하지 않다는 것은 아니다. 약자들이 자기 밥그릇을 지키는 일은 아주 중요하다. 밥그릇의 정의로운 분배는 한 사회 공공선의 기초이므로. 정리해고, 비정규직이 일상이 된 사회에서 누구나 이들처럼 억울하게 해고될 수 있다. 이들이 승리해 회사로 돌아가는 것은 다른 무수한 잠재적 부당 해고자들을 위해서라도 꼭 이뤄야 하는 일임을 그때 깨달았다. 사람으로서 받아야 하는 기본적인 예의가 송두리째 실종되어가는 사회, 그러므로 더더욱 누군가는 희망의 증거가 되어야 하지 않겠는가. 도대체 어떤 나라가 살고자 몸부림치는 자기 백성들에게 죽으라, 죽으라고 독배를 들게 하는가.

"네가 왜 백혈병에 걸렸는지, 어째서 사람들이 억울하게 죽어갔는지 밝혀낼게. 아빠가 꼭 약속 지킬게." 이런 말을 하는 아버지가 우리 앞에 있다. 어디서 바람이 분다. 눈물로 젖은 손을 바람이 핥고 간다. 말라가는 손바닥의 감촉을 느끼며 나는 생각한다. '국가'라는 단위의 공동체 속에서 억울하게 죽어간 사람이 있을 때, 그 억울함은 누가 풀어줘야 할까. 가장 좋은 것은 억울한 죽음이 없는 것이다. 그런데 이미 발생했다면 최선을 다해 해원해야 한다. 죽은 자를 위해, 산 자를 위해, 그리고 이 땅에서 살아갈 미래의 사람들을 위해.

속초의 택시 기사 황상기 씨. 고등학교 졸업반인 딸 황유미 씨를 우리나라에서 가장 좋다는 반도체 회사에 보내고 자랑스러워했다. 그 딸이 2년 만에 백혈병에 걸려 돌아왔다. 아버지는 딸이 열악한 환경에서 혹독한 노동에 시달렸다는 것을 알게 된다. 그리고 그 회사에서 딸과 같은 병을 얻은 사람이 한둘이 아니라는 사실도. 병마와 싸우던 딸은 결국 병원으로 향하던 아버지의 택시 뒷좌석에서 세상을 떠나고 만다. 당시 딸의 나이 스물한 살. 이 '사건' 앞에 오로지 피를 나눈 아버지만이 딸의 억울함을 풀어주기 위해 '다윗 vs 골리앗'의 처절한 싸움을 했다면 우리는 도대체 어떤 사회에 살고 있는 것인가.

약자를 더 억압하는 우리의 비애

•

평범한 콩나물국밥집이었다. 한 중년 남자가 우리말 억양이 특이한(아마도 조선족인 듯) 아주머니에게 욕설을 섞어 삿대질이다. 상황은 이랬다. 소주 한잔 걸치던 남자가 이 반찬 저 반찬 더 가져와라 하는 와중에 서빙하는 아주머니에게 소주를 따르라고 한 것. 아주머니가 응대하지 않자 이 남자, 화가 난 거다. 서빙이나 하는 변변찮은 여자에게 홀대당해 짜증 나니 주인 불러오란다. 격분하며 내뱉는 남자의 말. "어이, 아줌마! 소비자는 왕이야!" 급기야 나는 고개를 바짝 쳐들고 그 남자를 째려봤다. 내 옆 테이블에서 밥을 먹던 커플이 시선을 보탰다. 사람의 '눈힘'이 놀라운 것일까. 다른 사람들이 곱지 않게 보고 있다는 느낌 때문인지 남자의 언성이 금세 풀 죽었다. 사내의 모습은 추레했다. 이 땅의 힘없는 서민 중년 남자의 전형적인 모습. 어딘가 다른 장소와 상황에서 봤다면 안쓰러움과 연민이 일었을지도 모른다. 익명의 약자를 향한 연민이라는 게 피상적인 감상에 빠지기 얼마나 쉬운지 깨닫게 될 때가 있다. 소수의 힘 있는 자들이 사회 전체를 농락하다시피 하는 구조 속에서 그는 나처럼 변방의 약자일 텐데, 약자가 약자를 향해 따뜻하게 손 내밀고 배려하는 게 아니라, 자신보다 더 약해 보이는 사람을 함부로 대하며 다시금 억압하려 할 때 끼쳐오는 이 질기디질긴 비애! 약자를 돌보고 응원하는 것이 힘의 존재 이유다. 큰 힘은 큰 힘대로, 작은 힘은 작은 힘대로 그렇게 쓰여야 한다. 인간의 세상이 나아지지 않는 것은 힘의 이유를 망각한 모든 층위의 '힘의 남용' 때문일 터.

죽기 좋은 맑은 날

쓰레기 수거중이 붙어 있는

환하고 뜨거운 심장을 보았다

당신은 도대체 무엇이 되려고 합니까?

•

"아버지는 독재자였고, 침묵한 나도 공범이다"라며 아버지의 잘못에 대해 통렬히 참회했던 스탈린의 딸 스베틀라나가 여든다섯 살로 세상을 떴을 때, 나는 한동안 그녀의 파란만장한 삶에 대해 생각했다. '태어나보니 아버지가 스탈린'이었던 어떤 생. 스스로 선택하지 않은 삶일지라도 그것을 갈무리하기 위해 필요했을 고통과 용기와 책임. 독재자의 자식이 아버지의 그늘을 벗어나는 지난한 독립의 과정에서 그녀는 이겼다. 나는 진심으로 그녀의 평안한 휴식을 빌었다.

이 땅에도 독재자의 자식이 있다. '태어나보니 아버지가 박정희'였다. 그게 어찌 그녀의 잘못이겠는가. 문제는 독재자 아버지로부터 독립하지 못한 (혹은, 독립할 의사가 없는) 그 딸이 권력을 쥔 거물 정치인이 되어 자신의 입으로 "5·16은 아버지가 불가피하게 선택한 최선의 선택이었다"라고 너무도 당당하게 말하는 괴이한 형국의 아연함. 이것 참, '민주공화국' 대한민국의 헌법과 국민을 도대체 뭘로 보는 것인지!

얼마 전 그녀가 등장하는 사진 한 장을 한참 들여다본 적이 있다. 내 시선을 붙든 그 사진은 예컨대 앙리 카르티에 브레송이 일상에서 발견해 창조한 '결정적 순간'들과 질적으로 다르면서도 대한민국 정치 현실의 일상이 예리하게 포착된 '결정적 순간'이라는 측면에서는 묘하게 상통하는 사진이었다. 사진 속의 그녀는 전태일 동상에 헌화하려고 하고 있었다. 그녀가 꽃다발을 바치려는 노동자 전태일 동상 앞에는 살아 있는 노동자들이 있었다. 회사를 위해 수십 년 일하다가 하루아침에 쫓겨난 해고자이자, 전임 지부장이 감옥에 간 뒤 새로이 지부장을 맡아 3년 동안 22번의 장례를 치러야 한 상주인 쌍용차 노조 김정우 지부장. 그런데 그는 멱살이 잡힌 채였다. 전태일 동상 앞에서 꽃을 든 그녀가 웃고 서 있고, 그녀의 측근은 살아 있는 노동자의 멱살을 틀어쥐고 있었다.

'노동자'라는 말에 존엄이 스미게 하고 '연대'라는 말의 심장을 뛰게 한 아름다운 노동자 전태일의 동상에 그녀가 바치려는 꽃. 아, 꽃이 저토록 부조리해질 수도 있구나! 한숨이 나왔다. 그녀는 못 들었다 해도 꽃은 전태일의 목소리를 들었을 것만 같다. "내게 꽃을 바치기 전에 여기 이 형제들의 눈물을 먼저 닦아주시오. 죽음과도 같은 현실을 살아서 견디고 있는 이 노동자들의 삶을 진심으로 이해해보려 노력하시오. 그조차 못하면서 당신은 도대체 무엇이 되려고 합니까?"

치커리 키우는 언니를 만나러 간 이유

•

그녀의 치커리 때문이다. 강원도에 사는 내가 멀고 먼 부산까지 희망버스를 타고 간 것은. 그녀 이름 뒤에는 민주노총 부산본부 지도위원이라는 직함이 따라다닌다. 하지만 나는 민주노총 깃발이 휘날리는 집회장에는 갈 생각이 없다. 수직적 위계가 감지되는 어떤 조직도 나는 부담스럽다. 그러니 그녀의 이름 뒤에 붙어 있는 '지도위원'이라는 말은 내 혀에 붙지 않는다. 내게 그녀는 그냥 김진숙 씨, 혹은 김진숙 언니다. 한 번도 본 적 없는 쉰두 살 먹은 그 언니가 85호 타워크레인에 오른 지 100일째 되는 날, 크레인 위에서 푸른 것들을 심었다는 소식을 들었다. "오늘 치커리, 상추, 방울토마토와 딸기를 심었습니다……." 그녀가 허공에서 어린 식물들을 심었다는 이야기를 듣는 순간 미소와 함께 눈물이 터졌다. 어린싹들과 함께 그녀가 끝내 찾으려 하는 희망이, 그 과정에서 필연적으로 싸워야 하는 깊은 고독이 사무쳤다. 그즈음이었다, 그녀를 보러 가야겠다고 생각한 것은.

생각은 생각으로 그치기 쉬운데, 진짜로 부산까지 가게 되었다. 퍽 소심한 시민 선우 씨는 왜 부산까지 기어코 진숙 씨를 보러 갔는가. 《소금꽃나무》라는 책을 통해 그녀를 처음 알았다. 투박하면서도 진실을 향해 곧바로 돌진해오는 글들을 가슴 뻐근하게 읽으며 '이 사람, 진짜로 사람을 사랑하는구나' 하는 느낌이 들었다. 해고당한 동료를 위해 스스로 고공에 오르고, 사연 많은 85호 크레인 고공 절벽에서 온몸으로 희망을, 사랑을, 인간에 대한 한 가닥 신뢰를 잃지 않으려 몸부림치는 한 여자. 최대한 그녀 가까이 가서 두 팔을 머리 위로 둥글게 올려 하트를 만들고 사랑한다고 외쳐주고 싶었다. 힘내라고, 혼자가 아니라고, 마음을 함께하는 사람들이 있다는 것을 보여주고 싶어서 갔다.

가난한 집에서 태어나 버스 안내양부터 안 해본 노동이 없는 진숙 씨는 스물한 살부터 조선소의 용접공으로 일해온 노동자다. 열악한 노동조건에서도 성실하게 일하는 동료들의 땀내 나는 등에서 '소금꽃'을 보던 여자. 최악의 조건에서도 노동자의 품격을 잃지 않으려 애쓰며 산 한 여자가 홀로 35미터 크레인에 올라간 지 160일이 가까워지는데, 대화를 좀 하자는 이 노동자의 요청을 시종 묵묵부답으로 짓뭉개는 거만한 자본이 끔찍해서 갔다.

사람이 사람에게 어떻게 그래……, 싶은 우리 어머니, 할머니의 마음으로 갔다. 절벽 끝에 강아지가 매달려 있어도 살리러 가는 게 인지상정인데, 사람이 매달려 우리 이야기를 좀 들어달라고 하지 않는가. 그런데 철옹성이다. 해고했으니 나가야 법에 맞는 거고, 사람 쓰다가 수지가 안 맞으면 버리는 거야 기업 입장에선 당연한 건데, 그런 당연 앞에서 왜 징징거리며 난리냐고 짜증이시다. 자본가들의 계산법이, 그 '당연의 세계'가 너무 암울해서 갔다. 그런 '당연의 폭력'이 일체의 저항과 회의 없이 그저 받아들여지는 세계를 떠올리는 것만으로도 진저리가 쳐져서 갔다. 사람 사는 세상의 꿈을 아주 포기할 수는 없어서 갔다.

무용한 꽃이 되게 해주세요
무력한 꽃이 되게 해주세요
온몸으로 꽃이어서
꽃의 운하여서
힘이 아닌 아름다움을 탐할 수 있었으면

분홍을 위하여

•

2011년 벽두에 김진숙 씨의 《소금꽃나무》를 읽었다. 마지막 페이지를 덮고 주체할 수 없는 눈물이 쏟아졌다. 저 사람 혹시라도 저기서 죽으면 나 이 땅에서 못 살겠구나 하는 느낌이 밀어닥쳤다. 생면부지 누군가의 목숨이 내 목숨과 연결되어 있다는 생생한 자각. 결국 크레인과 지상의 아득한 거리를 사이에 두고 '살아 있는' 그가 고공에서 손 흔드는 것을 보러 부산을 들락거렸다. 그로부터 4년 만에 또 다른 노동자의 책을 덮고 마음이 감감한 새벽이다. 《이창근의 해고일기》. 생면부지 김진숙 씨가 고공에 있을 땐 그가 '죽을까 봐' 겁이 났다면, 희망버스와 여러 현장에서 안면을 튼 이창근 씨는 '죽지 않을 것'을 알기에 눈물을 아낀다. '죽을 수도 있다'는 불안에서 '죽지 않는다!'는 의지로의 전환, 이것이 지난 4년간 우리가 가까스로 이룬 한 발짝일 수도 있을 것이다. 죽을 수도 있다는 마음으로 고공에 오른 김진숙 씨가 '웃으면서 끝까지 함께'라는 아름다운 연대의 포옹 속에 살아 내려온, 그 한 발자국을 출발선 삼아 굴뚝인들은 그로부터 다시 한 걸음 나아가고 있다. 이 척박한 자본주의 사회에서 '사람은 어떻게 사람다워지는가'라는 질문을 온몸의 고난으로 감당하고 있는 그들의 한 걸음을 출발선 삼아 다음 누군가들이 다시 걸음을 내딛게 될 것이다. 《이창근의 해고일기》 수익금은 분홍도서관 만드는 일에 기부된다. 한 걸음씩 걸어온 노동자들의 삶터이자 꿈터인 분홍도서관. 어쩐지 아릿 – 아련한, 거기, 분홍을 위하여, 책을 사자. 더 많이!

〈소녀 아리랑〉

●

2014년 6월 위안부 피해자 배춘희 할머니가 별세하셨다. 오래
전 어느 봄날 해인사에서 그분을 뵌 적 있다. 산벚꽃 흐드러진 봄
날이었고 함께 식사를 했다. 분분한 산벚꽃 나무들을 아득히 바라
보던 할머니가 문득 그랬다. "멋지고 멋지고 멋지게 살아서, 우리
살아온 끔찍한 세월 억울하지 않게 해주라." 멋지고 멋지고 멋지
게. 세 번이나 반복하며 노래하듯 읊조리던 그 억양이 기억에 고
스란하다. 그런 참혹한 일을 당하지 않았다면 분명 예술인이 되셨
을 분이었다. 산벚꽃 뽀얗게 흔들리던 봄, 가만가만 부르던 할머
니의 아리랑이 오래도록 아팠다.

위안부 문제에 대한 일본 정부의 망언은 끔찍하지만, 일본 쪽에
서야 그런 망언에 손뼉치는 자들이 왜 없겠는가. 문제는 한국의
총리 후보자라는 사람이 그 줄에 서 있다는 것이니, 참극이 따로
없다. 일본 극우 세력들이 환호하며 반기는 한국의 총리 후보자를
두고 일본도 중국도 내심 이렇게 생각하지 않을까. '저런 자가 총
리 후보자가 되는 걸 보면 한국은 식민지 근성이 골수에 박힌 나
라가 틀림없다'라고.

"봉숭아 꽃 꽃잎 따서 손톱 곱게 물들이던, 내 어릴 적 열두 살
그 꿈은 어디 갔나. 내 나라 빼앗겨 이내 몸도 빼앗겼네. 타국만리
끌려가 밤낮없이 짓밟혔네."

배춘희 할머니의 서러운 〈소녀 아리랑〉이 중천에 맴돈다.

강정 옵써! 혼저 옵써!

•

 강정마을의 군 관사 행정대집행이 초읽기에 들어섰다. 대화와 협의를 모르는 해군의 막무가내 행태가 여전히 안하무인이다. 그간 강정마을회는 군 관사 안건으로 여러 차례 임시총회를 열고 반대 의사를 분명히 표명해온 터다. 주민 의견을 완전히 무시하고 공권력으로 밀어붙이는 이 공사가 또 어떤 비극을 불러올지 생각만으로도 끔찍하다. 군 관사에 입주할 군인 가족들은 또 무슨 죄인가. 강정마을 아이들과 해군 자녀들이 한 마을에서 서로를 적대시하며 자라게 될 살풍경을 떠올려보라. 불통의 권력으로 인한 그간의 비극을 대체 왜 미래세대에까지 물려주려 하는지. 제주를 여행 중인 분들은 강정마을에 꼭 좀 들러주시면 좋겠다. 군 기지로 한쪽은 망가졌지만, 강정은 여전히 아름다운 곳이다. '강정책마을 십만대권 프로젝트'로 시민들이 만든 통물도서관에선 '겨울 이야기'가 한창이고, 평화책방에선 따뜻한 차와 제주 이야기를 나눌 수 있고, 평화공방에선 아기자기한 공예품들을 만날 수 있다. 평화센터와 마을 여기저기서 우리 시대 가장 창조적인 놀이꾼들인 강정 지킴이들의 환한 웃음과 마주칠 수 있을 것이며 힘 불끈 나는 강정 댄스를 함께 출 수도 있다. 거리 미사에 함께한다면 이 땅에 도래할 평화의 맨얼굴을 볼 것이며, 강정천, 냇길이소, 천연기념물 담팔수도 잊지 못할 장관을 선물할 것이다. 육지 사는 분들은 영화 〈미라클 여행기〉를 봐주시면 좋겠다. 어디서든 국가 폭력 앞에서 간신히 견디고 있는 이 작은 마을을 위해 기도해주시길.

이 마을 꼭 지키쿠다

•

　새벽 여명이 터오기 전 주먹밥을 싸는 주민들의 손길을 사진으로 보았다. 손잡고 서로의 눈을 들여다보며 기도를 하는 사람들. 쇠사슬을 몸에 감고 망루에 올라가는 주민들의 서러운 절규를 들었다. 얼마나 더 아파야 이 참혹함이 끝날까. 군 관사 건립에 다수 주민이 찬성했다는 거짓을 들먹이며 폭력을 정당화하는 군대를 얼마나 더 참아내야 하나. '힘내요. 부디 힘내세요.' 그렇지만 여태 싸워온 주민들에게 더 낼 힘이 어디 있는가. 힘내야 할 것은 멀리 있는 사람들인지도 모른다. 할 수 있는 일이 기도밖에 없다고 절망하는 분들께 '기도의 힘'에 관해 크리스티안 노스럽이 전해준 실제 실험 이야기를 전해드린다. "사람들이 모여 기도를 했다. 의사나 환자 모두 그들이 누구를 위해 기도하는지 몰랐고, 그들 역시 누구를 위해 기도하는지 몰랐다. 그런데 기도를 받지 않은 중환자실의 환자들에 비해 기도를 받은 중환자실 환자들의 상태가 훨씬 호전되었다." 애타는 기도의 힘은 무력하지 않다. 힘내어 더 잘 지켜보며 더 많이 기도하자. 오늘의 내 기도에는 '용역' 청년들에 대한 용서를 포함시켜야 하겠다. 자본주의 사회가 만들어낸 가장 끔찍한 말 중 하나인 '용역'. 돈을 벌기 위해 괴물이 되어야 하는 '용역'에는 거의 항상 어린 청년들이 섞여 있다. 그것이 아프다. 돈이 필요한 어린 청년들을 용역으로 앞세우고 이 '국가'는 대체 어디까지 사악할 것인가. '국민'의 삶터를 지켜주기는커녕 갖은 방법을 동원해 짓밟는 '군대'는 대체 왜 존재하는가.

3억 마씸?

•

한국에서 가장 범죄 많은 마을은 뜻밖에도 제주도에 있다. 주민 1900명 중 단 87명의 찬성만으로 추진된 해군기지 공사장이 있는 저 강정마을 말이다. 민주적 의사 결정을 묵살한 이 범죄로부터 마을을 지키려는 주민들이 범죄자가 되었다. 해군기지 반대 활동으로 연행된 649명. 그중 589명이 기소되어 재판을 받았거나 받고 있고, 38명이 구속되어야 했다. 주민들의 평화로운 삶은 바스러졌고, 앞바다의 연산호 군락지도 조류 정체와 시멘트 맹독으로 죽어간다. 작년에 이어 이번 태풍에도 여러 개의 케이슨이 이탈 파손되었다. 지리적으로 항구가 들어서기 어려운 강정 바다는 태풍철마다 보수를 위해 혈세를 4대강처럼 쏟아부어야 하는 상황이 되고 있다. 시시콜콜 숨차게 부조리한 현실들인데, 오늘 핵심은 돈 이야기다. 평화를 위해 싸우고 있는 강정마을 주민들과 평화활동가들이 감당해야 하는 벌금 3억 말이다. 2011년 희망버스 참여로 약식기소된 적 있는 나는 '그놈의 벌금형'이 얼마나 간교한 통제인지 알고 있다. 끝없는 수사, 계속되는 법원의 통지서, 기소장, 재판회부 등은 평생 법 없이도 살던 사람들의 일상을 옥죄어든다. 이 어마어마한 벌금 폭탄을 해결하기 위해 마을회관 매각 이야기가 나오는 것도 마음 아프다. 한 마을의 구심점인 마을회관을 국가에 벌금으로 바쳐야 하다니. 강정마을 주민들과 평화활동가들이 겪고 있는 마음고생이 서럽다. 국가 폭력에 붙들려 안간힘을 다해 싸우고 있는 사람들의 손을 잡자. "3억이라고?" 손잡으면 만들 수 있지 않을까.

감자합니다

●

감자알이 탱글탱글한 웹 포스터를 본다. 감자에는 하트와 평화의 상징 마크가 찍혀 있고 이런 글귀가 붙어 있다. "생명과 평화를 외치는 사람들. 감자합니다." 강정마을 이야기다. 거기는 '외침'이 공허한 메아리로 흩어지지 않는다. 거기선 '외침'이 곧 '생활'이 된다. 생명과 평화의 '생활을 살기 위해' 강정마을 사람들은 매일 바쁘다. 강정평화상단에서 제철 농작물을 팔고, 강정평화책마을에서 평화책방과 통물도서관을 운영하고 예술가들이 모여 평화공방을 운영한다. 강정 친구들의 알록달록 어여쁜 거리 홍보와 평화학교가 열리고 주민들이 모여 마을 신문을 만든다. 강정의 평화운동을 외국에 알리는 영자 신문도 꼬박꼬박 발행된다. 강정마을에서는 많은 것이 '생활 속의 예술'이 된다. 생명이니 평화니 하는 말들이 명사로 멈춰 있지 않고 구럼비 깨진 공사장 앞과 돌담길과 제주 바다에서 살아 움직이는 동사가 되는 곳이다.

아침 7시 100배 절로 시작해 11시 미사, 온 마음 다해 부르는 노사제의 노래. 12시의 강정 댄스. 더불어 먹는 밥과 눈물과 웃음. 그들을 생각하면 늘 마음 한편이 저릿한데 그곳으로부터 또한 늘 뭔가 배운다. 삶이란, 삶터란, 그냥 주어진 것이 아니라 매 순간 열렬히 싸워 얻어지는 것임을. 평화란 얼마나 눈물겨운 노고 끝에 간신히 우리에게 당도하는 것인지를.

참, 강정마을 감자를 사주시면 감자합니다. 입맛 까다로운 시인의 명예를 걸고 추천한다. 정말 맛.있.다!

'환경 미화'와 '쥐트웨니'

•

수년 전 서울에서 개최된 주요 20개국 정상회의 후의 피로감을 잊지 못한다. 국제회의 하나 치르는 데 나라 전체가 들썩이던 그때 내가 느낀 피로감의 원인 중에는 공허하게 소모되는 말의 과잉도 있다. 그 행사에 대해 정부와 언론이 가장 많이 도배한 말은 '국격 향상'과 '경제 효과'였다. 지금이 어떤 세상인데 돌아가며 치르는 회의 한 번 주최했다고 별안간 국격이 향상되고 수십조 원의 경제 효과가 생긴다는 것인지 도무지 납득이 어려웠다. 게다가 공적 자리에서 자기 나라 언어를 아름답고 당당하게 구사하는 자연스러움은커녕 '나 영어 할 줄 알아요'라는 희화적 굴종 자세를 보여주는 대통령을 포함해 '쥐트웨니'라는 '어린지'식 명명법도 피로감을 가중시켰다. 무엇보다 답답했던 건 생계형 노점상, 노숙인, 이주 노동자들이 '환경 미화' 대상으로 격리 처분되는 상황의 되풀이와 군대까지 동원해 집회를 단속하겠다는 강박적 전시행정 습관. 도대체 이 나라 권력 집단의 촌스러움은 어쩜 이렇게 개선되지 않는 걸까. '아름답게 하는 것 - 미화'란 무엇인가. 노숙인의 존재를 선진국에 보이기 부끄럽다면 노숙인이 발생하지 않을 사회복지 시스템의 구축을 위해 더 노력했어야지 당장 눈에 안 보이는 곳으로 '쓸어 담아' 버리는 것을 '미화'라 하다니! 더구나 지금 같은 사회구조에선 사회 구성원 누구나 '무직자'에 '노숙인'이 될 수 있다는 불안감이 갈수록 심해지는데! 시끄러운 것은 무조건 진압해 눈에 안 보이는 곳으로 '치워버린' 후 '아름다워졌다'고 손뼉 치는 몽매한 유아적 국격론에는 대체 어떤 등급을 매겨줘야 할까.

아프면 먼저 울어야 한다

•

마음과 관련해 요즘 많이 듣는 이야기 중에 '다스리기', '받아들이기', '내려놓기' 이런 말들이 있다. 지혜로운 과정이 동반된다면 궁극적으로 옳을 수 있는 말들이지만, 격렬한 통증 중에 있는 사람에겐 자칫 위험한 말일 수도 있다. 내 마음의 상태를 정확히 느끼고 표현하는 것보다 '다스려야' 한다는 당위가 커질 때 마음은 억압된다. 마음이 다스려지기 위해선 먼저 나를 억압하는 것들에 반응하고 표현하고 싸워야 한다. 이런 선결 과정 없이 뭐든 마음먹기에 달렸으니 내가 마음을 비우고 내려놓아야 한다는 식으로 스스로를 몰아가면 곤란하다. 답답한 마음을 다스려야 한다고 강제하기 전에 발산부터 하는 것이 순리다.

'저길 봐라. 더 어려운 사람들이 많은데 너 정도면 괜찮은 거다' 식의 비교격 역시 사람의 마음을 더 짓누를 수 있다. 안전망 없는 사회구조 속에 힘든 사람이 많아진 사회는 이렇게 개인을 이중 삼중으로 부자유하게 만든다. 도처에 너무나 참혹한 사고와 사건이 많으니, 개인이 자신의 고통과 상처에 집중하기 어렵다. 더 힘든 처지의 사람을 보며 자신의 마음을 꾹꾹 눌러 참는다. 이렇듯 사회 전체의 암울한 기운이 너무 커서 개개인의 상처가 보잘것없이 느껴지는 사회라면 이거야말로 참 나쁜 사회다. 개인의 고통이 사회구조에서 기인한 것이라면 구조를 바꿀 꿈을 꾸어야 하고 아프면 먼저 울어야 한다. 직면한 저마다의 고통 앞에서 선명하고 당당하게 울지 못할 때 마음은 병든다.

인면수심

●

전직 국회의장인 일흔여섯 살 노인이 스물세 살 캐디 여성을 성추행하고 '손녀딸 같아서' 그랬다는 변명을 했다. 맙소사. 세상 엄마들이 천인공노할 말이다. 우리 사회에서 성폭력 관련 소송은 그 진행 과정에서 피해 당사자에게 심한 정신적 고통을 남긴다. 혹자는 성폭력 소송이 점점 늘고 있다 하지만, 예전 같으면 그런 게 무슨 '범죄'냐며 덮었을 추행과 폭력에 대한 피해자들의 문제의식이 늘고 있는 것이다. 여간해선 나아지지 않는 우리 사회의 몇 안 되는 진전 중 하나인데, 씁쓸한 것은 피해자들이 고통을 감수하고 이뤄낸 성과라는 점이다.

박희태 전 국회의장 성범죄의 경우, 두 가지 문제가 겹쳐 보인다. '남성의 성욕은 노소를 불문하고 의지로 제어가 어려운 강력한 것'이라는 왜곡된 상상관념 문제와 계급 문제이다. 전자에 기대는 것은 이 사건의 본질에서 멀다. 설사 우발적 성욕이 생긴다 하더라도 제어할 수 있어야 '인간'이다. 핵심은 딴 데 있다. '내가 무슨 짓을 한들 한낱 캐디가 어쩔 테냐?'라는 계급적 우월감이다. 사회경제적 약자이므로 짓밟아도 상관없다는 인면수심. 이것이 박희태 행위의 본질이다. '법' 전공자에 국회의장씩이나 한 사람이 이 정도다. 우리 사회 '권력을 가진 자'들의 윤리성은 이렇게 끝없이 추락 중이다. 이후 전개될 조사 과정에서 피해자가 당할 고통이 불 보듯 훤하지만, 문제의식을 가진 이들의 용기 있는 한 걸음이 이 땅의 딸들을 지켜갈 것이다.

벗, 힘내요!

•

출판사 '쌤앤파커스' 성폭력 사건의 피해자 때문에 울컥한다. 평생 시 쓰고 책 만들며 살고 싶었다는, 책이 좋아 출판사에 취직했던 서른 살 출판 노동자의 눈부신 나이가 떠올라 더욱 속상하다. 생물학적 성별이 여자인 대통령이라고 해서 여성의 특질을 살린 정치를 하는 게 아니듯이 문제의 출판사 대표도 마찬가지인 듯. 직장 내 위계와 권력을 이용해 성폭력을 저지른 가해자에게 명확한 징계가 아니라 사표 수리, 복직, 사표 수리를 반복하는 여성 CEO는 대체 무슨 생각을 하는 걸까. 성폭행 가해자가 해고되기는커녕 억울한 피해자가 회사에 못 다니게 되다니! 만연한 직장 내 성추행과 성폭력 문제, '미루어 짐작 가능한' 이런 작태들을 이번엔 제발 좀 고치자. 다행히 그 어느 때보다 활발히 이슈화되고 출판 노조가 함께하니 안심인데, 정말 꼭 이기겠다는 각오로 피해자를 도왔으면 좋겠다. 약자의 무기는 연대다. 어려운 법적 싸움에 연대할 사람들로 저자와 작가를 활용할 수도 있다. 출판사에 대해 힘을 가진, 생각 있는 저자라면 분명 도울 것이다. 탄원서든 서명이든 도움이 될 만한 모든 측면에서 작가들과 연대하면 좋겠다. 사건은 만연하나 개개인이 개별적으로 항의해 이길 수 있기엔 넘어야 할 벽이 너무 많은 게 이런 사건이다. 피해자가 당했을 그간의 고통이 건너 건너서도 쓰리다. 손잡자, 우리. 용기를 내준 피해자 덕분에 동시대 다른 여성들, 다음 세대 여성들은 좀 더 안전한 직장 생활을 할 수 있게 될 것이다.

그런 곳

●

 거기는 '그런 곳'이라고 암암리에 인정해왔다. '그런 곳'은 심지어 만병통치약처럼 회자되기도 했다. '그런 곳'을 경험한 자와 아닌 자는 처우가 달라지고, '그런 곳'을 경험하고 무사히 살아나오면 '인간이 된다'고도 했다. '그런 곳'은 '그런 곳'을 묵인하는 다수에 의해 점점 더 '그런 곳'이 되어갔다. 서열, 폭력, 은폐. 모두 그러니까 안 그런 게 오히려 이상한 '그런 곳'은 그렇게 우리 속에 있었다. 있다. 혹자는 '그런 곳'에 갔다 와야 진짜 남자다. 어른이 된다고도 했다. '그런 곳'에서 살아 돌아온 사람들은 작은 영웅이 되어 무용담을 만들고, '그런 곳'은 '그런 곳'답게 집단으로 세뇌되었다. 목숨을 앗겨도 국가에 바쳤다고 자위하며 살아야 하는 '그런 곳'의 불문율을 향해 좀 더 일찍 '왜?'를 외쳤어야 했다. '그런 곳'에서 아들을 잃고 진상을 밝히기 위해 외롭게 싸우는 부모들과 더 일찍 손잡았어야 했다. 오랫동안 묵인된 '그런 곳'에 이제야 문제가 제기되고 있다. 그런데 이런 질문이 솟는다. 대한민국 전체가 '그런 곳'은 아닌가? 군대는 그런 곳, 정치판은 그런 곳, 요즘 대학은 그런 곳, 병원이란 그런 곳……. 그러나 포기해버리면 '그런 곳'을 정말 '그런 곳'으로 만든다. 아니라고 말하자. 비극이 터질 때마다 나만은, 내 새끼만은 괜찮기를 바라는 요행이 아니라 문제를 말하자. 그런 것조차 하지 않으면 이곳은 '그런 곳'으로 봉인되고 출구를 잃는다.

달라이 라마의 꽃 화살

•

지하철역에서 '불신 지옥 예수 천국'을 외치며 피켓을 든 남자
가 지나갔다. 삶이 오죽 답답하면 저럴까 싶은, 그 뒷모습이 왠지
서글펐다. 한국은 세계에서 유례없을 만큼 유별나게 자기 종교에
대한 맹신이 넘쳐난다. 안전망이 절대적으로 부족한 사회를 살아
야 하는 개인들의 고투가 여차하면 종교에 광적으로 기대는 기형
의 영혼을 만드는 것은 아닐까. 한 발 잘못 디디면 세상 누구도 자
신을 구해주지 않는 허방이라는 것을 아는 불안감, 세상에 믿을
사람 없다는 두려움이 자신을 배신하지 않는 신에 대한 광적인 집
착을 만드는 것인지도 모른다. 문득 달라이 라마를 떠올린다. "종
교는 과거엔 많은 사람에게 도움을 주었다. 그러나 지금처럼 다양
화된 시대에는 종교가 인간의 고민과 문제에 대답을 줄 수 없다.
이제 종교를 초월한 삶의 방식과 행복을 찾아야 한다." 자기 종교
의 시각에 갇혀 세상을 재단하지 말 것을 권하는 그는 종교를 넘
어선 보편적 도덕과 현실 인식, 개인의 내적 각성을 당부한다. 가
난, 기아, 전쟁, 환경문제 등 누적된 지구적 고통을 종교로는 해결
하지 못함을 고백하는 종교 지도자의 글썽이는 마음이 손에 잡힐
듯하다. 아이 같은 웃음을 띠며 그가 "인간의 행복을 위해 인정하
지 못할 게 뭐 있겠습니까?"라고 물을 때 번지는 안도감, 티베트
를 억압하는 중국을 미워하지 말라며 "그들이 화살을 쏘면, 그 화
살을 꽃으로 바꾸어 되돌려주세요"라고 말하는 그 목소리가 몹시
그리워진 지하철역이었다.

비교격의 추방

•

A는 B가 싫다고 한다. B가 항상 밝고 잘 웃기 때문이란다. 자신은 문제투성이인데 B는 늘 평온하고 문제없이 사는 것 같아 맘 상한다는 것이다. 어떤 사람이 잘 웃는 것이 그저 해맑아서, 천성이 낙관적이어서, 별 어려움 없이 살아서만은 아니기도 하다. 슬픔이 많아서, 그리움이 깊어서, 그늘 곁의 양지처럼 웃는 것일 수도 있다. 때로 웃음은 겨우겨우 존재하는 사람들이 스스로를 돌보기 위한 치료제이기도 하지 않은가. 사실 모든 웃음은 울음의 한쪽 얼굴을 닮아 있다. 고양이나 개의 눈에서도 슬픔과 기쁨이 단순하지 않음을 느끼는데 사람이야 오죽하겠나. 나는 알고 있다. B의 웃음에는 계산과 가면이 없다. 그녀는 그냥 웃는다. 이 바람 좀 느껴봐, 하늘 좀 봐, 새가 우네, 이 풀 좀 봐. 그런 말을 할 때 B는 웃는다. 잘 웃는 B는 잘 울기도 한다. 다만 그녀의 울음은 남들에게 보이지 않을 뿐. 우리는 흔히 자신과 남을 비교하며 괴로움을 자처한다. 나는 그냥 나이고, '나로서' 가장 아름다워질 수 있는 삶을 찾아 평생 방랑하는 여행자 혹은 탐험가일 뿐인 거다. 과도한 비교격의 사회는 우리를 불행하게 한다. 제도 교육에 발을 들인 순간부터 강화, 강요되는 비교격이 사람들의 마음에 감옥을 만든다. 끊임없이 나와 남을 비교하며 어른이 된 사람들은 개개인의 다름과 저마다의 가치를 인정하는 데 옹졸하다. 수형자가 될 것인가 감옥 밖에서 자유로이 걸을 것인가, 일차적인 선택은 개인들의 몫이다.

174

지상의 새들이 날 수 있다는 건

자기 선택에 대한 최선일 뿐

모든 새가 날아야 하는 건 아니지 않나

꿀벌의 눈동자

•

몇 년 전 남인도의 공동체 오로빌에 머물 때 친하게 지낸 주민이 있었다. 그녀의 파트너는 이탈리아인이었다. 오로빌에선 아내나 남편, 이런 소유 관념 강한 말보다 파트너라는 말을 선호한다. 사랑해서 함께 지내는, 일종의 솔메이트다. 두 사람은 이탈리아와 오로빌을 오가며 생활했다. 오로빌에서 하는 일이야 명상, 요가, 예술 활동, 유기농업 등인데, 나는 그 남자가 이탈리아에서 하는 일이 궁금했다. 그는 로마 근교 숲에서 꿀벌을 치며 산다고 했다. 오호, 명상하는 꿀벌치기라! 시인에게도 퍽 어울리는 부업 같지 않은가. 아담한 숲 근처에 작은 오두막 하나가 떠올랐다. 꽃피는 철에 조그만 전기차 한 대 슬슬 몰고 꽃 따라 다니며 벌통을 놓아둔다. '벌들이 일하는 동안' 근처 마을 장터에 나가 꿀을 팔거나 시골 분교 아이들에게 시, 소설을 읽어주며 놀다가 해 지면 벌통 거두어 떠나고……. 유랑 문학 극장을 겸해 작은 차 한 대로 꽃 따라 유라시아를 떠돌며 한 몇 년 살아도 좋겠구나. 그런 생각이 스쳐갔다. '꿀벌이 줄어들고 있다'는 뉴스를 작년에 접했다. 올해는 어떨까, 주의를 기울이는 중이다. 세계 곡물 생산의 30퍼센트 이상이 벌 수분에 의존하므로 벌의 감소는 인류가 직면할 위기를 알리는 비상등이기도 하다. 기후변화와 농장과 과수원에서 사용하는 살충제와 농약 영향이 크다고 한다. 아인슈타인은 "지구에서 벌이 사라지면 인류는 4년 내로 멸종한다"고 경고했다. 살충제 범벅인 꽃 속에서 죽은 벌의 눈동자가 인간을 안쓰럽게 들여다보는 것 같다.

겨울 홍합탕

•

　20대 중반 무렵 저 까마득한 남쪽 섬 관매도에서 한 달 정도 섬 처녀로 산 적이 있다. 삶이 버거웠고 극에서 극으로 나를 내모느라 너무나 고단하던 그때, 배낭 하나 메고 무작정 들어간 그 섬에서 나는 뜻밖에 평화로울 수 있었다. 머물던 집의 할머니가 뻘밭에서 조개를 캐는 동안, 나는 갯바위에서 홍합을 땄다. 뻘밭에 들어가는 건 엄두도 나지 않거니와 외지 처녀에게 허락될 일도 아니어서 나는 홍합을 따러 자주 갯바위를 돌아다녔고, 저녁에는 할머니와 앉아 홍합탕에 정종을 곁들이곤 했다. 그때 할머니가 내게 가르쳤다. "이게 왜 맛있는 줄 아나. 물맛이다." 듣고 보니 과연 그랬다. 홍합은 물만 먹는다. 바닷물이 몸을 통과하기를 거듭하며 홍합을 살찌우는 것이니 홍합의 살 맛은 곧 홍합이 자란 그곳의 물맛일 수밖에! 바닷물의 상태가 홍합에 그대로 새겨지는 것이니 살아 있는 바다와 죽은 바다가 기르는 홍합의 맛은 당연히 다르다. 나의 홍합탕 사랑은 진눈깨비 내리는 겨울밤 포장마차에서 먹던 30대 중반까지가 최고조였던 것 같다. 그런데 어느 순간부터 홍합탕을 찾지 않게 되었다. 조미료 없이도 맛난 것이 홍합탕이건만 밖에서 사 먹는 대개의 홍합탕이 조미료 맛인 데다 홍합의 맛도 예전 같지 않다. 물이 나빠지고 있는 거다. 바닷물이 갈수록 생명 없는 물로 변하는 중이니 이런 물을 먹고 홍합이 어떻게 예전처럼 향기로운 살을 기르겠나. 눈앞의 이익만 생각하며 달려가는 대개의 사람살이가 이러니 어찌할까.

'동물원 없는 나라'를 상상한다

●

서울 어린이대공원 사육사 사망 사고 경위와 재발 방지 대책에
관한 동물원 쪽 브리핑을 보는 내내 한 가지 질문이 떠나지 않는
다. "우리는 왜 동물원을 가져야 하지?" 내셔널지오그래픽을 비
롯해 동물 다큐멘터리를 어디서나 쉽게 볼 수 있는 세상이 되었는
데. 아이들 학습용으로? 살아 있는 동물과의 교감을 위해? 글쎄
다. 살아 있는 동물과 만나는 첫 순간이 철창 우리에 갇힌 동물의
맥없는 걸음과 울음일 때 그로부터 어떤 정서적 교감을 얻을까.
학대받으며 훈련된 동물 쇼를 관람할 때 동물원이 흔히 표방하는
생명의 소중함을 느낄 수 있을까. 존재의 귀함과 짠함을 마음으로
느끼고 서로 보살피는 일이 교감이다. 살아 있는 동물과의 교감은
함께 사는 반려동물을 책임 있고 따뜻하게 보살피는 것으로도 충
분하지 않을까. 소중한 생명으로서의 평등한 상호 관계성이 아니
라 '우리에 가두어놓은 존재'와 '우리 바깥에서 그들을 관찰하는
존재'로 생명 간 경계를 폭력적으로 구획하는 동물원. 이런 시설
은 분명 '동물 감옥'이건만 '동물원'이라는 말은 '감옥'이라는 본
질을 은폐한다. 동물에 대한 감금 전시가 아닌 이른바 '동물 복지'
가 제대로 구현된 동물원이 되려면 관람객이 동물 보기 어려울 만
큼 넓은 우리와 숲 등의 자연조건을 갖춰야 한다. 한국에서 그런
동물원을 만들기는 현실적으로 어렵고, 지금보다 더 나은 시설과
관리를 한다 해도 동물원의 본질은 크게 달라지지 않는다. 그렇다
면 이제 '동물원 없는 나라'를 상상해봐도 좋지 않겠나.

농장과 공장 사이

●

　시골살이를 계획하는 사람들이 살 곳을 구할 때 겪는 애로사항 중 하나가 축사라고 한다. 공해 덜한 쾌적한 환경을 위해 귀촌을 꿈꾸는데, 축사가 일종의 암초이기 때문이다. 밀집형 공장식 사육을 하는 축사 근처는 악취와 벌레, 수질오염이 심각하다. '가축 공장'이라 할 축사의 좁은 케이지 속에 부리와 발톱이 잘린 채 평생 땅 한 번 밟아보지 못하고 성장촉진제 및 각종 항생제 사료로 '키워지는(!)' 닭들을 한 번이라도 본다면, '닭고기 한 점'을 아무 생각 없이 먹기 힘들다. 육식에 대한 탐닉에 윤리적 성찰을 동반하지 않을 수 없는 것도 이 때문이다. 건강하지 못한 방식으로 집단 사육되면 질병에 대한 면역력은 약해질 수밖에 없다. 모든 동물은 타고난 저마다의 본성대로 자유롭게 살다가 죽을 수 있어야 한다. 구제역 파동을 겪으며 '살처분'이라는 말의 폭력성과 병에 걸리지 않은 동물까지 집단 매장당하는 광경을 목도하며 '동물권'에 대한 인식이 심화된 것은 그나마 다행한 일이다. 몽골 초원에서 양을 잡을 땐 한 사람이 뒤에서 양을 꼭 껴안고 또 한 사람은 앞발을 잡고 양에게 작별의 기도를 한 뒤 가장 고통이 덜하게 즉사시킨다. 뭇 생명에 대한 감각이 무디어질 때 인간의 생명도 함께 남루해진다. 축산업이 그저 '고기'를 생산하는 산업이고, 축사가 동물을 사육하는 '공장'이라고 생각해서는 곤란한 일이다. 사람과 더불어 존재하던 '농장'과 공장식 '축사' 사이, '기르기'와 '사육' 사이에서 우리는 어디로 가야 할까.

친생명합시다

•

최근 강원도 횡성과 대구에 이어 전남 무안에서도 조류인플루엔자(AI) 바이러스가 검출돼 조류인플루엔자가 다시 확산할 수 있다는 우려가 큰데, 정부의 대처는 한결같다. 나는 정부의 이 '한결같음'이 무섭다. 한결같이 살처분하고 묻고 태우고 소독하고 끝이다. 근본적인 원인을 묻지 않는 이런 '한결같음'은 '복지부동'과 '상명하복' 행정에 의해 기계적으로 반복될 뿐 개선책을 만들지 못한다.

이미 오래전부터 녹색당을 위시해 환경단체들이 내놓은 경고와 처방이 있고, 실제 성공적으로 실천하는 국가들이 있다. 되풀이되는 조류인플루엔자 피해의 근본 원인은 병을 옮기는 철새가 아니라 '공장식 밀집 사육'이다. 농장이 대량생산을 위한 '공장'이 되면서 질병에 대한 가축들의 면역력이 급격히 저하되는 것이다. 소들은 풀을 먹으며 살아야 하고 닭과 오리는 땅을 긁고 쪼고 날고 뛰며 목청껏 울 수 있어야 한다. 부리와 발톱을 잘라 가두고 밤낮의 주기를 강제로 바꾸거나 모이를 주지 않는 방식으로 충격을 가해 달걀 생산량을 늘리는 '공장'에서 어떻게 닭들이 질병에 걸리지 않고 살 수 있겠나. 태어나 단 한 번도 생명다운 대접을 받지 못한 채 죽어가는 동물들이 이렇게 많은데, 인간만 행복할 수 있을까. 인간에 의해 저질러지는 악업이 너무 무거워 숨을 쉬기가 힘들다. 다행히 친환경 먹을거리에 대한 자각이 높아지고 있으니, 동물 사육 방식 또한 살아 있는 존재들을 좀 제대로 살게 해주는 쪽으로 친생명하자.

자유가 억압당한 곳에서 힐링은 일어나지 않는다

•

상처 입은 한 여자가 여행을 떠났다. 갈 수 있는 한 가장 멀리 간 아프리카 동부의 잔지바르 섬. 요트를 빌려 수심 깊은 곳에 이르러 여자가 물속에 뛰어들었다. 정신을 잃어갈 즈음 돌고래 무리가 나타나 여자를 둥글게 감싸고 원무를 추듯 유영하기 시작했다. 그 속에서 여자는 보호받고 있다는 느낌을 받았다. 삶을 포기하고 싶었던 내면에 새로운 문이 열리고 여자는 돌고래와 함께 헤엄쳐 다시 요트에 올랐다. 나중에 여자는 돌고래의 등장이 배 속의 아이 때문이라는 걸 깨달았다. 돌고래가 태아와 교감하고 태아의 숨소리가 돌고래에게 전달된 것일까? 아무튼 여자와 아이는 지금 잘 살고 있다. 이것은 이를테면 돌고래가 사람을 치유한 경우이다.

지난봄, 한 방송에 소개된 '돌고래 체험장'에 관람객이 몰려 대박을 쳤단다. 돌고래 만지기, 먹이 주기, 뽀뽀하기, 껴안기, 돌고래 태교 프로그램까지 있다고 한다. 생각해보자. 드넓은 바다에서 빠르게 유영하는 습성을 가진 돌고래가 좁은 수조에서 이런 '체험'에 지속해서 노출되면 어떻게 될까? 몇 년 전 미국에서는 돌고래 체험 중 아이가 돌고래에게 팔을 물리는 사고가 있었다. 본능을 억압당한 돌고래의 스트레스가 공격성으로 나타나는 게 문제가 아니다. 바다에서 자유롭게 헤엄쳐야 할 돌고래를 '돈벌이'에 이용하면서 인간의 마음이 병들어가는 게 문제다. 돌고래 힐링? 아서라, 자유가 억압당한 곳에서 힐링은 결단코 일어나지 않는다.

제돌이

●

지난여름 바다의 기억으로 가장 생생한 것은 남방큰돌고래 제돌이의 뒷모습이다. 푸르른 바닷물 속으로 머뭇머뭇 수줍게 헤엄쳐가던 돌고래 제돌이. 이제 곧 제돌이와 춘삼이가 방류된 지 1년이 된다. 그들은 지금쯤 드넓은 바다를 헤엄치고 있을 것이다. 방류 현장에 있었던 임순례 감독에게 제돌이를 보낼 때 기분이 어땠냐고 물은 적 있다. "제돌이 방류 이전의 제주 바다와 이후의 바다가 다르게 다가온다"는 대답이 왔다. 마치 소중한 애인이 살고 있는 것 같다고. 아하, 이런 사랑! 여기를 떠나 저기로 가는 누군가의 뒷모습이 더욱 생생해지기도 한다. 자유의 몸이 된 누군가를 통해 문득 사랑을 깨닫고, 너의 자유가 나의 자유로 연결되며 흐뭇해지는 장관 말이다.

제돌이와 춘삼이가 바다로 돌아간 2013년 7월 18일은 한국에서 '동물권'에 대한 의식이 큰 걸음을 뗀 날이다. 자축할 만하다. 시민들의 요구에 의한 법원 판결을 통해 돌고래를 바다로 돌려보낸 것은 아시아는 물론 세계에서도 처음 있는 일이었다. 그러나 아직도 수족관에 전시되거나 쇼에 동원되는 돌고래가 쉰한 마리나 된다고 한다. 국제적 멸종위기종인 북극 흰고래들도 수조에 갇혀 있다. 거제씨월드, 한화아쿠아플라넷, 제2롯데월드 등도 관광객 유치라는 상업 목적을 위해 여전히 돌고래를 이용하려는 심산이다. 야생 포획된 돌고래의 수입을 환경부가 계속 허용하고 있기 때문이다. 수족관과 동물원 관련법이 하루빨리 만들어졌으면 좋겠다.

내성천 생태도감

•

책장을 넘기는 것만으로도 명상하듯 마음이 정화되는 책들이 있다. 《내성천 생태도감》을 무릎 위에 놓고 책 위로 햇살이 어룽대는 것을 보고 있다. 마음이 고요해져 '평화'라는 말을 입속에서 궁굴린다. 참 이상하지 않은가. 맑고 얕은 모래 강과 풍성한 왕버드나무가 어우러진 속에 다양한 동식물이 살아가던 내성천이 급격히 황폐해지는 모습을 목도하며 얼마나 가슴 아팠나. 그 생생한 아픔을 이토록 아름답고 정갈하게 전달하는 책을 앞에 놓고 평화라는 말이 떠오르다니. 슬픔에 깃든 희망이랄지 고통에 깃든 삶의 힘이랄지 그런 힘들 때문일 테다. 책을 향해 "고맙습니다"라고 말한다. 그냥 그렇게 말하고 싶어지는 책이다. 아픈 세상 어디든 표 안 나는 일들을 성심을 다해 하는 사람들이 있다. 그들이 세상을 가만가만히 어루만지는 그 힘으로 세상은 여태 존재하는지도 모른다. 수달, 하늘다람쥐, 흰목물떼새, 원앙, 호사도요, 먹황새, 흰꼬리수리, 새호리기, 쇠황조롱이, 붉은배새매, 수리부엉이, 흰수마자, 왕은점표범나비, 꼬리명주나비, 늦반딧불이……. 내성천의 멸종위기 야생 생물들 이름을 가만히 부르는 것만으로도 아프고 또 환하다. 기억할게. 그냥 사라지게 하지 않을게. 이런 말들이 따라오며 마음은 벌써 문 열고 나가 영주댐 근처까지 내달려간다. 4대강 사업으로 전국의 강들이 죄다 망가졌지만, 그래도 제발, 이 아름다운 내성천마저 완전히 망가지기 전에 영주댐 공사를 중지하라고, 바람인 듯 물소리인 듯 말하고 또 말한다.

수동적인 목숨은 없다

●

산책을 하다 보면 가끔 마주치는 스산한 풍경이 있다. 공원이나 산자락에서 운동하는 사람들이 등으로 나무를 퍽퍽 소리가 날 정도로 치는 모습들. 입장 바꿔 생각해보자. 시도 때도 없이 치고 흔들어대면 나무는 얼마나 스트레스를 받겠는가. 작은 새 한 마리가 가지 끝에 앉아도 우듬지가 흔들리는 게 생명이다. 뒤집어 생각하면, 스트레스받는 나무로부터 좋은 기운이 나올 리 없으니 나무에 몸을 쿵쿵 부딪치는 이런 운동이 당사자들의 몸에 좋을 리도 없어 보인다.

연말이면 네온사인 전깃줄을 친친 감아 몸살을 앓는 나무들을 볼 때도 비슷한 스산함이 스쳐간다. 전자파 차단 기능이 있는 식물이니 컴퓨터나 텔레비전 옆에 두라고 권하는 '공기정화 식물' 광고는 어떠한가. 전자파는 전자기기 자체의 안전성을 높여 차단해야 할 일이지, 살아 있는 식물을 전자파 막이로 써야 하나. 생각할수록 서글프다. 사람이나 식물이나 똑같이 맑은 햇빛, 시원한 바람, 신선한 물이 필요한 존재다. 사무실 구석이나 복도에 방치된 채 시들어가는 대형 식물을 한 번쯤 본 적 있을 것이다. 마주칠 때마다 안쓰럽고 미안한 마음이 든다.

살아 있는 것들은 살아 있음을 맘껏 누릴 수 있도록 배려해야 가장 좋다. 그것이 아주 작은 생명이라 하더라도 말이다. 혹시나 '식물=수동적'이라는 도식에 사로잡혀 있다면 오해다. 어떤 목숨도 수동적인 목숨은 없다. 모든 생명은 살고 싶어 하고 행복하게 존재하고 싶어 한다. 사람처럼.

부끄럽구나, 삽질의 나라

●

텔레비전 뉴스를 보다가 화가 나 꺼버렸다. 한 손에 부채, 한 손에 장바구니를 끼고 집을 나섰다. 내 사는 곳 뒤쪽 골목에 있는 조그만 재래시장의 좌판 할머니들이 보고 싶었기 때문이다. '안구 정화', '귀 정화'가 필요했으므로.

가지, 토마토, 깻잎, 호박, 감자, 고구마, 옥수수, 오이……. 할머니들의 좌판에는 내가 좋아하는 것들이 가득하다. 스트레스받으면 먹는 거로라도 풀어야지, 보기만 해도 얼마나 어여쁜 식물들인지! 토마토를 사려고 들른 만천리 할머니네는 오늘은 따올 만한 토마토가 없었단다. 대신 가지가 풍성하다. 다행히 샘골 할머니가 햇볕에 잘 익은 조막만 한 토마토들을 두 바구니나 놓고 계셔서 횡재한 기분으로 냉큼 한 바구니 샀다. "이것도 우리 먹으려고 한 녘에 심궈논 건데" 하시며 슬쩍 보여주는 조선부추는 대형마트용 '상품 가치'로는 영 '꽝'이지만 내 눈엔 반갑기 그지없는 보양식 그 자체. 1000원어치를 사니 한 줌 더 얹어 주신다. 나는 슬그머니 반 줌을 덜어 할머니의 바구니에 도로 넣는다. 공장에서 만들어내는 하드도 웬만하면 1000원인데, 이걸 1000원에 다 가져가기엔 아무래도 과분하다. 깻잎 순을 얻은 서면 할머니는 중도가 없어진다고 누가 그러더라며 오늘도 걱정이시다. 4대강 사업이 내가 사는 춘천의 섬 중도까지 망가뜨리기 직전이라는 걸 나는 언론보다 먼저 서면 할머니를 통해 들었다.

위장 전입, 탈세, 부동산 투기 같은 것은 꿈에도 생각해본 석 없는 이 평범한 '어머니'들은 이러쿵저러쿵 수다를 떠는 중에도 손만은 부지런히 깻잎을 다듬고 머위 줄기의 껍질을 벗긴다. 올해 날씨 때문에 양지골 할머니네 복숭아나무가 네 그루나 죽었다는데 올해 유독 할머니의 관절염이 심해졌다고 한다. 그러고 보니 오늘은 양지골 할머니가 안 보이신다. 할머니들은 갈수록 날씨가 괴이쩍다며 이구동성이시고, 어느 분은 땅 신이 노하시는 게라고도 하신다. 나는 할머니들 옆에서 부채를 부쳐드리면서 농사짓고 거두며 평생 땅의 순리대로 살아온 할머님들이 풀어놓는 '순리'에 대한 말씀들을 들으며 귀를 씻는다.

순리를 거스르는 인간의 오만한 불도저, 포클레인질을 지구가 언제까지 견뎌줄지 한 치 앞을 셈하기 힘들다는 생각이 이 여름에는 참말 많이 들었다. 한계에 다다른 느낌이다. 우리 세대는 어찌어찌 견디겠지만 다음 세대의 아이들은 어쩐담? 비관이 깊어진다. 한반도를 포함해 지구 곳곳의 이토록 '비정상적'인 기후는 아픈 지구가 표현할 수 있는 '정상적인' 반응이다. 참다 참다 탈이 나면 우리 몸도 열나고 오한 들고 기침과 진땀이 나듯이. 이대로 착취가 계속되면 중병을 앓을 것은 뻔한 일. 대지를 공경하는 마음의 회복 없이는 인간의 미래가 풍전등화라는 것을 좌판 할머니들은 다 아는데, '자연'을 '자원'으로만 생각하는 '삽질 정부'는 도대체 알아먹질 못한다.

활발발!

•

특별히 좋아하는 단어들이 있다. '활발발'도 그중 하나다. 살아 있을 활(活), 물 튀길 발(潑)을 써서 활발발(活潑潑)이다. 모두 물의 이미지다. 자연 그대로의 강은 활발발 자체다. 활발발함은 흐름이고 시냇물, 강, 바다로 순환과 생명의 서사를 만들어간다. 알다시피 4대강 공사로 전국의 강들은 막혀 병들었다. 낙동강 녹조는 녹차라테 수준을 넘어 걸쭉한 녹조 수프가 되어버렸다. 녹조를 먹는 것에 비유하는 마음이 안 좋지만, 인간은 어떤 형태로든 강물을 '먹고살게' 되어 있으니 이런 비유가 부적절하다고 할 수는 없다. 우리는 어떤 식으로든 연결된 존재들이다. 독이 든 강물은 결국 모두가 먹게 되어 있다. 영주댐 공사는 4대강 사업으로 야기된 낙동강의 수질 악화를 막기 위해 한다고 한다. 강이 댐이 되면서 발생한 수질 악화를 다시 댐을 만들어 개선하겠다는 이 무지하고 파렴치한 발상을 그냥 두면 안 된다. 원주민들의 삶을 빼앗은 터에 지어진 영주댐에 담수가 시작되면 아름다운 모래 강 내성천은 영영 복구 불가능해진다. 댐의 담수를 막고 가능한 한 자연 상태로 되돌려야 한다. 녹조 수프가 된 낙동강을 비롯해 강들을 다시 살리는 방법은 간단하다. 막은 곳을 뚫어 다시 흐르게 하면 된다. 이 간단한 방법을 두고 해마다 엄청난 혈세를 죽어가는 강에 독물로 풀겠다는 이유가 대체 뭔가. 건설 자본과 뒤엉켜 막히고 고인 채 썩어가는 우둔한 정치여, 강이 강으로 흐르게 하라. 터라, 부디 활발발!

혁명이란 방법부터가 혁명적이어야 한다

•

프란치스코 교황 방한 때 통역을 담당한 정제천 신부는 한때 법으로 세상을 바꿔보려 했던 법학도였다고 한다. 그 청년 법학도가 《육법전서》를 버리게 된 계기를 다음과 같이 말했다. "전두환 신군부에서 출세하기 싫었다. 그게 무슨 의미가 있느냐. 하느님이 부르셔서 주저 없이 《육법전서》를 버릴 수 있었다." 추석 명절 밤에 들어앉은 나는 김수영의 시 〈육법전서와 혁명〉을 읽었다. "기성 육법전서를 기준으로 하고 / 혁명을 바라는 자는 바보다 / 혁명이란 / 방법부터가 혁명적이어야 할 터인데 / 이게 도대체 무슨 개수작이냐 / 불쌍한 백성들아 / 불쌍한 것은 그대들뿐이다 / 천국이 온다고 바라고 있는 그대들뿐이다". 그렇지 않은가. 혁명이란 방법부터가 혁명적이어야 한다. "손때 묻은 육법전서가 표준이 되는 한 (…) 혁명은 혁명이 될 수 없다". 개개인이 '입법기관'이라는 국회의원들에게 특별히 이 시를 권한다. 텅텅 빈 국회를 참담한 심경으로 지켜봐야 하는 '국민'의 한 사람으로서 "이게 도대체 무슨 개수작이냐"고 김수영의 전언을 그대로 들려드린다. 아직도 세월호 특별법 얘기냐고? 맞다. 죽은 우리 아이들과 안전한 세상에서 살게 해야 할 미래의 아이들에게 입혀야 할 고운 옷의 첫 단추도 못 채웠다. 여태 표류 중인 세월호 특별법이 어찌 되는지에 따라 '입법기관' 개개인의 미래가 달라질 것이다. "혁명의 육법전서는 〈혁명〉밖에는 없으니까". 말로만 개혁이네 쇄신이네 혁명이네 떠들지 말고!

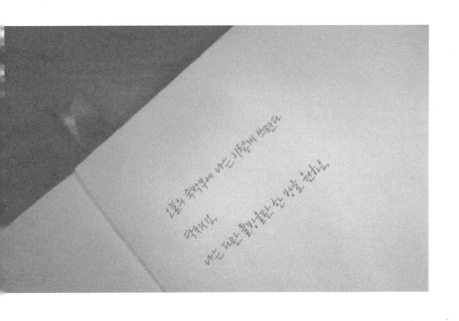

카
덴
차
──
3

자비 없는, unfatigue Engel

'록빠작목반(rogpafarm)' 청년들을 본 게 재작년이던가. 4대강으로 망가져가는 강 곁에서 농사를 짓던 청년들. 그들이 지켜내고자 정성을 쏟던 양평 두물머리. 3년째 주말 농사를 짓고 있다던 그 청년들이 문득 떠올라 '사직동 그 가게'에 들렀다. 짜이도 한잔 생각나고.

재작년 가게 입구에는 "걱정을 해서 걱정이 없어지면 걱정이 없겠네"라는 티베트 속담이 붙어 있었다.

온통 티베트 소품들로 넘쳐나는 가게 한쪽에 누군가 붙여놓은 세바스티앙 살가도의 사진 한 장이 눈에 띈다.

재작년 여기서 만났던 한 청년이 생각났다. 그 애는 노동의 가치에 대한 짧은 글귀 하나를 소개해달라고 했었다. 고민하다가 나는 카뮈를 써주었다.

"노동하지 않으면 삶은 부패한다. 그러나 영혼 없는 노동을 하면 삶은 질식돼 죽어간다."

짜이 한 모금.

몸의 어딘가 아득하다.

티베트 고원의 바람에 나부끼는 타르초.

＊

설원을 지나는데 붉은 점이 보였다. 핏방울인 줄 알았다. 점점 커져서 알아볼 수 있는 때가 되었다. 그건 붉은 석류였다. 붉은 석류 열매로부터 노래가 흘러나온다는 느낌이 들었고, 나는 선율에 맞춰 고개를 끄덕거렸다. 노랫말이 쓰고 싶어졌다. 머리맡을 더듬어 종이와 펜을 찾았다. 어둠 속에서 무언가 쓰고, 계속 잤다.

11시쯤 잠에서 깼다. 찬물을 한 잔 마실 때까지 전혀 기억에 없다가, 화들짝 떠올랐다.

침대 옆에 메모가 있었다. (헐, 이 짓을 진짜로 했군!)

아주 오래전 이런 적이 많았다. 등단하기 전의 습작 시절. 자면서 자주 메모를 남기곤 했다. 꿈과 현실의 경계가 너무도 자주 모호하게 뭉개지던 그때.

한참을 허리를 꺾고 웃다가 미친 것처럼 잠깐 울었다. (음……그러니까…… 내가 울었다기보다…… 나를 이루어준 무수한 나들이 울었다고 하자.)

나는 저 열매를 안다. 저 열매 속에서 오랫동안 잠을 잔 적 있지. 땅이 너무 뜨거울 때 너무 추울 때. 저 열매 속에서 벌거벗은 나를 만난 적 있지. 하얀 눈밭 병원에서 꿈꾸는 열매. 따뜻한 열매. 얼음 속의 엄마. 울지 말고 뚝!

*

평생 한국 춤과 살아온 미학자이자 무용 평론가가 한가위 인사로 "얼이 얼얼한 날들입니다"라고 문자메시지를 보내주셨다.

얼이 얼얼하다.

얼: '정신의 줏대' 등의 의미로 사용되는 말.

얼, 혼, 넋 / 정신 / 마음.

얼간이(얼이 나간), 얼뜨기(얼이 떠버린), 얼빙이(얼이 비어버린), 얼빠지다, 혼 빠지다, 혼불, 혼쭐, 혼나다, 혼내주다, 넋이 나가다, 넋 건지기, 넋두리, 넋을 놓고…….

흔히 통용되는 말들을 생각나는 대로 적어놓고 보니, 뭔가 이상하다.

'얼이 얼얼하다'는 말을 처음 보았을 때만큼 신선하지 않다.

뭐가 문제지?

말은 언중 속에서 지혜롭게 진화하기도 하지만 무뎌지기도 한다. (그러니 정신 차리자, 활! 발!)

동양적 사유에서 몸은 정신과 분리되지 않는다. 몸은 영, 혼, 넋, 얼, 정신의 단순한 집이 아니다. 육체와 정신이 융합된 공간(성)으로서의 몸. 이 융합은 불일불이(不一 不二)하다.

그런데 어느 시점부터인가 정신에 관여된 말들이 육체로부터 이분법적으로 분리되기 시작한 듯하다. 몸을 혼, 얼, 넋의 거주지 정도로 대상화시킨 표현들이 압도적으로 많다. 들거나 나거나 빠지거나 비거나…….

다시, 탈주의 필요.

'얼이 얼얼하다'는 표현은 몸과 분리된 얼이 아니라 몸을 이룬 얼이 총체적으로 얼얼하다는 느낌이 든다. 평생 춤과 살아온 분의 표현이라 그런 걸까.

답 메시지를 드렸다.

"네, 선생님. 얼이 얼얼합니다!"

*

시 〈민둥산〉에 얽힌 이야기를 하다가 맨 앞줄에 앉아 있던 머리 희끗희끗한 여자 분과 눈이 마주쳤다. 그분의 눈빛이 뭔가를 상기시켜서 문득 떠오른 시가 〈왕모래〉였다. 첫 시집에 수록된 시이니 13년 전 어느 날 낭독해본 이후로는 청중 앞에서 낭독해본 적 없는 시.

그런데 그 시가 문득 읽고 싶어졌다.

낭독했다.

맨 앞줄의 그분이 훌쩍이셨다.

아마도 이 시를 그분 혼자 묵독했다면 이런 반응이 나오지는 않았을 거라는 생각이 스쳤다.

이건 낭독의 힘이다. 낭독이라는 특별한 사건. 언어가 숨결로, 몸과 공기의 파동으로 전해지는 특별한 목숨의 감각.

묵독할 때는 이해를 위한 지적 작용이 활성화되지만, 낭독할 때는 감각과 정서가 통째로 움직이는 듯. (노래가 주는 감응력이 그래서 빠른 거겠지.)

낭독을 즐기는 편이지만, 나는 여전히 암송은 별로다. 짧은 시도 텍스트를 확인해가며 읽는 게 좋다. 외부에 놓인 텍스트의 상태를 한 줄 한 줄 확인해가며 읽는 느낌의 각별함. 내가 만든 것이지만 내 것이라고 할 수 없는 창조물을 더듬거리며 만져가는 듯한 순간의 떨림들. 시가 시인에게 완전히 속해 있는 것 같은 도취의 느낌이 최대한 절제된 낭독이 좋다.

낭독의 사건, 이 특별한 몸의 경험을 보다 자유롭게 일상에서 나눌 방법이 없을까.

*

매일매일 정성을 다해 사는 거.

그 수밖에 없다.

20대 초반에 읽고 반했던 책이 다시 나왔다.《늑대와 함께 달리는 여인들》. 아름다운 책들의 복간이 반갑고 고맙다.

카를 융 연구자로 40년 남짓을 심리치료 전문가로 활동해온 클라리사 에스테스. 가슴에 불을 얹고 미친 듯 돌아다니던 20대의 한 시절에 그녀의 작업은 내게 묘한 카타르시스를 주었다. 세계 여러 곳의 신화와 설화의 원형 분석, 그것을 통한 심리 분석의 매우 영적이면서도 담대한 탐험들.

그녀가 말하는 타고난 '야성(wild essence)'. 이 말 참 좋다. 와일드 에센스.

오랜만에 다시 펴본 책. 여전히 재미있다.

"우리가 무엇이 됐건, 우리 뒤에 걸어오는 그림자는 분명히 네 발 달린 짐승이다."

뼈를 모으는 사막의 여걸 로바는 여전히 설렌다.

발트 해 전역에 퍼져 있는 '바살리사 이야기'는 매우 평범하면서도 묘하게 강력하다.

바살리사가 자기 자신을 존중하는 한, 바살리사는 스스로를 지킬 수 있다. (자기 존중이 상실된 순간 삶이 지옥임을 얼마나 많은 사람이 보여주고 있는가.)

소녀 바살리사는 숲 속의 마녀 바바야가를 만나 비로소 자신 속의 여걸을 깨닫고 받아들인다.

그 과정에서 꼭 필요한 것은 야성의 여걸과 담대하게 마주하기. 착한 소녀 콤플렉스를 벗어나야만 한다는 것. 과잉보호의 상냥한 어머니를 떠나보내고 숲 속의 무서운 마녀를 만나라.

세 덩이의 숯: 삶-죽음-삶.

"우리는 해골의 빛으로 진실을 보기 때문이다."

융 심리학을 토대로 한 심리 치료는 변화 가능성을 개인의 노력에 집중시킨다는 점에서 한계가 있긴 하지만 본질적으로 지혜롭고 매우 문학적이다.

세상의 딸들에게 두루 권하고 싶은 이런 책 한 권 쓰고 싶다. (장르는 글쎄, 뭐가 좋을까?)

*

유머와 위트가 넘치는 시.

일상과 시의 결합.

일상이 시를 창조하기도 하지만 시가 일상을 창조하기도 하는 그런 틈새 만들기.

창조적 균열.

*

인디고서원의 용준이 이번에 번역한 《시적 정의》를 보내왔다. 참 부지런하기도 하다!

'문학적 상상력과 공적인 삶'이라는 부제를 단 이 책의 저자는 법철학자이자 정치철학자인 마사 누스바움. 나로서는 처음 듣는 이름.

약력 중 눈에 띄는 대목. 노벨경제학상 수상자인 아마르티아 센과 함께 GDP가 아닌 인간의 행복에 주목하는 '역량이론'을 창시

했다. 진정한 의미에서의 발전과 사회정의란 사람들이 자신의 역량을 발휘할 자유를 부여하는 데 있다고 설명하는 이 이론은 유엔이 매년 발표하는 인간개발지수(HDI)의 바탕이 되었다.

저서 목록 중에는 《사랑의 지식》, 《동물 권리》, 《정치적 감성》 등이 눈에 들어온다.

지금과는 다른 세상을 꿈꿀 수 있는 상상력이 문학의 힘임을 믿고 있는 이 법철학자는 휘트먼의 《풀잎》이나 디킨스의 《어려운 시절》 같은 작품들이 문학적 상상력의 힘으로 공적 영역을 어떻게 변화시킬 수 있는지 (사실 좀 지루하게) 이야기하고 있다.

내겐 용준의 역자 후기가 참 좋았다. 아, 이 아이들이 이렇게 컸구나. 이 어여쁨들!

용준은 하워드 진을 만났을 때를 떠올리며 "평생 불의에 맞서 싸웠고, 소외되고 힘없는 사람들의 목소리를 대변했던 실천적 지식인이자 '미국의 양심'으로 불렸던 하워드 진. 그에게서 받은 말로 다 표현할 수 없는 깊은 인간적 따뜻함과 다정함은 여전히 내 삶의 가장 '결정적 순간'으로 남아 있다"라고 쓰고 있는데, '인간적 따뜻함과 다정함'이라는 표현 앞에서 나는 한동안 미소 띤 채 고개를 끄덕거렸다. (그렇지, 그런 게 아니라면 인생이 무엇이겠니.)

여든일곱 살의 하워드 진을 앞에 놓고 인터뷰를 하는 내내, 용준은 어떻게 하면 한 인간이 이렇게 아름다울 수 있는지 궁금했다고 한다. (그렇지, 하워드 진은 제인 구달과 함께 내가 다섯 손가락에 꼽는 아름다운 노년의 얼굴과 아우라를 가졌다.) 그래서 물었다고 한다. 삶의 어떤 가치와 경험이 당신을 형성한 것인지. 용준의 질문에 진은 디킨스의 《어려운 시절》과 마르케스의 《백 년 동안의 고독》 등 몇 권의 책으로 답했다고.

80대의 진이 20대의 용준과 마주 앉아 대화하는 그 순간들이 생생하게 그려진다.

문학이 보다 나은 세상을 위해 기여할 수 있다면, 그것은 문학을 통해 타인에 대한 공감 능력을 확장할 수 있기 때문이겠지.

용준이 옮겨놓고 있는 진의 말. "어려운 시절에 희망을 품지 않는 것은 지금의 세계를 있는 그대로 놔두는 것이다."

공감, 용기, 친절, 다정함, 희망 같은 말들이 전복, 상상력, 변혁 같은 말들과 자연스럽게 섞이는 순간들의 찬란함.

*

소위 자기계발서들이 끔찍한 종류의 책이 될 수밖에 없는 이유는, 바로 그 쓸모 때문이다. 자기계발서들이 주창하는 자기계발의 목적은 결국 자기의 상품 가치를 높이는 것으로 귀결된다. 자기를 계발해서 보다 경쟁력 있는 인간으로 거듭나야 한다는, 경쟁력 있는 자본주의형 인간이 '교양인'으로 포장되는 과정의 역겨움.

*

흔히 '위험한 철학자'로 불리는 지젝과 알랭 바디우가 한국에 왔다.

어마어마한 지젝의 인기에 심드렁한 것처럼 나는 바디우에 대해서도 마찬가지다.

왜 나는 그들이 '위험하게' 느껴지지 않을까.

그들이 구사하는 스펙터클이 더는 매력적이지가 않다. 심지어

지루하다.

현실정치에 대해 적극적으로 발언하고 자본주의 체제를 신랄하게 비판하는 태도에 대한 기본적인 호의와는 별개로 나는 그들이 자기 이론을 세상과 조우시키는 방식이 여전히 구태의연하다는 느낌이 든다.

늘 그렇듯 글로벌 자본주의에 대한 맹렬한 비판. 화려한 말들의 향연. 그리고? 그래서? 그다음엔? 지금 이 순간 우리 생의 조건인 일상의 현장에서 무엇을 할 것인가?

일상의 변화 가능성에 구체적 정성을 쏟지 않는 스펙터클은 빈 수레처럼 요란하고 번쩍거리며 헛헛하다.

백만 마디 말보다 한순간의 숨결, 따스한 포옹이 일상을 변화시킨다. 사람의 '살림'은 그런 공감과 따스함으로 힘을 얻어 움직인다.

진정 어린 한 줄의 시행, 소설 한 문장은 그러므로 얼마나 값진 것인지.

＊

최근 출간된 알랭 바디우의 《베케트에 대하여》 때문인지 '고도를 기다림'에 대한 비유가 많아졌다.

기다린다 – 오지 않는다 – 그래도 기다린다.

포기하지 않고 기다린다는 것이 중요하다, 기다리는 행위를 포기하지 않는 한 희망이 만들어진다……. 뭐 이런 종류의 계몽은 노 땡큐.

에스트라공과 블라디미르가 기다리는 것이 일종의 개안(開眼)

상태라면 좋겠군. 우리 옆에 혹은 우리 내부에 이미 존재하는 고
도와의 조우 말이지.

희망이 외부로부터 오리라는 허상을 깨뜨리기. 외부로부터는
아무것도 오지 않는다. 엠마 골드만식으로 말하자면 '스스로 춤출
수 없다면 그것은 나의 혁명이 아니다.'

자신 속의 고도를 '발견'하지 못하고 고도가 외부로부터 '온다'
고 생각하는 아이들 놀이. 먹어도 먹어도 배고픈 메시아 놀이.

*

내가 작정한 대로 글이 흘러가는 경우가 거의 없다는 점에서,
글쓰기는 여전히, 앞으로도 내내, 내 삶의 좋은 반려가 되리라고
낙관하는, 터무니없이 행복한 오후.

괜찮다. 쓰고 있는 한.

*

네온사인 작렬하는 밤의 서울 한복판에서 밀려드는 공포.

이 지독한 폐허의 순간에도 삶이 지속된다는 사실의 오싹함.

망해가는 세상, 이미 망한 세상에서, 지지고 볶으며 우리는 살
아간다. 살아간단 말이다! 이런 세상에서 이렇게 아무렇지 않게
살아가다니! 이 폐허 속에서!

인간은 놀라운 존재임이 틀림없다. 내가 생각하는 것보다 훨씬
더 경이로운 존재인지도.

*

엄마는 이제 아침과 저녁과 밤에 각각 다른 사람이 된다.

언제부터였나. 헤아려본다.

몇 년 전 아픈 엄마 옆에서 써 보냈던 산문 하나를 찾아 읽어
본다.

엄동설한에 연(蓮)을 생각하다

엄마가 아프시다. 내가 스물다섯 무렵 큰 수술을 받은 엄마는
기적처럼 회복하셨다. 그 후 내가 등단했을 때 엄마는 시인이
된 나를 품에 안고는 말했다. "죽지 않아서 다행이야. 내 딸이
시인이 되는 걸 보다니!" 그러곤 덧붙이셨다. "큰 작가가 되세
요." 갑작스러운 엄마의 존댓말에 쑥스러워진 내가 그때 웃었
든가 눈물이 핑 돌았든가. 아무튼 엄마는 내가 강릉집에 전화하
거나 엄마 친구들이 와 있을 때 집에 가기라도 하면 나를 이렇
게 부르신다. "우리 시인 딸!". "응. 우리 작가가 웬일인가." 엄
마 친구분들 사이에서 나는 엄마의 넷째 딸이라기보다 엄마의
작가 딸이다.

잔잔한 파도처럼 일상이 된 몸의 고통을 다행히도 엄마는 적
당히 놀아주며 15년을 지내왔다. 그런데 이번에 다시 쓰러지셨
다. 오래전에는 몸의 오른쪽이 이번에는 몸의 왼쪽이 캄캄해지
셨다. 그리고 다시 조금씩 몸속에 빛을 들이려고 식물처럼 햇살
바라기를 시작하셨다. 아니, 몸속에 아직 남아 있는 빛을 찾아
안간힘으로 펌프질하는 중이시다.

"이놈의 몸뚱어리가 너무 고단해. 그만 가고 싶구먼." 말씀은

그렇게 하시면서도, 몸이 좀 덜 고된 날은 추위를 피해 집 안에 들여놓은 화초들을 일일이 점검하신다. 귤꽃이 몇 개나 피었는지 하나하나 세어보고 향기를 맡고 벤자민 잎사귀의 마른 정도를 체크하고 겨울나기 고단해 보이는 화분들에 달걀 껍데기를 동그랗게 꽂아두신다. 그러고는 새봄엔 어떤 꽃들이 제일 먼저 필까나, 꽃구경은 갈 수 있으려나. 궁리가 한창이시다. 해거리한 구기자 덩굴이 올해는 꽃을 좀 많이 피워줄지, 뜰의 가시오가피 나무는 새순을 얼마나 내밀어줄지, 모처럼 몸이 따뜻해진 날 엄마의 봄 상상은 일곱 살배기 소녀의 그것처럼 무구하고 천진하다.

하지만 몸에도 삼한사온이 있어 하루쯤 몸이 가뿐하다 싶은 때가 지나면 다시 엄마의 몸은 무거워진다. 하루 볕 들면 사흘이 바람 불고, 사흘이 화창하면 닷새를 그늘에 내주는 식으로 빛과 어둠에 나눠 주는 몸 살림. 젊을 때처럼 늘 양지바른 몸이란 기대할 수 없으니, 고통을 안배하고 잘 놀아줘야 하는 때가 오고야 마는 것이 생명 가진 육신임을 엄마는 일찍이 터득하셨다. 그러다 고통이 너무 많은 부분을 차지하게 되면 햇살 바라기를 하시다가 문득 그러신다. "절에 가고 싶어야."

하지만 엄동설한인걸. 건강한 사람도 함부로 움직이기 어려운 계절이니 나는 엄마 옆에 붙어서 절에 가는 상상을 시작한다. 어디로 갈까. 월정사? 상원사? 낙산사? 휴휴암? 낙가사? 엄마가 좋아하는 절집 이름을 속삭여드린다. 엄마는 가만히 듣고만 있다. 그냥 딸이 아니라 '시인 딸', '작가 딸'인 나는 이제 본업을 시작한다.

당간지주 밑자리가 따뜻해. 봄이 곧 오려나 봐. 어? 우리 보

202

고 어서 오라고 당간에 매달려 뭔가 나부끼는데? (응? 뭐가?) 부처님이 그려진 탱화야. (나무 관세음보살⋯⋯. 아이고, 지장보살님.) 그러고 보니 엄마, 저건 우리 마음이야. 엄마랑 내 마음을 그려놓은 것 같아. 엄마가 좋아하는 목어도 울리고 내가 좋아하는 법고도 울리고. 범종 소리를 들어봐. 깊고 그윽하지? (그러네, 오늘은 유난히 좋구나.) 4월이 오면 초파일에 연등을 달아야지. (응, 그래야지.) 둥글고 환한 연꽃 배들을 좀 봐. 어쩜 저렇게 예쁘지? (그지? 너도 참 예뻤는데.) 에이, 엄마 눈에 안 예쁜 딸이 어딨어? (그런가?) 엄마, 정토에 왕생하는 사람은 모두 연꽃 속에서 태어난대. (정말이냐?) 그러엄, 엄마 자궁에서 내가 자라고 태어난 것처럼, 둥글고 환한 연꽃의 태(胎) 속에서 사람들이 태어나는 거야. (나무 관세음보살⋯⋯.) 옛날 옛날에 저 머나먼 인도에선 말이야. 물 밑에서 잠자는 정령 나라야나의 배꼽에서 연꽃이 솟아났다고도 한다는데. (뭐라? 누구 배꼽?) 응, 엄마 배꼽처럼 말이야. (나, 인도에서 보리수 본 적 있다. 예전에 나 아직 건강할 적에 불자들 신도회에서 성지순례 갔었잖냐. 그때 내가 가져온 보리수 잎사귀 너도 갖고 있지?) 그럼, 갖고 있지. (그래, 잘 가지고 있거라.) 염려 마. 내 보물 상자 속에 들었어. 엄마, 상상해봐. 연화장세계(蓮華藏世界) 말이야. 엄마 배꼽에서부터 탯줄처럼 연 줄기가 자라고, 부드럽고 따스한 자궁처럼 연꽃 봉오리가 벌어지는 거야. 그 속에서 짠! 내가 태어난 것처럼, 엄마도 그렇게 다시 태어나는 거지. (누구 배꼽에서 자라는 거라고?) 글쎄, 엄마는 외할머니 배꼽에서 자라난 연 줄기에서 태어나려나? 부처님 배꼽에서 자라난 연 줄기일 수도 있고. (그래⋯⋯ 그렇겠네.) 그러니까 우리의 몸속엔 또 하나의 우주인 연지(蓮池)

가 출렁이고 있는 거나 마찬가지야. (그러게나! 나무 관세음보
살……!)

　연꽃을 보는 일은 마음을 마음 밖에서 보는 일 같다. 그것은
심장이며 자궁이고 몸속이며 몸 밖 같다. 연꽃을 보고 있으면
마음 심(心) 자를 소리 내 읽는 엄마가 떠오른다. 소학교밖에 나
오지 않은 엄마가 홀로 깨친 몇 개의 한자 중 하나인 '心', 언젠
가 서예전에 모시고 갔다가 '일체유심 즉심시불(一切唯心 卽心
是佛)'을 읽던 엄마. 이것은 한 일 자, 이건 마음 심 자! 이것도
마음 심 자! 이 글자는 부처님 불! 여덟 개의 글자 중 아는 글자
가 네 개나 되어 기쁘고, 그중에 엄마가 좋아하는 마음 심 자를
물방울 튕기듯 또박또박 발음하던 엄마. 가만 들여다보면 '心'
자는 연꽃 대궁들이 자라는 연지 같기도 하고, 꽃비 내리는 연
좌대 아래 같기도 하다.

　내 무릎에서 가만히 졸음이 쏟아지는 엄마가 어느 틈에 쌕쌕
숨을 고른다. 나는 이불을 여며드린 후 뜰에 나가려고 조끼를
입는다. "우리 시인 딸, 그러니까 연꽃이 심청전처럼 벌어지는
데 그 안에 절이 있다는 거지? 당간지주가 있고 사천왕문이 있
고……." 내 기척에 설핏 깬 엄마가 졸린 목소리로 말한다. 맞
아, 엄마. 그 절에 갈까? 그래…… 그 절에…….

　엄마의 낮잠이 깊어진다. 엄마는 시인이구나. 잠든 엄마의 뺨
에 입을 맞추고 나는 시집을 한 권 들고 뜰에 나간다. 부디 올해
도 엄마와 함께 연(蓮)을 볼 수 있기를 바라면서.

다시. 잠든 엄마의 뺨에 입을 맞춘다.
몇 년 새 엄마의 치매는 더 진행되었다. 아침과 낮과 밤에 각각

다른 사람이 되는 엄마.

더 늦기 전에, 다음 번 책은, 엄마, 당신을 곁에 앉혀놓고 이야기 들려주듯이, 그렇게 쓰도록 할게.

엄마가 궁금해하는 세상.

사랑해, 엄마. 무조건.

*

한낮의 택시. 라디오 모 프로그램에서 프로이트의 '오이디푸스 콤플렉스' 이야기가 나오는데, 마치 '오이디푸스 콤플렉스'가 인류 보편적 현상인 것처럼 이야기하는 게스트의 태도에 깜짝 놀랐다. 프로이트 자신이 감당해야 했던 트라우마로 인해 세워진 가설들이 일반적 진리로 포장되는 과정이 한국 사회에선 너무나 간단히 일어난다. 그가 지닌 일관된 여성 혐오와 남성 우월주의 관점에 대한 비판적 접근이 모두 증발해버린 채. 도대체 왜 이런 현상이 생기는 걸까. 한국 사회의 특수성일까.

*

나는 무신론자에 가깝다. 나는 기도하는 것을 좋아한다.

나는 날마다 108배 하는 것을 좋아한다. 나는 무신론자이다.

나는 작고 예쁜 교회, 성당, 고즈넉한 절집을 좋아한다. 나는 무신론자에 가깝다.

이런 문장의 배열에 나는 아무런 문제를 못 느끼는데, 사람들은 무신론자가 왜 성소를 찾으며 누구한테 기도를 드리느냐고 묻는다.

이렇게 물어올 때 들려줄 수 있는 시를 한 편, 쓰고 싶다.

흰 눈 오시는 밤. 자작나무 숲 속이면 좋겠다. 노트 한 권과 펜 한 자루.

*

동물원 원숭이 무리 중에서도 사육사가 던져준 바나나를 사육 사에게 다시 집어 던지는 원숭이가 꼭 한두 마리씩 있다고 한다.

그들의 이야기가 궁금하다.

사육사가 던져준 바나나 앞에서 그것을 먹을까 말까 고뇌하는 원숭이. 그것을 집어 던지는 원숭이.

*

사유하는 법을 배우고 싶어 찾아온 대학생 한나 아렌트에게 마 르틴 하이데거가 했다는 말. "생각한다는 것은 외로운 일이네."

하이데거와 아렌트의 관계. 독일인과 유대인. 나치 동조자와 비 판자. 첫 만남 이래 아렌트가 세상을 떠나기 전 무려 50년간 유지 된 그들의 관계. 십수 년간 서로 만나지 못한 경우도 있고, 편지를 주고받은 것도 그리 자주라 할 수 없는데, 그들을 이어준 건 대체 뭐였을까.

도저히 이해할 수 없을 것 같은 이런 유의 관계조차 이해되기 시작했다는 것.

4부 ──

천사

눈송이 하나씩의 무게

•

눈발 날리는 흐린 하늘이다. 달력이 정해놓은 '1년'이 무에 그리 중요해, 하면서도 어쩔 수 없이 12월엔 뒤돌아보는 시간이 많아진다. 이즈음엔 책상 한 녘에 오래된 책 몇 권을 꺼내 올려두고 가끔 몇 페이지씩 펼쳐본다. 읽기 위해서라기보다 그저 눈앞에 두는 것만으로도 각성을 불러일으키는 책들. 안드레이 타르코프스키 감독의 일기 모음집인 《타르코프스키의 순교일기》도 그중 하나다. 한국엔 1997년에 나온 책인데 지금은 절판되었고, 그의 예술론인 《봉인된 시간》은 절판되었다가 2005년에 복간되었다. 만약 단 한 명의 영화감독 작품만 가지고 무인도에 가야 한다면 고민할 것 없이 나는 타르코프스키 영화 일곱 편을 챙길 것이다. 《타르코프스키의 순교일기》중 이런 대목이 있다. "나의 사명이 무엇인지 말해야 한다면 절대적인 것에 도달하는 것. 내가 성취할 수 있는 것의 수준을 향상시키고 또 향상시키는 것. 지구를 떠받치고 있는 아틀라스처럼." 당국의 갖은 검열과 열악한 창작 조건에도 불구하고 그는 "그토록 오래 지구를 떠받치고 있었다는 사실 때문이 아니라 환멸에 빠지지 않고 그것을 던져버리지 않았다는 사실 때문에" 아틀라스를 주목한다고 쓴다. 우리는 모두 저마다의 지구를 떠메고 사는 것일 테다. 최선을 다해 이 무게를 견디고 있는 지금 여기. 산다는 것 자체가 정성인 시절이다. 지상에 내리는 눈송이 하나하나조차 저마다의 무게를 지고 간신히 착지하는 듯한 날들. 그 여린 발자국들 위에 한 가닥씩의 빛이 드리우기를.

호세와 마누엘라

•

라틴아메리카의 대선 열기가 한창이다. 우루과이의 호세 무히카 대통령이 떠오른다. 그는 내가 지금까지 발견한 지구상 모든 나라의 대통령 중 가장 매력적이다.

이 사랑스러운 '대통령 할아버지'를 주인공 삼은 동화를 하나 쓰고픈 생각도 있다. 가제도 정해두었다. '호세와 마누엘라'. 마누엘라는 호세 부부와 함께 사는 다리가 셋인 개다. 대통령이 매끼 식사를 준비해주는 세상에서 가장 우아한 개 마누엘라는 대통령이 농장 일을 할 때 늘 따라다닌다.

대통령궁은 노숙자 쉼터로 내주고 부인 소유의 작은 꽃 농장에서 살며 업무 외의 여가 시간에 집안일을 직접 하는 대통령. 그에게는 은행 계좌가 없다. 87년형 폴크스바겐 비틀 한 대가 그의 소유로 된 전 재산이다. 우리 돈 1300만 원 정도 되는 대통령 월급 가운데 90퍼센트를 빈민층 주택 사업, 자선단체, NGO 등에 기부하고 나머지 돈을 자신의 생활을 위해 쓴다. 우루과이 대다수 시민이 그 정도 돈으로 살아가므로 대통령 역시 그 수준으로 사는 삶이 자연스럽다는 것이다.

젊은 시절 그는 군부독재 정권에 항거하다 14년간 옥살이를 했고, 동지였던 부인 역시 13년간 옥살이를 했다. 정의 · 평등 · 자유를 추구하던 젊음의 에너지가 나이 들면 현실과 타협하며 추하게 빛바래기 일쑤건만, 그의 삶은 늙어서도 아름답다. 몇 년 전 리우 환경회의에서 그가 한 연설의 전문을 읽으며 많이 부러웠다. 한 국가의 지도자가 갖춰야 할 지성과 인격을 제대로 갖춘, '진짜 지성인'의 모습이었기 때문이다. 우리는 언제쯤 이런 정치인을 가지게 될까.

그는 말한다.

"우리 앞에 놓인 큰 위기는 환경의 위기가 아닙니다. 이 위기는 정치적인 위기입니다. (…) 우리는 발전을 위해 태어난 것이 아닙니다. 우리는 행복하기 위해 지구에 온 것입니다. 생명보다 더 귀중한 것은 존재하지 않습니다. (…) 먼 옛날의 현자들, 에피쿠로스, 세네카, 아이마라 민족까지 이렇게 말합니다. '빈곤한 사람은 조금만 가진 사람이 아니고 욕망이 끝이 없으며 아무리 많이 소유해도 만족하지 않는 사람이다'라고."

아무렴, 우리는 행복하기 위해 더 지혜롭게 정치적이 되어야 한다.

이상과 김유정

•

이상과 김유정은 '절친'이었다. 둘 모두 가난했고 폐결핵을 앓았다. 난해시라는 항의로 〈오감도〉 연재를 중단당하고, 다방 경영에도 실패하고, 연인 금홍과도 결별한 이상은 어느 날 김유정을 찾아가 "함께 죽자"고 했다. 김유정은 뼈가 앙상한 가슴을 풀어헤치고 "아직 희망이 이글이글 끓습니다"라고 답했다. 그 후 이상은 도쿄로 갔고, 폐병과 싸우며 집필을 계속한 김유정은 죽기 10여 일 전, 문우 안회남에게 편지를 써 탐정소설을 번역해 보낼 테니 돈을 좀 만들어달라 했다. "닭 30마리를 고아 먹고, 살모사와 구렁이를 10여 마리 달여 먹겠다"라고. 아직 쓰고 싶은 것이 많았던 청년 작가의 생에의 갈구가 고스란하다. 답장을 받기도 전에 김유정은 세상을 떠났다. 이상은 1937년 사상 불온 혐의로 수감되었다가 병보석으로 풀려나지만 폐병이 악화되어 도쿄제국대학 부속병원에서 객사한다. 김유정이 세상을 뜬 지 20일 만이다. 이상은 조선총독부에서 발간하는 월간지에 장편소설 《12월 12일》을 연재한 적이 있다. 일본인 최고위층의 정책 논설이 함께 실리는 잡지였다. 그는 작품에 숫자 상징을 자주 사용했는데 눈치챘겠지만, '12, 12'는 강하게 빨리 발음하면 욕이 된다. 소설 속에서 12월 12일은 주인공이 돈을 벌기 위해 일본으로 떠나는 날이고, 조선으로 돌아오는 날이며, 죽음을 맞는 날이기도 하다. "펜은 나의 최후의 칼이다"라는 주인공의 절규와 식민지 청년들이 새삼스레 떠오르는 시절이다. 왜일까?

권태 너머

•

　더위에 지쳐 이상의 수필 〈권태〉를 뒤적거렸다. "암탉 꼬랑지에도 내려 쪼이는 볕"에서 헤실 웃었다. 웃음을 유발하는 문장이 총총 박힌 〈권태〉의 기원은 실은 '비애'다. 서늘한 배면을 가진 킥킥거리는 비애가 더위에 지친 정신에 잽을 날린다. 지금 특히 〈권태〉가 떠오르는 건 '초록' 때문일 것이다. "일망무제의 초록색은 조물주의 몰취미와 신경의 조잡성으로 말미암은 무미건조한 지구의 여백"이라고 냉소를 보이지만, 이상의 심연에는 초록의 징글징글한 역동성을 부러워하는 마음이 있다. 식민지시대를 살아내야 한 예민한 청춘, 죽기 한 해 전 스물여섯 살의 이상은 〈권태〉를 쓰는 순간에도 실은 '권태 너머'를 꿈꾸었다. 〈권태〉의 마지막은 이렇다. "불나비라는 놈은 사는 방법을 아는 놈이다. 불을 보면 뛰어들 줄도 알고—평상에 불을 초조히 찾아다닐 줄도 아는 정열의 생물이니 말이다. (…) 그러나 여기 어디 불을 찾으려는 정열이 있으며 뛰어들 불이 있느냐. 없다. 나에게는 아무것도 없고 아무것도 없는 내 눈에는 아무것도 보이지 않는다." 숨 쉬는 것조차 힘든 암흑뿐인 세상에서 이상은 "다만 어디까지 가야 끝이 날지 모르는 내일 그것이 또 창밖에 등대하고 있는 것을 느끼면서 오들오들 떨고 있을 뿐이다"라고 썼다. 출구 없기로 치면 오늘날도 마찬가지다. 이 지리멸렬 너머로 어떻게 탈주할 수 있을까, 염서(炎暑)에 오들오들 떨며 묻는다. '사는 방법을 아는 놈'이 되는 게 첫 관문이겠다.

'내 안의 천사' 발견하기

•

　'내 안의 괴물을 봐라' 같은 말이 회자되는 이유가 없지 않지만, 이런 말에 잡아먹힐 때 인간은 정말 자기 안에 괴물을 키우게 되기도 한다. 말이 지닌 전염력은 예상보다 강력하니까. 그러니 어느 시대건 압제자들은 압제의 말을, 민중은 자유와 해방의 말을 얻고자 했다. 남 탓 말고 나부터 반성하자는 좋은 취지일지라도 괴물 운운하는 말은 매우 조심히 써야 한다. '사람은 안 변한다'는 말도 마찬가지다. 같은 경험의 반복이 이런 말을 계속 회자시키겠지만, 그럼에도 불구하고(!) 살아 있는 한 우리는 더 좋은 방향으로 변할 수 있기를 꿈꾸어야 한다. 생의 모든 순간은 스스로 선택하는 것이다. 《서유기》에 등장하는 요괴 중에 손오공을 엄청 괴롭히는 '홍해아'에 대한 관음보살의 선택은 흥미롭다. 관음보살의 도움을 받아 손오공이 홍해아를 잡아서 죽이려 할 때, 정작 관음보살이 말리면서 말한다. "그놈이 잠깐 길을 잘못 들어 그렇지 근기가 좋네." 그러곤 냉큼 홍해아의 머리를 깎아 제자로 삼아버린다. 요괴에서 순식간에 관음보살의 제자가 된 홍해아! 홍해아의 마음에 일어날 변화와 관음보살의 미소를 상상해본다. 모든 것은 연기적이고, '연기(緣起)'란 곧 관계론이다. 위선일지라도 선을 행하려 노력하다 보면 마음에 선의 힘이 붙는 게 아닐까. 선한 행동을 하다 보면 그 행위의 힘으로 행위의 주체가 변화되기도 한다. '내 안의 괴물' 운운보다 '내 안의 천사'나 '내 안의 부처'를 더 많이 발견하려 애쓰고 작은 행동이라도 하려고 노력하는 편이 낫다.

안 하는 편을 택하겠습니다

•

"안 하는 편을 택하겠습니다." 가끔 바틀비의 이 말을 중얼거린다. 그리고는 관에 들어가듯 침대로 들어가 아주 많이 잔다. 이것은 서른 살 이후 여태껏 내가 사용하는 가장 유용한 자가 치료 방법이다. 요즘이야 허먼 멜빌의 《백경》이 고전이 되었지만 멜빌이 살았을 때 《백경》은 초판이 간신히 팔린 소설이었다. 〈필경사 바틀비〉도 멜빌이 빵을 구하기 위해 잡지사에 사정해 싣게 된 단편이다. 월스트리트의 변호사 사무실에서 각종 법률 문서를 베껴 쓰는 일을 하던 성실한 바틀비가 어느 날 갑자기 "안 하는 편을 택하겠습니다"라고 돌변한다. 결국 변호사는 바틀비를 해고하는데, 바틀비는 해고 통보마저 인정하지 않고 "안 하는 편을 택하겠다"는 자세로 일관하며 책상에서 꼼짝하지 않다가 구치소에 갇혀 굶어 죽는다. 구치소에서 주는 식사에 대해서 "안 하는 편이 낫겠다"고 판단했기 때문이다. 그토록 성실하던 바틀비는 왜 갑자기 아무것도 하지 않을 자유 속으로 온몸을 던진 걸까. 소극적 저항으로 보이는 바틀비의 최후는 '인간답게' 사는 게 어떤 것일까에 대한 가장 적극적인 질문일 수도 있다. '이게 사는 거냐?'라는 유행어가 돌아다니는 시절이다. "국민, 안 하는 편을 택하겠다"라는 자조도 절로 나온다. 하지만 조심하자. 행위 없는 자조와 한탄의 반복은 마음을 더욱 피폐하게 만든다. 해야 하니까 그냥 하는 게 아니라 안 하겠다고 선언하고 진짜 '안 해버리는', 소심하지만 온몸이었던 '바틀비적 용기'에 대해 생각하는 요즘이다.

나는 너에게 선물이 되고 싶다

●

부족사회를 연구한 《증여론》의 저자 마르셀 모스가 전한 북미 대륙 북서부 원주민들의 '포틀래치'와 멜라네시아 원주민들의 '쿨라' 풍습은 흥미롭다. 포틀래치는 일종의 '선물 게임'인데 사람들을 초대해 음식을 먹이고 선물을 나누어 주는 선물 증여의 풍습이고, 쿨라는 선물에 대한 답례를 선물을 준 사람이 아닌 다른 사람에게 하는 선물 교환의 풍습이다. ㄱ에게서 선물을 받으면 그에게 답례하는 게 아니라 다른 이웃인 ㄴ에게 선물하고 ㄴ은 ㄷ에게 ㄷ은 ㄹ에게 선물하는 방식이다. 그러다 보면 같은 공동체 구성원인 ㄱ에게도 결국 선물이 돌아간다. 선물의 증여와 교환을 통해 평화롭고 기쁜 방식으로 부의 재분배를 이루어간다. '누가 더 많이 소유하느냐'가 아니라 '누가 더 많이 베푸느냐'가 지도층의 덕목이자 의무이기도 한 사회에서 '증여의 윤리'는 힘의 윤리이기도 하다. 부족민과 이웃 부족에게 더 많은 선물을 주기 위해 안달하는 부족 최고 지도자를 상상해보라. 잉여 있는 자가 자기가 가진 것을 선물하고, 더 큰 선물과 답례를 하는 자가 더 큰 명예를 누린다. 꿈같은 이야기지만 인간의 품성 속에 베풀고자 하는 성향이 있고 이를 풍습으로 제도화한 사회가 실제로 있었다는 확인만으로도 조금은 위로가 되지 않는가. 소위 '인간의 얼굴을 한 자본주의'나 '자본주의 이후'의 사회에 대한 힌트를 얻어볼 수도 있을 것이다. 나는 너에게 선물을 주고 싶고, 나는 너에게 선물이 되고 싶다!

먼저 베풀고 나중에 먹기

•

"도둑질은 범죄지만 많은 돈을 쌓아놓는 것은 도둑을 만들어내는 더 큰 도둑질입니다. 당신이 5명의 자녀를 두었다면 땅 없는 가난한 이들을 여섯째 자식으로 생각하고 그를 위해 소유한 땅의 6분의 1을 바치십시오." 간디와 함께 비폭력운동을 이끌었던 비노바 바베는 이렇게 호소하며 인도 전역을 맨발로 걸었다. 그리하여 스코틀랜드 규모의 거대한 토지를 헌납받아 가난한 이웃에게 나눈다. 최상위 계층인 브라만으로 태어나 안락하게 살 수 있었음에도 평생 육체노동자로 산 비노바는 자신의 행동이 자신의 영혼임을 삶으로 보여준 사람이다. 그 삶에 큰 영향을 준 어머니에 대해 "인간으로서 올바르게 행동할 수 있도록 훈련받은 것이야말로 어머니가 주신 가장 큰 선물이다"라고 회상한다. 그의 어머니는 매일 식사 전, 툴시 나무에 물을 주고 동물들에게 음식을 따로 떼어 주게 했다. "우리는 먼저 베풀고 나중에 먹어야 하는 법이란다." 인간 아닌 존재들에게까지 자비의 예법을 갖추라 가르쳤으니 인간에겐 말해 무엇할까. 흔히 시혜적인 기부로 운운되는 '노블레스 오블리주'는 본래 귀족의 사회적 책무를 의미하는 말이다. 개인의 부, 권력, 명성은 어떤 형태로든 사회가 만들어준 것이므로 그것을 누리는 자는 필연적으로 사회에 책임이 있다. 귀족의 자리에 '사회지도층'이란 말을 넣어도 마찬가지다. 국민의 빈 밥그릇에 먼저 밥을 채우고 자신은 나중에 먹는 사람. 이웃에 밥을 굶는 사람이 있다면 자신의 풍족한 식탁을 부끄러워할 줄 아는 사람. 이것이 사회지도층 또는 지도자가 가져야 할 기본 덕목이다.

소설 사용법

•

소설은 다른 사람의 이야기다. 세상에 여전히 이야기를 좋아하는 사람들이 있는 한 희망은 있다. 이야기를 좋아한다는 것은 타인을 알고 싶고 이해하고 싶다는 거니까. 한 시대 대중이 특별히 공감하는 이야기들이 있는데, 그런 이야기의 출발은 시와 다르다. 시가 독방에서도 가능한 단독자의 성채라면 소설은 저잣거리에서 태어나고 소비되는 운명을 가졌다. 다른 사람들의 이야기를 통해 삶을 견디고, 그 삶이 다시 이야기가 되는 순환과정을 적극적으로 끌어안으며 소설은 인간의 역사를 위무해왔다. 애초부터 자본 논리의 외곽에서 태어난 소수자 문학이 시라면, 소설은 자본과 저잣거리 안에서 인간에 대한 희망을 끝내 지켜가려는 열렬한 몸짓이다. 그러니 소수만 열광하는 지적이고 어려운 소설이 '문학적'이라고 고평될 이유도, 다수 대중이 선호한다는 이유로 '장르적' 또는 '대중적'이라는 말로 폄하될 이유도 없다. 대중은 결정적인 순간에 결정적으로 현명하다. 이야기의 공감력에 정직하게 반응하는 대중이 예컨대 루쉰의 《아큐정전》 같은 한 시대의 소설적 전형을 만들어낸다. 자본주의 시장 원리 바깥에서 자본주의에 대한 항체로 존재하려는 시와 자본주의 안에서 안간힘 쓰며 인간의 얼굴을 지켜내려 하는 소설 중 무엇이 더 적극적인 항체인지 쉽게 말하긴 어렵다. 분명한 건, 소설 읽기가 수없이 많은 시공간 속의 다양한 '타인의 삶'을 가장 저렴한 경비로 여행하는 방법이라는 것! 이 여행을 즐길 줄 아는 사람은 타인에 대한 공감력이 높아질 수밖에 없다.

순수의 시대

•

한국 사회는 정치나 사회 문제에 관심을 드러내는 예술가에게 가혹하다. '정치색'이 드러나는 작가, 방송인, 가수, 배우는 언제든 대중의 도마 위에 올라 난도질당할 각오를 해야 한다. 극심한 불통의 정치를 비롯해 경제, 사회, 문화 모든 면이 극단적인 이분화 프레임에 갇힌 사회일수록 '비정치적' 입장이 은밀히 강요된다. 그래야만 '살아남는다'는 것을 본능적으로 알기 때문이다. 예술가는 '비정치적'이어야 한다는 오래된 관념이 아직도 지배적이고, 그 이면엔 '비정치성=순수'라는 관습적 사유가 있다. 그러나 통찰력 있는 예술가들이 일찍이 간파했듯이 예술은 정치와 무관해야 한다는 태도 자체가 이미 정치적인 것이다.

타락할 대로 타락한 정치 지형이 노골화된 시대를 살수록 '순수'는 오염되기 쉽지만, 그래도 순수함을 지키려는 사람들이 있다. 한 시대 가장 '순수한' 예술은 기성 질서에 수동적으로 종속되지 않는 능동적인 자기 갱신과 변화를 스스로에게 요구한다. 이것은 모든 '순수한' 예술의 내적 요청이다. '순수한' 예술은 존재론적으로 동시대 가장 아픈 사람들과 연대한다. 사람이 사람답게, 자유롭고 충만하게 살 수 있도록 돕는 것이 예술이 지향해야 할 중요한 '순수성'이기 때문이다. 순수의 사전 뜻은 '사사로운 욕심이나 못된 생각이 없음'이다. 자신의 이익과 상관없이 이 시대 가장 고통스러운 사람들과 함께 손잡고 노래하고 시를 읽고 노랑 리본 스티커를 붙이며 '순수'가 자란다.

무소의 뿔처럼 혼자서 가라

•

"부처를 만나면 부처를 죽이고, 조사(祖師)를 만나면 조사를 죽이고, 아라한을 만나면 아라한을 죽이고, 부모를 만나면 부모를 죽이고, 친척을 만나면 친척을 죽여라." 임제 선사의 사자후다. 그 어떤 것에도 집착하지 말고 어떤 권위에도 주눅 들지 말며 오직 자신의 주인으로 딩딩히 살 것을 권하는 대자유의 언설! 이런 도저한 자유의 강조는 초기 불교부터 강력히 드러나는데 많이 회자되는 "무소의 뿔처럼 혼자서 가라"도 마찬가지 맥락이다. 이 게송의 출전은 최초의 불경 《숫타니파타》이다. 대중에게 익숙한 초기 불교 경전인 《법구경》보다도 앞선 《숫타니파타》는 '경집'이란 말뜻 그대로 70개의 경(숫타)을 모아놓은(니파타) 책이다. 붓다가 사용한 다양한 비유와 방편들이 1149개 게송들로 읊어지는 경들을 읽다 보면 어느 순간 번개처럼 심장을 가르고 들어오는 구절이 있다. 풍성하고 아름다운 비유들이 강력한 방편으로 마음과 정신을 일깨운다. "무소의 뿔처럼 혼자서 가라"는 《숫타니파타》 전체에서 여러 번 반복되는 일종의 후렴구다. 《숫타니파타》를 매우 사랑했던 법정 스님은 강원도 오두막 한쪽 벽에 213번 게송을 써 붙여두었다고 한다. 이 게송이 법정 스님의 심장 속에서 늘 뛰었으리라. 나 역시 이 게송을 '수처작주 입처개진'과 함께 책상 옆에 붙여두고 지낸다. "홀로 행하고 게으르지 말며 / 비난과 칭찬에 흔들리지 마라 / 소리에 놀라지 않는 사자처럼 / 그물에 걸리지 않는 바람처럼 / 진흙에 더럽혀지지 않는 연꽃처럼 / 무소의 뿔처럼 혼자서 가라".

마음에 교창 달기

•

　절집이나 옛 가옥에서 내가 특히 사랑하는 구조물은 교창(交窓)
이다. 천장 바로 아래 문 위쪽에 가로로 길게 짜서 붙박이로 설치
하는 채광창이다. 경복궁 같은 궁궐은 건물이 높아 세로 폭이 넓
은 교창이 설치되어 있다. 채광이 목적이지만 교창의 존재 자체가
주는 미감도 특별하다. 직접적 쓸모로만 따지면 문이나 창에 비해
이를테면 잉여인데 교창이 없는 구조는 건축의 생동감이 대폭 떨
어진다. 이름도 예쁘다. 사귈 '교(交)' 자를 쓰는 창이라니. '交' 자
모양 살로 짜서 교창이라 부른다 하기도 하지만 그보다는 '사귀
는 창'으로 이해하는 게 나는 좋다. 공간의 안팎을 사귀게 하는 창
이고 조용한 중에 서로 통하게 하여 건물 전체를 숨 쉬게 하는 창
이다. 닫힌 듯하지만 실은 항상 열려 있는 창이다. 안쪽에서 바라
볼 때 교창은 홀로 있되 세상과 연결되어 있다는 안도감을 준다.
밖에서 교창을 바라볼 때는 세상에 있되 어느 때고 홀로 자유로워
야 한다고 정신을 환기시킨다. 교창은 소통과 칩거의 욕망을 함께
품는다. 좋고 나쁨이 분명한 성정 탓에 중도의 지혜를 실천하기가
늘 어려운 내 성격을 염려한 스님 한 분이 어느 날 내게 교창의 아
름다움에 대해 일러주었다. 기질적으로 내가 지닌 '내향성' 혹은
'폐쇄성'에 숨구멍을 달아주고 싶었을까. 세상에 존재하는 어떤
'공간 - 구조'는 이렇게 사람의 마음에 숨구멍을 내주기도 한다.
공간의 존립에 치명적인 영향을 미치지는 않지만 '그것'이 있음으
로 인해 공간의 '격'이 달라지는 이런 가치를 그리워한다.

완경 파티를 열자

●

10여 년 전 쓴 시 중에 〈완경〉이라는 제목의 시가 있다. "폐경이라니, 엄마, 완경이야, 완경!" 이런 시를 쓰게 된 것은 많은 여성이 '폐경기 우울증'을 겪는 게 안타까워서였다. 여성의 일생에서 매우 중요한 신체 변화기 관문에서 부딪히는 '말'에 큰 문제가 있다고 나는 느낀다. 폐업, 폐광, 폐쇄처럼 폐경은 결락의 느낌으로 각인된다. 도태된 폐쇄의 느낌은 우울증을 부추기기 쉽다. 월경 정지 후 평균 30년을 더 살아야 하는 인생 후반기를 부정적 느낌으로 출발하는 셈이다. 어감이 부정적이기도 하거니와 과학적으로도 폐경보다 완경이 훨씬 더 적절하다. 임신, 출산에 관한 지나친 신비화는 모성애 신화만큼 여성을 부자유하게 한다. 임신과 출산을 축복이라 여기는 것은 마음의 일이지 몸의 일은 아니다. 몹시 힘든 육체의 일이지만 해내는 것일 뿐이다. 여성은 태어날 때부터 평생 발현시킬 난포를 가지고 태어난다. 초경 후 450개 안팎의 난자를 배란하고 나면 완경에 이른다. 평생에 걸친 일종의 숙제를 완성하는 것이다. 이 시기 자신을 '자유롭다'고 느끼는 여성이 있는가 하면, '상실'로 받아들이는 여성이 있다. 전자는 이를 완경으로, 후자는 폐경으로 받아들였을 확률이 높다. 원시 문화에서 완경기 여성은 지혜의 피를 더는 흘려버리는 것이 아니라 보유하는 것으로 간주되었다. 그러므로 더욱 강력한 힘을 지닌다고 여겼고 나이 든 여성들은 부족의 일에 중요한 영향력을 행사했다. 딸들에겐 따스한 초경 파티를, 월경을 끝낸 엄마들을 위해선 멋진 완경 파티를 열자.

나는 나에게만 고용된다!

●

어느 강연회에서 한 고등학생이 물었다. 시인이 꿈인데 부모님이 걱정한단다. "가난뱅이로 살고 싶어?"라고. 좌중에서 웃음이 터졌다. 글쟁이=가난뱅이, 이렇게 '없어 보이는' 공식이라니! 사실, 맞는 말이다. 글쟁이로 살면서 부자가 될 가능성은 희박하다. '부자'가 목표라면 단연코 발 들이지 말아야 할 곳이 예술 세계다. 그러나 글쟁이로 산다고 해서 특별히 더 가난뱅이가 되는 건 아니다. 상위 10퍼센트로 태어나지 않는 한 무얼 하든 먹고살기 만만찮은 세상이니까. 그러므로 '글쟁이가난뱅이론'은 단지 경제력의 문제가 아니라 삶의 태도의 문제다. "내 삶에서 가장 만족스러운 게 뭔지 아니?" 그 애는 눈을 반짝이며 내 이야기를 기다렸다. "월급 받지 않는 삶!" 좌중에 다시 웃음이 터졌다. '월급 받지 않는 삶'은 20대 중반의 내가 시인이 되겠다고 작정한 무렵 정한 목표다. 덕분에 미친 듯 습작에 몰입할 수 있었고 냉소로 방전된 삶이 충전되기 시작했다. 등단 후 지금껏 전업 작가로 살 수 있는 것도 이 삶의 만족도가 높은 덕분이다. 나는 나에게만 고용된다! 이것은 내게 고액 연봉보다 소중한 가치란다. 조금 벌고 적게 쓰고 많이 존재하는 삶! 자유로운 삶에 대한 대가가 가난이라 해도 자유를 먼저 선택하는 사람들이 있다. 스스로 선택한 삶에 만족한다면 그것으로 오케이. 어떤 삶을 선택하는가는 개인의 몫이고 모두가 예술가로 살 필요는 없으니, 너는 네가 원하는 대로 살면 된단다.

세상의 아름다움은 감동에 의해 보존되어왔다

●

　한강에 달이 빠졌다는 소문이 돈다. 강에 빠진 달을 건져 올리면 큰돈이 될 거라는 찌라시가 돈다. 하나둘 영웅들이 나타난다. 내가 꺼내겠다. 나만이 꺼낼 수 있다. 웅변한다. 공약한다. 돈을 풀고 뉴스를 조작하고 유세를 떤다. 영웅이 달을 건지면 달나라를 식민지로 만들 수 있을지 모른다. 그러면 더 넓은 땅, 일종의 부동산이 생기고, 달나라 사람들을 노예로 부릴 수 있을 거라는 기대가 퍼져간다. 영웅들의 공약은 죄다 비슷하다. 남보다 더 많은 물질을 소유하게 해주겠다, 더 편리하게 살게 해주겠다, 더 성공하게 해주겠다는 것이다. 무엇이 우리를 진정으로 행복하게 하는 것인지, 존재의 근원 가치에 대해 질문하는 자는 영웅이 되지 못한다. 행복의 질에 대해 묻는 영웅은 도래하기 전이거나 영영 오지 않는다.

　한강에 달이 빠졌다는 소문이 돈다. 물속의 달이 아름다워 손 내미는 사람이 있다. 시인은 수면 가까이 내려가 물에 빠진 달빛을 읽어내고, 무한히 생성 중인 무수한 달이 인간의 마음에 뜨는 걸 본다. 시인은 달을 노래한다. 물에 빠진 달을 보존한다. 그것이 시인의 한계이며 시인의 존재 이유이기도 하다. 세상의 아름다움은 영웅에 의해서가 아니라 감동에 의해 보존되어왔다. 탐내야 하는 것은 물에 비친 달의 허상이 아니라 그 달을 보고 있는 지금 이 순간 우리의 존재를 충만하게 하는 행복의 감각과 수준이다. 정치판이여, 시인들에게 가서 감동을 배우시길.

희망 없다고 말하지 마요

•

　강연장에서 가끔 중고교 학생들을 데려온 선생님들을 만난다. 주로 독서 동아리나 도서부 친구들이 함께 온다. 아이들에게 조금이라도 도움되는 경험을 시켜주고픈 선생님들의 마음이 손에 잡힐 듯하다. 며칠 전 부산의 한 여고 선생님에게서 아이들의 시가 첨부된 메일을 받았다. 우리 아이들 시를 보여드리고 싶다는, 작년에 한 강연장에서 만난 분의 메일이다. 늘 시험에 짓눌리는 답답한 학교 생활에서 속마음 터놓는 데 시만 한 게 없는 것 같다며 서로 위로했다는 아이들의 시를 읽으며 나도 따라 뭉클했다.

　〈시〉라는 제목을 단 나경이의 시는 이렇다.

　　기계적으로
　　해석하고
　　문제가 주는 대로
　　읽다가

　　오랜만에
　　하얀 종이를 받아
　　문제가 요구한 정서가 아닌
　　내 정서를 기록한다

　　나도 내가 느끼는 대로
　　읽고 싶다. 너를

일면 한국 교육의 절망을 말하다가도 이런 선생님들과 아이들을 만나면 꿈이랄지 소망이랄지 하는 말들을 다시 토닥거리게 된다. 현실이 아무리 어려워도 바꿔가려는 작은 노력을 누군가 하고 있는 한 함부로 희망 없다는 말을 해서는 안 되는 거다.

〈이름 없는 이름표〉라는 제목을 단 윤지의 시는 이렇다.

이름 없는 이름표처럼
일상 없는 나의 하루

오랜만에 마주친
반가운 얼굴
뭐 하고 지내냐
물어온다면

나는
해줄 말이 없습니다

아프지만, 반딧불처럼 빛난다. 어떠한 악조건 속에서라도 아이들은 마술처럼 달라지고 새로워질 수 있는 존재다. 너희 모두의 이름을 소리쳐 불러본다.

그게 바로 시

●

그녀의 블로그에는 '진짜 더러운 집'만 연락달라고 적혀 있다. 그녀는 극심하게 지저분한 집을 깔끔하게 정리정돈 하는 데에서 기쁨을 느낀다고 한다. 그러니 온갖 쓰레기와 짐이 어질러져 해결 불가능해 보이는 집일수록 청소비를 싸게 받는다. 남들이 잘할 수 없는 청소를 했을 때 만족감이 더 크기 때문이란다. 예약받아 자신을 꼭 필요로 하는 곳에 일하러 가며, 일터에서는 자신이 잘하는 정리정돈의 기쁨을 누리겠다는 '살림이스트' 청소 도우미. 사랑스럽지 않은가. 그녀의 담백한 자유가 좋다. 자신감 있고 솔직한, 근거 있는 삶의 이런 표현 방식이 유쾌하다.

원하는 일을 하기 위해선 돈이 필요하다. 자기가 좋아하는 일을 하면서 그 일이 돈이 된다면 가장 좋겠지만, 돈을 버는 과정에서도 삶의 결을 지키고 가능한 한 자기가 좋아하는 방식으로 일하려는 사람들을 볼 때 어여쁘다. 좋아하는 건 '돈을 번 다음'에 누리자고 생각하면 늦다. 하루하루가 얼마나 소중한 시간인가. 일하는 과정의 즐거움이 노래를 불러준다면 그게 바로 시다. 직업에 대한 고정관념부터 벗어던지자. 남들보다 많은 연봉에 안정적 직장이라고 공인되는 대기업, 공기업, 공무원……. 흔히 '좋은 직업'이라 통용되는 '사' 자 들어가는 직업이 정말 내가 원하는 삶을 보장하는가? 다행히 문제의식들이 조금씩 늘고 있다. "삼성맨이요? 난 재벌가 오너를 위해 내 인생을 쓰고 싶지 않아요!"라고 말하는 젊은이들에게 무한 응원을!

시집 사용법

●

시가 어렵다고들 한다. 두 가지 경로가 있다. 시험 봐야 하니 '빨간 펜 들고 밑줄 쫙!' 그러면서 주제, 소재, 비유법 파악하며 시를 '공부해온' 기존 시 읽기 교육의 악영향이 하나다. 시험문제를 풀어야 하는 상황에서 시는 소설, 수필보다 어려운 게 맞다. 시 언어가 가진 함축성 때문이다. 정서와 상상의 여백을 창조하려는 시 언어는 '1+1=2'로 직결되지 않는다. 시는 기본적으로 '1+1=∞'를 추구하는 예술이니까. 또 하나, 시가 어렵다고 말하는 많은 이는 사실 '낯섦'에 대한 불편함을 어렵다고 말한다. 시는 '느껴지는 대로' 읽으면 되는 거다. 한 강의실에서 시 한 편을 칠판에 적어 100명이 읽었다면, 그 한 편의 시는 백 편의 시가 된다. 시 한 편을 저마다 모두 다른 정서, 경험, 사유로 읽어내므로 어떤 이들은 그 시에 감동하고 어떤 이들은 별 감흥이 없을 수 있다. 자연스러운 일이다. 한 편의 시가 백 편의 시가 되는 이 여백이야말로 시가 가진 가장 매력적인 '열림'의 힘이다. 시는 궁극적으로 그것을 읽는 독자에게서 완성되는 것이지, 어떻게 이해해야 한다는 정답이 없다. 행간의 상상력이 보여주는 낯선 세상을 '그냥' 여행하면 되는 거다. 시집은 그 낯선 언어 때문에 감각과 영혼의 상태를 청춘으로 유지해준다. 시 언어의 낯섦을 불편해하지 않고 즐길 수 있게 되면 일상의 많은 순간이 새롭게 태어난다. 여행자의 가방에 시집이 어울리는 것도 비슷한 맥락이다. 독자에겐 다행히도 시집 한 권은 여전히 커피 한두 잔 값이다.

글 노동자의 책상

●

우리는 노동하며 살아간다. 노동을 미화할 필요도 그 반대일 필요도 없다. 살아 있어야 노동할 수 있으니 '개똥밭에 굴러도 이승이 낫다'는 데 동의한다면, '노동하는 인간'은 존재의 기본 증명이다. 정신노동과 육체노동의 이분법은 무의미하다. 글 쓰는 작가는 '정신노동자'라고 흔히 생각하지만, 글쓰기 노동 역시 육체로부터 말미암는다. 생각은 머리로 하지만 쓰기는 책상 앞에서 몸으로 한다. 시 쓰기는 소설에 비해 육체노동의 강도가 훨씬 덜한 대신 일종의 '심리적, 정신적 에너지'를 많이 써야 하는 좀 특이한 노동이지만 이 역시 육체노동이긴 마찬가지다. '소설은 엉덩이 힘으로 쓴다'는 말이 있듯이 장편소설 하나를 탈고하고 나면 엉덩이 굳은살 박이고 어깨 근육 뭉치고 손목이나 손가락 관절에 무리가 오기 예사다. 책상은 내 육체의 진을 빼는 노동 현장이며 한 줄 문장도 쓰지 못할 때에도 서너 시간씩 앉아 노트북 모니터를 응시해야 하는 인고의 제단이기도 하다. 그런데도 두어 주 쉬다 보면 얼른 책상으로 가고 싶어지고, 한 달 이상 책상과 멀어져 있으면 어딘지 불안하고 행복하지 않은 상태가 되어버린다는 것. 마음에 드는 단 몇 줄 문장을 얻기 위해 피와 살을 맞바꾸는 이문(利文) 적은 노동을 하는 직업이 작가라는 글 노동자이다. '정신노동자'라서 더 '우아한 노동'을 하는 게 결코 아니다. 종종 전쟁터 같은 책상 앞, 글 쓰는 자의 긍지라면 "개인이 분업에 복종하는 예속적 상태가 사라진"(마르크스,《고타강령비판》) 노동임은 분명하다는 것!

오늘도 모래성 쌓기

•

어린 시절을 바닷가에서 보낸 사람이라면 모래성 쌓기의 추억이 있을 것이다. 동해를 옆에 두고 자란 나도 바닷가에서 모래성을 쌓고 조개껍데기를 주우며 보낸 아득한 추억들이 있다. 모래성 쌓기는 모래성 허물기다. 열심히 쌓고 나면 파도가 밀려와 모래성을 허물어뜨린다. 어쩌면 어린 자아 속에 세상에서 부대껴야 할 고난들에 대한 정서적 맷집 같은 게 그때 길러지고 있었는지도 모른다. 모래성 쌓기에서 나도 모르게 배운 것은 무너지는 것, 실패하는 것일 테니까. 게다가 무너진다는 것이 실은 그리 두렵고 회피할 것만은 아니라는 감각도 그 바닷가에서 배운 것일 테다. 모래성을 쌓아놓고 은근히 파도를 기다리곤 했으니까. 이번엔 어떤 파도가 밀려와 모래성을 어느 쪽부터 허물어뜨릴지가 매번 궁금했던 것이다. 쌓기에 '몰입의 즐거움'이 있다면, 무너지기에는 '해체의 통쾌함' 같은 게 있다. 바닥까지 비워 새로 채운다는 것. 살아 있는 한 다 괜찮다, 하는 낙관이 거기에서 길러졌는지도 모를 일이다. 문장을 쓰고 지우기를 반복하는 과정이 글쟁이가 종일 하는 일이다. 공들여 쓴 문장을 지워버리고 다시 백지가 된 모니터와 대면하는 순간의 긴장감과 스릴이 유년의 모래성 쌓기와 다르지 않다. 애써 쌓은 모래성이 스르르 무너지면서 내 발가락 사이로 모래가 빠져나갈 때의 촉감. 그때 터져 나오던 환호성을 떠올리며 나도 몰래 미소 짓는다. 뭐였을까, 그 환호성의 의미는? 무너졌으니 다시 쌓는 일을 '새롭게' 시작해야겠군! (아마도 그런?)

빨치산 배낭 속의 책

•

모든 게 경쟁이니 어쩔 수 없다는 말을 자주 듣는다. '어쩔 수 없다'는 패배주의야말로 이 막돼먹은 세상에서 행복해질 가능성을 원천 봉쇄한다. 모든 게 경쟁인 사회에 저항할 수 있는 용기, 조금씩이라도 더 나은 경쟁 규칙을 만들기 위해 노력하는 용기, 나아가 경쟁을 포기할 수 있는 용기를 가진 사람만이 진정한 행복을 누릴 수 있는지도 모른다. 예술이 향유자에게 좋은 것은 예술 향유에서는 경쟁이 사라지기 때문이다. 다양한 저마다의 빛나는 개성이 존재할 뿐 좋은 예술에 우열은 없다. 앞서 살았던 좋은 예술가들이 저마다 단독자로 치러낸 삶이라는 전쟁, 그 속에서 직조해낸 고독하고 아름다운 예술의 정수들이 오늘의 삶을 견디는 위로와 힘이 되어준다. 아우슈비츠에서 살아남은 프리모 레비의 소설 《지금이 아니면 언제?》의 주인공은 이런 말을 한다. "난 책 없는 빨치산 배낭은 실탄 없는 총이나 조종사 없는 전투기와 다를 바 없다고 생각하네." 빨치산 배낭 속의 책이란 어떤 의미일까. 어떤 상황에 놓일지라도 단독자로서의 자신을 대면하고 성찰할 수 있기 위한 긴밀하고 유용한 도구가 아닐까. 책을 읽는 일에는 경쟁이 끼어들 여지가 없다. 책을 통해 만나는 타인의 삶은 자신의 삶을 성찰하게 하는 사유의 우물이다. 책과 예술의 지혜로운 향유는 경쟁에서 자유로울 수 있는 능력을 기를 수 있게 도와준다. 이어지는 프리모 레비의 말은 이렇다. "책은 읽고 난 다음엔 반드시 덮게. 모든 길은 책 바깥에 있으니까."

당신과 나는 서로의 맞은편에서 실시간으로 떠오른다

•

세계가 극찬하는 백남준의 예술을 나는 잘 모른다. 다만 나를 분명하게 흔들어놓은 작품이 하나 있는데, 그것은 〈TV 부처〉다. 1974년 뉴욕에서 처음 전시된 뒤 다양한 형태로 변형되어 여러 곳에서 전시되었다. 작품의 기본 구성은 이렇다. 직사각형 보조 책상이 있고 책상 양 끝에 텔레비전 한 대와 불상 하나가 놓여 있다. 텔레비전 뒤에 CCTV가 있고 그 카메라가 불상을 실시간으로 찍어 텔레비전 모니터에 비춘다. 맞은편에 앉은 불상이 텔레비전 모니터에 나오는 자신의 모습을 응시한다! 책상 이편과 저편—텔레비전과 부처 사이 텅 빈 공간 위에 나는 흰 종이 한 장을 펼치고 시를 쓰고 싶었다. 그렇게 백남준이 처음으로 나를 자극했다. 동양과 서양, 시간과 공간, 영원과 순간, 물질과 정신, 실재와 이미지……. 손쉽게 구분해 사용하는 개념들이 실은 불일불이 함을 참으로 예리하게 보여주는 작품이었다. 책상 위 부처와 TV 속 부처, 그들의 불일불이함은 내게 '할애(割愛)'라는 단어를 떠오르게 했다. '시간, 돈, 공간 따위를 아깝게 여기지 않고 선뜻 내어줌'이라는 뜻의 이 단어에 사용된 한자는 사랑 '애(愛)' 자다. 사랑을 나누어 주다! 흔히 사무적으로 쓰이는 '할애하다'는 말이 본래 이토록 서정적인 말이었던 거다. 공간과 시간을 서로에게 할애한 존재들은 의도하든 그렇지 않든 사랑의 자장 속에 있다. 당신과 나는 서로의 맞은편에서 실시간으로 떠오른다. 당신을 위해 할애하는 내 시간은 사랑을 나누어 사랑을 더욱 풍성하게 하는 시간이다.

예술가의 노년

●

어느 날 운전을 하며 라디오 채널을 돌리다가 듣게 된 한 토막 목소리가 왜 그토록 서늘하고 아프던지. 라디오 볼륨을 높이고 귀를 기울였다. "갈까 보다 갈까 보다 임을 따라서 갈까 보다". 가슴이 쿵 했다. 악기 없이 오직 사람의 목소리만으로 마음에 강력한 파동을 일으키는, 명창 김소희 씨의 목소리였다. 서양 음악에서 목소리를 쓰는 방법과 한국의 판소리 가창에서 목소리를 쓰는 방법은 완전히 다르다. 한국의 명창들은 가성이 없는 진성만 쓴다. 그들의 목청은 성대를 상하게 해서 얻은 소리다. 성대에 상처를 내고 상처가 굳으면 다시 상처를 내고……. 득음의 과정은 말그대로 '피나는' 고통의 과정이다. 상처와 치유가 반복된 기나긴 과정의 종점에서 마침내 득음은 이루어진다. 그렇게 얻어진 소리에는 쓰라린 인생을 정면 통과한 이의 해탈의 느낌이 있다. 김소희 씨는 평생 배운 사람이었다. 소리, 춤, 악기에다 한학까지 공부한 그는 서예를 했다. 소리의 완성을 위해 이 모든 게 다 필요하다고 생각한 그는 "너의 격이 너의 소리로 나온다"고 늘 말했고, 자신의 격을 높이고 완성하기 위해 평생 노력한 사람이었다. 그의 나이 예순세 살에 치렀던 50주년 공연 이후 큰 공연 무대에서 더는 그를 볼 수 없었던 이유 역시 김소희다웠다. "이제 내 목소리가 예전 같지 않다. 이런 목소리로 대중 앞에 나서서 공연할 수 없다." 예술가의 노년에 대해 생각할 때, 명창 김소희의 단호한 자기 절제는 가장 훌륭한 가르침 중 하나다.

블루스 너머 강허달림

●

작년 한 공연장에서 만난 강허달림은 선글라스를 쓰고 〈미안해요〉와 〈꼭 안아주세요〉를 불렀다. 시와 이야기와 노래가 어우러진 공연이었다. 선글라스를 쓰고 공연하는 그를 처음 보았는데 마음이 짠했다. 공연 후 무대 뒤에서 만나 인사를 나눌 때, '자주 우는군요'라고 무심코 던진 내 말에 그의 눈가가 또 금세 젖어들었다. 작년은 그런 해였다. 버거웠던 한 해를 보낸 이 봄에 그의 신보 소식이 들려 서둘러 앨범을 샀다. 《비욘드 더 블루스 강허달림》, 한국의 숨겨진 명곡을 재조명한 리메이크 앨범이다. 흔히 '블루지하다'고 표현하는 그의 감성을 나는 '애이불비(哀而不悲) 흐느낌'이라고 이해한다. 슬프되 슬픔을 바로 드러내지 않고 슬픔을 몸속으로 깊이 스미게 했다가 이윽고 비상을 시작한 연의 줄을 풀어주듯 조금씩 간곡하게 흘러나오는 목소리. 땅에서 공중으로 띄워 올리는 연처럼, 막막한 밤하늘로 띄우는 풍등처럼, 그의 목소리는 자신과 타인의 삶에 힘을 주려는 듯 간절하다. 김두수 〈기슭으로 가는 배〉, 송창식 〈이슬비〉, 최백호 〈내 마음 갈 곳을 잃어〉, 고(故) 채수영 〈이젠 한마디 해볼까〉, 이정선 〈외로운 사람들〉…… 강허달림의 목소리로 다시 태어난 곡들을 듣다가 어느새 나는 눈알만 한 잔을 꺼내 지난해 고창의 지인이 담가 보내준 복분자 술을 따랐다. 부푸는 산 흙 내음, 물 내음, 이끼 내음, 콩 삶는 냄새와 밥 냄새, 냉이 향과 천리향 내음 같은 것이 갈피갈피 진동하는 참 '찐한' 그의 목소리로 난분분 들이닥칠 봄맞이 준비를 한다.

꺾이지 않기 위하여

•

    가수 손병휘의 새 앨범《꺾이지 않기 위하여》를 듣는다. 보통은 '운동권 가수' 규정을 피하고자 하건만 그는 이 정체성을 기꺼이 껴안고 20년 넘게 '민중 가수'로 살았다. 호소력 짙은 미성에 깃든 맑은 힘이 여전한 그의 새 노래들을 듣다가 생각한다. 이렇게 섬세하고 여린 서정성으로 오늘에 이르는 동안 마음에 비 들이치는 일들 많았겠다. '민중과 함께 / 민중을 위한 노래'를 예술 윤리로 삼고 살아온 이 귀한 가수들이 이제 좀 자유롭고 편해졌으면 좋겠다. 그들 대부분은 공연료는커녕 교통비나 받으면 다행인 '공짜' 공연을 '함께 사는 좋은 세상'에의 순수한 열망 하나로 감당해왔을 확률이 높다. 안타깝게도 '투쟁 현장'의 문화 예술에 대한 태도는 참 변하지 않는다. 연대를 요청하면 기꺼이 달려가는 가수, 화가, 춤꾼, 시인들이 여전히 있지만, 그들의 귀한 마음을 단지 '소비하는' 현장을 너무 많이 보았다. 예술을 집회 분위기 띄우는 액세서리 정도로 치부하는 경향을 비롯해 노래하고 물 한 병 건네받지 못한 채 씁쓸히 귀가하는 가수들도 보았다. 부르면 와주는 게 대의에 부합한다고 여기는 현장이 있다면 간곡히 부탁한다. 정의로운 세상을 꿈꿀수록 사람에 대한 기본 예의에 정성을 들여야 하고 연대하는 한 사람 한 사람을 귀하게 여겨야 한다. 세상 아픈 곳들에 함께해온 가수의 새 노래가 나왔을 때 그동안 연대해왔던 곳들에서 그의 노래를 가장 먼저 반기고 아껴준다면 얼마나 좋을까. 낮은 땅의 사람들은 심장을 맞댄 감동의 힘으로 전진한다.

고단합니다, 다행히

●

몇 년 전 한 록 페스티벌에서 처음 보고 팬이 된 국카스텐이 만인을 위한 〈한잔의 추억〉으로 재림한 순간의 기쁨과 알싸한 서운함에 대해 쓰고 싶다. 음악을 향한 무한 자긍심, 자유로움, '실력이 곧 아름다움'인 예술을 증거하며 보여주는 건강한 똘기의 즐거움에 대해 쓰고 싶다. 그런데 우리가 사는 세상에서는 기쁨은 병아리 눈물만큼 조금씩만 생기고 아픔은 눈 들어 바라보는 곳곳에 널려 있다. 숨 막힌다. 디스토피아에 사는 자의 답답함 때문에 '한잔의 술'을 포기하고 디스토피아에 대해 쓰다가 다시 숨 막힌다. 아, 몽땅 잊고 싶다. 아픈 데가 너무 많아서 아픔에 대해 무감각해지는 사태가 자주 도래한다. 무감각이야말로 호환 마마보다 무섭다. 무기력과 냉소를 동반해 삶을 무가치하게 만들기 십상이기 때문이다. 굳어가는 감각을 어떻게 깨울까. 아픈 데를 찬찬히 살피는 것에서 시작하는 것이 순리겠다. 지금 당신은 어디가 가장 아픈가. (아픈 데 없이 다 지낼 만하다면 그건 수상한 거다. 무엇인가에 속고 있거나, 손쓸 수 없이 병들었다는 이야기다.) 아픈 데를 집중 치료하면서 '인생의 감각기관'을 녹슬지 않게 관리해야 한다. (아픈 데가 있어도 꾹 참고 살지 말자. 아프면 아프다고 말해야 하고 치료해야 한다. 왜? 우리는 모두 소중한 존재들이니까!) 울거나 웃거나 화내거나, 아픈 곳을 향해 보이는 반응이 치유의 시작이다. 오랜만에 본 친구가 고단해 보여서 걱정했더니 이런 대답이 돌아온다. "요즘 같은 세상에 고단하지 않으면 그것도 부끄러운 일이잖아요. 고단합니다. 다행히." 다행이다, 건강하구나. 그래, 우린 괜찮지 않다!

누군가 아파서 내가 아프다고 느끼는 이것은 제 칠감.

인류의 진화가 아름다워진 숨은 이유

음악인 바렌보임

•

다니엘 바렌보임은 이스라엘 국적의 유대인이다. 그가 팔레스타인 출신의 에드워드 사이드와 함께 이스라엘, 팔레스타인, 주변 아랍 국가 출신 청년 연주자들로 구성된 '웨스트이스턴 디반 오케스트라(서동시집 오케스트라)'를 만든 것이 1999년이었다. 바렌보임과 사이드의 우정은 '역사를 올바르게 인식하지 못하면 고통을 치유할 수 없다'는 인문학적 성찰로 깊어져 예술 실천으로 옮겨졌다. '서동시집 오케스트라'가 나치의 집단 수용소 부헨발트 근처에서 첫 연주회를 한 이후 2005년 팔레스타인 라말라에서 기적 같은 공연을 열기까지의 과정은 예술의 사회적 역할에 대한 한 답변이다. 그뿐만 아니라 현존하는 최정상의 음악인이 자신의 예술 언어를 가장 아름다운 방식으로 지상의 아픈 심장에 포개놓는 과정이었다. 지성과 감성의 총체적 성숙을 향해 나아가는 바렌보임의 음악 여정은 흔히 문학만, 음악만, 그림만, 연기만 하는 예술인이 순수하다는 식의 편협한 예술 이해 폭을 훌쩍 넘어선다. '폼 나게' 만들어놓은 자리에 마에스트로로 강림한 지휘자가 아니라 음악을 통해 당대 가장 날 선 분쟁 지역에 평화의 씨앗을 심기 위해 동분서주한 그가 팔레스타인 명예 시민권을 받아들인 것은 약자에 대한 연대와 우정의 상징이기도 하다. 그는 이스라엘 사람이면서 동시에 팔레스타인 사람임을 자처했다. 음악이 세상을 바꿀 수 있느냐는 기자의 질문에 다니엘 바렌보임은 말한다. "그럴 수 없다. 하지만 음악이야말로 화해의 시작이다"라고.

2004년 '이스라엘의 노벨상'이라 불리는 울프상 수상식에서 바렌보임은 이렇게 말한다. "독립이라는 이름으로 다른 나라의 기본권을 침해해서는 안 된다"고. 울프상 심사단이 '유대인'의 우수한 음악성을 세계에 떨친 '이스라엘이 낳은' 위대한 음악가라는 점을 그의 수상 이유로 밝힌 자리, 이스라엘 대통령이 배석한 이스라엘 의회에서 말이다. "남의 땅을 점령하고 그 국민을 지배하는 것이 이스라엘 독립선언문의 정신에 부합할까요? 고난과 박해의 역사를 겪었다 해서 이웃 국가의 기본권을 침해하거나 고통을 야기할 면죄부를 얻은 것일까요? 오직 군사적 폭력만이 분쟁을 해결할 수 있을까요? 전 제 자신을 꾸짖습니다. 왜 진작 평화적인 해결책을 모색하지 못했던가? 우리는 스스로에게 끊임없이 질문을 던져보아야 합니다." 수상식장은 소란에 휩싸였고 이스라엘 교육문화장관은 '국가를 공격한다'며 즉석에서 그를 맹비난했지만 그의 대처는 의연했다. 그의 연설문은 최고의 음악인이자 지성인으로서의 아우라가 가득했다. 이때의 영상이 궁금하다면 오래전 제천국제음악영화제에서 상영된 다큐영화 〈다니엘 바렌보임과 서동시집 오케스트라〉를 추천한다. 1999년부터 2005년까지 여러 해에 걸쳐서 찍었으니 청소년 연주자들이 성장하는 모습도 고스란히 볼 수 있다. 그사이 동료 사이드는 죽고 바렌보임은 늙어 한편으론 슬픔과 외로움이 묻어나지만, '예술은 화해의 시작'이라는 그의 마음을 붙들고만 싶다.

조슈아 벨과 베스트셀러

•

2007년 조슈아 벨이 미국 워싱턴 시의 한 지하철역에서 약 30억 원짜리 스트라디바리우스로 40여 분간 연주했다. 그 시간 약 1000여 명이 그 앞을 지나갔지만 1분 이상 머물러 음악을 들은 사람은 고작 7명 정도. 길거리 악사로 변장한 조슈아 벨의 그날 수입은 27명에게서 받은 32달러 17센트가 전부였다. 이 실험을 하기 이틀 전 보스턴에서 열린 조슈아 벨의 연주회는 최하 13만 원부터 시작하는 관람권이 전석 매진될 정도로 성황이었다. 〈워싱턴 포스트〉가 제안한 이 실험은 시민의 예술적 감각과 취향 측정이 목적이었다. 사람들은 음악에 대한 이해로 값비싼 콘서트장에 간다기보다 연주자와 연주 장소의 브랜드 가치를 소비한다. 예술의 소비는 포장을 어떻게 하느냐가 관건이라는 것. 이 뻔한 실험 결과 앞에 대중의 예술 소비 성향의 부박함 어쩌고를 논하는 것은 무의미한 꼰대질에 불과해 보인다. 다만 내게 문제적인 것은 상대적으로 싼값에 대중이 비교적 평등하고 자유롭게 누릴 수 있는 책의 구매에서조차 획일적인 거품 권위 종속 현상이 심하다는 것이다. 좋은 책이 베스트셀러가 되는 건 마땅히 반길 일이지만, 그렇지 않은 책이 '포장'과 '영업' 덕택에 베스트셀러가 되는 경우 말이다. "책은 우리 내면에 얼어 있는 바다를 내려치는 도끼 같은 것이어야만 한다"는 카프카의 저 서늘한 전언이 아니더라도 다양한 독서 취향을 가진 깐깐한 독자들이 베스트셀러 서적 목록에 균열을 내주는 날을 기다린다.

하모니의 욕망

•

중고등학교에서 여는 행사도 요즘은 많이 변했다. 얼마 전 갔던 학교에선 학생들의 바이올린, 첼로, 피아노 협주 사이에 2명의 학생이 대화하듯 시 낭송을 하는 공연을 보았다. 음악과 시를 고르고 연습하면서 즐거웠다는 아이들, 공연하는 친구들이 실수 없이 잘하길 응원하는 아이들, 모두 흠뻑 빠져든 공연이었다. '공부하는' 아이들만큼이나 '잘 노는' 아이들이 예쁘다. 놀이 속에서 아이들은 자신이 본래 가진 '하모니의 욕망'을 자연스럽게 발현한다. 인간이 가진 여러 욕망 중 이런 '좋은 욕망'을 섬세하게 깨워 발전시킬 수 있도록 돕는 것이 또한 교육일 테다. 하모니를 지향하는 좋은 욕망은 오케스트라적이다. 혼자만 돋보이거나 1등이 되려 하지 않고 옆 사람의 소리에 귀 기울이며 조화를 추구하는 것. 많이 가진 사람이 덜 가진 사람과 나누고 어려운 처지의 이웃을 돕고자 하는 것도 우리 내면에 존재하는 좋은 욕망, 하모니의 행복감을 알기 때문일 것이다. 사랑스러운 공연 덕분에 베네수엘라의 무상 음악교육 시스템 '엘 시스테마' 이야기를 학생들과 잠깐 나누었다. 빈민가 청소년 11명을 모아 차고에서 연주를 가르치며 시작한 40년 전 엘 시스테마가 오케스트라를 지향한 이유도 비슷한 맥락일 터. 젊디젊은 나이에 세계의 환호를 받는 지휘자 구스타보 두다멜이 자신을 배출한 엘 시스테마에 대한 지속적 후원과 또 다른 엘 시스테마 설립에 관심을 기울이며 '아름다운 책임'을 말하는 것도 하모니의 행복을 알기 때문일 것이다.

피아노라는 도구 너머

•

　음악이 개인의 영혼에 관여하는 방식에 관해 나에게 가장 좋은 길벗이 되어주는 피아니스트는 스비아토슬라프 리흐테르와 마리아 주앙 피레스다. 오늘은 리흐테르. 그는 소련의 내로라하는 연주자 중 유일하게 공산당에 가입하지 않았다. 그로 인해 당이 주는 모든 혜택에서 제외되고 거처조차 배당받지 못해 스승과 연인의 집을 오가며 지냈던 그는 1960년대 이후 서방세계의 열렬한 환호와 칭송을 받은, 지난 세기 가장 위대한 피아니스트 중 한 사람이다. "내가 청중과 관계를 맺고 있다면 그건 오직 작품을 통해서 맺어진 것이다." 브뤼노 몽생종이 정리한 회고록에서의 고백처럼 그는 작품 외적인 것에 연연하지 않았고, 온 힘을 다해 건반에 영혼을 실어 나르는 고행자와도 같은 연주로 평생을 살았다. 한 음 한 음 송곳으로 뚫어내듯 정확하게 음의 바닥을 쳐올리는 그의 연주는 마치 지금 이 순간이 생의 전부인 듯 온몸의 에너지로 육박한다. 이 뜨거운 냉정함에 도달하게 되기까지 스스로와 얼마나 많이 싸웠을까. 그가 전하는 곡들에 집중하다 보면 어느 순간 몸속이 뭉클해지고, 그래, 한 건반 한 건반이지, 하는 생각이 든다. 일흔한 살의 나이에 전 세계의 찬사를 뒤로한 채 자동차 한 대로 러시아 작은 도시와 시골 마을을 찾아다니며 마을회관, 성당, 학교 등에서 100회 가까운 연주회를 했던 그는 전용 피아노를 고집하지 않았음은 물론 시골 성당의 낡은 피아노, 심지어 어떤 때엔 조율이 안 된 피아노로도 감동적인 연주를 펼쳤다. 피아노라는 도구 너머, '진짜 피아노'의 내부는 이토록 치열하다.

숨 쉬는 피아노

•

일상의 희로애락을 함께하기에 모차르트가 좋은 이유와 비슷한 맥락에 마리아 주앙 피레스가 있다. 모차르트의 음악은 특별한 영웅의 아우라보다 평범한 인간 속에 반짝이는 슬픔과 기쁨, 고독과 환희를 드넓고 깊게 펼쳐놓는다. 모차르트 속에선 어떤 인간도 궁극적으로 보호받는다. 깊은 슬픔 끝에서도 "그래, 살자!"라고 마음먹게 해주는 음악의 힘. 피레스가 모차르트 스페셜리스트라 평가받는 이유도 이런 인간 이해와 감수성의 결 때문 아닐까. 방대한 레퍼토리 가운데 내가 자주 찾는 피레스의 피아노는 모차르트와 쇼팽이다. 모든 1급 연주자가 그렇듯 타고난 재능에 피나는 연습으로 다져진 기술을 온몸으로 완전히 흡수해낸 세월을 일컬어 관록이라 하는 것일 테다. 섬세함이 자칫 빠지기 쉬운 예술가적 신경증이 그에게선 거의 드러나지 않는다. 근래엔 '늙은 피레스'의 얼굴이 좋아 가끔 실황 DVD를 찾는다. 음과 음 사이의 주름이 완성하는 좋은 음악처럼 인간의 얼굴에 자리 잡은 주름들이 얼마나 아름다운지 그 얼굴에서 본다. 보통의 클래식 연주자들에게 익숙지 않은 일들을 그는 자연스럽게 한다. 자신의 공연장에서 생태 환경 관련 유인물을 나눠 주기도 하고, 학대받는 어린이들을 위해 할 수 있는 일들을 고민하고, 대중음악 뮤지션의 피아노 반주를 해주기도 한다. 밭에서 풀 뽑다가 쓱쓱 손을 닦고 들어와 피아노 앞에 앉는 피레스를 떠올린다. 음악과 삶이 단절되어 있지 않은 자연스러운 아름다움, 피레스의 숨 쉬는 피아노가 좋다.

무기를 꽃으로 만들어 마라에게 보내다

●

　단풍이 절정이다. 계수나무, 은행나무, 보리수, 화살나무, 단풍나무, 복자기나무……. 찬란한 황금빛과 불타는 핏빛 단풍 물결 치는 가을 나무 밑에 앉는다. 나에게 모든 가을 나무는 싯다르타 의 보리수다. 구도자는 왜 나무 아래 앉는가. 나무는 땅과 하늘, 지구와 우주를 연결하는 메신저이기 때문이다. 삶과 죽음이 순환 하는 길이 가을 나무 아래서 환해진다. 보리수 아래 싯다르타를 상상한다. 진리를 깨칠 때까지 결코 일어나지 않으리라, 결가부좌 를 튼 싯다르타. 그에게 마왕인 마라가 자신의 딸들을 보내 유혹 하나 실패한다. 이어서 마왕은 군대를 보낸다. 마라의 군대가 싯 다르타를 향해 화살, 돌, 창, 칼 등을 쏟아붓지만 싯다르타 가까이 이르면 이것들은 꽃비로 변해버린다. 무기를 꽃으로 만들어 마라 에게 되돌려 보내는 싯다르타. 이 장면은 내 피를 자극하는 가장 아름다운 판타지 중 하나다. 왜 아름다운가. 흔히 오해하듯 싯다 르타는 깊고 고요한 선정을 통해 불현듯 깨달음에 이른 것이 아니 다. 그는 마지막 순간까지 격렬하게 싸운 자다. 싸움을 정면으로 통과한 후에야 모든 존재가 당면하게 되는 고통의 뿌리를 깨닫고, 이 고통을 끝내는 자유의 법을 발견한 것이다. 자신과 중생을 위 해 붓다가 된 그가 내게 위로를 주는 이유가 여기 있다. 지난한 쟁 투 끝에 해탈에 이른 붓다. 붓다들. 바람이 분다. 삶과 죽음의 쟁 투를 격렬히 수행 중인 가을 나무 아래로 이파리들 쏟아진다. 단 풍은 그냥 단풍이 아니다.

'표고의 정서'라고 문득 쓴다

●

산 밑 나지막한 슬레이트집에 살던 유년 시절. 비 온 다음 날이면 눈뜨자마자 산으로 달려갔다. 그 무렵 뒷산과 앞개울은 내 놀이터였다. 비 온 직후 촉촉이 젖은 산은 온갖 풀 냄새, 이끼 냄새들이 풍겼고, 꾀꼬리버섯이라 부르던 연노랑 빛 버섯 타래들이 나무 밑에 오종종 돋아난 풍경은 꽃처럼 예뻤다. 풀 바구니에 가득 그것들을 따와 엄마에게 건네면 엄마는 칼국수 반죽을 시작하곤 하셨다. 꾀꼬리버섯이 들어간 칼국수를 나는 꾀꼬리 국수라 불렀다. 버섯 향은 신비롭다. 꽃향기처럼 코로 맡아지는 게 아니라 목구멍으로 스며드는 냄새다. 후각, 미각, 촉각을 동시에 깨우는 버섯 향은 희미하고 담백한데 그 담백함이 외려 강렬하다. 가을이 오면 송이를 탐하는 내게 아버지가 일러주셨다. "일 능이, 이 표고, 삼 송이란다." 맛으로는 송이를 능가한다는 표고가 송이보다 가격이 싼 이유는 재배할 수 있기 때문이다. 송이와 능이는 살아 있는 나무에서 자라지만 표고는 죽은 나무에서 자라기 때문에 인간은 14세기 이전부터 표고를 재배해 향유해왔다. 이 가을 느닷없이 표고 향을 떠올리는 이유는 표고의 향기가 죽은 나무로부터 길어 올려지는 탓이다. 마치 숙성시킨 사랑의 화학작용처럼 죽은 나무가 키워내는 생명의 향기. 나무에 흠집을 내어 1년간 썩히는 기다림이 필요한 표고는 딴 후에도 생것보다 햇빛에 잘 말린 게 감칠맛이 더 있다. 이 가을의 한 녘, 기다림 앞에, '표고의 정서'라고 문득 쓴다.

멧비둘기를 읽다

●

오래전 잠깐 제주에 산 적이 있다. 일몰 무렵 협재 바닷가 근처를 걷다가 무조건 여기서 살아야겠다고 가방을 풀었다. 심장이 쿵쾅거려 아득해질 만큼 아름다웠기 때문이다. 일몰과 일출을 누리면서 걷고 글 쓰고 여섯 달을 사는 동안 마침 낡은 집의 베란다에 멧비둘기 한 쌍이 동거했다. 어느 날 문득 그들이 알을 낳았다. 하루에 한 알, 다음 날 또 한 알. 알을 낳을 때 어미는 너무 고요해서 몸 푸는 줄도 몰랐다. 새의 알을 코앞에서 보게 된 나는 그 알들에 골몰하기 시작했다. 어미의 몸과 분리된 생명 탄생의 장소인 알은 낯설고 신비로웠다. 그때 나는 처음으로 난생(卵生)을 부러워했다. 저렇게 알로 나를 낳아주고 세상 밖으로 나갈지 말지를 내 판단에 맡겨주었으면 좋았을 걸 하는 생각을 처음으로 했다. 알을 깨고 나오는 자기 선택을 거친다는 측면에서 난생 신화의 영웅들은 본질적인 낙천성을 지녔다. 멧비둘기 부부는 매일 정성스레 알을 품을 뿐 자신이 낳은 알에게 뭐라 강요하는 법이 없다. 그렇게 열이레가 되었을 때 알 하나가 깨지며 고물고물한 아기가 껍질을 밀고 나왔다. 그런데 다른 알 하나에서는 기척이 없었다. 미동 없는 알을 사흘간 더 품고 있던 멧비둘기 부부가 알껍데기에 가만히 부리를 대고 있는 것을 지켜보던 순간이 잊히지 않는다. 햇살이 꽃씨처럼 반짝거리는 오후였다. 생명 앞에 치러진 성결한 의식 같은 고요한 접촉이었다.

채소 맛 감별사

•

내가 '요리'에 그다지 관심 없는 이유는 문명화 덜 된 내 미각 때문일 거다. 현미 콩밥, '잘 만든' 김치와 된장, 김, 두부, 적당량의 제철 채소와 과일들. 이 정도만 공급되면 나는 거의 외식 욕구 없이 산다. 채소도 삶거나 찌는 것 외에 '요리'는 안 한다. 된장에 찍어 먹거나 식초, 올리브유 등을 뿌린 샐러드 정도이거나 간단히 끓이는 수프로 먹는다. 무엇을 먹든 재료 자체가 가지고 있는 맛이 느껴져야 좋다. 유기농 채소를 먹을 때 일석이조로 좋은 것은 음식물 쓰레기가 거의 나오지 않는다는 것. 양파도 파도 고구마도 과일도 가능한 한 버리는 부분 없이 껍질째 몽땅 쓴다. 땅 살림을 실천하는 농부님들에 대한 내 식대로의 빚 갚음 형식이기도 하다. 내 식탁을 보고 이렇게 먹고도 만족이 되느냐고 묻는 친구들이 있다. 만족이 된다. 요리 만드느라 바지런을 떨기엔 나는 너무 게으르니 야생성 미각은 내겐 안성맞춤인 셈. '요리' 먹고 싶다는 욕구가 거의 안 생기는 대신 구체적인 재료의 이름이나 색깔이 떠오른다. 시금치를, 당근을, 단호박을 먹고 싶다든가 보라색이, 붉은색이, 노란색이 먹고 싶다든가. 요리된 음식이 아니라 재료가 가진 맛, 향, 색이 떠오르면서 "먹고 싶다!"고 입맛을 다시는 이런 체질에 적합한 부업이 '채소 맛 감별사'라던데. 하하. 시인의 부업치곤 나쁘지 않다. 물론 이런저런 이유로 가끔 밖에서 외식할 때 '남기지 않고 맛있게 먹기'가 기본이다. 야생 밥상만 즐기다가 가끔 문명 밥상 앞에 가면 저절로 그렇게 된다.

작은 한 점의 순수로부터 아름다움은 시작한다

•

돌고래 제돌이를 바다로 돌려보내는 긴 여정의 맨 첫걸음을 떼었던 이들을 기억한다. 스스로를 '핫핑크돌핀스'라는 사랑스러운 이름으로 부르며 '돌고래 구하기'에 나섰던 청년들. 작은 한 점의 순수로부터 아름다운 역사는 늘 시작된다. 우중충한 수조에서 마주친 가엾은 돌고래를 향한 한 청년의 마음, 평등한 생명을 향한 진심의 공명이 '제돌이 구하기'의 첫 걸음이었다. 국내 최초 고래 보호단체 핫핑크돌핀스의 쌈박한 웹 포스터를 보았다. 거기엔 분홍 깡통이 하나 그려져 있다. '핫핑크돌핀스'라고 찍힌 그 깡통엔 'We're hungry'라고 쓰여 있다. 그 위에 한글로 적힌 문구는 이렇다. "돈 안 되는 일만 해서 돈이 없습니다." 그 아래 적혀 있는 계좌 번호! 하하, 이런 발랄한 당당함이 좋다! 지폐 뭉치보다는 손을 타 반들반들해진 동전이 더 잘 어울리는, 푼돈 모아 의미 있고 재미난 일들을 해보자는 순수한 마음의 속삭임들이 조잘조잘 들리는 핫핑크돌핀스의 분홍 깡통. 생명과 평화에 대한 공감력이 넘치는 이 친구들의 기획력은 나도 좀 안다. 기획력은 짱인데 돈이 없다.

'돈 안 되는 일만 해서 돈이 없는' 이런 사람들이 대개 이 사회에 진짜로 필요한 산소를 공급한다. 우리 모두 '잘 존재'하기 위해 필요한 진짜 산소 말이다. 지금 이곳의 청량한 공기를 위해, 순수 청년들의 분홍 깡통에 동전 좀 모아보자. 딸그랑, 하는 동전 소리가 여름 해안의 파도 소리처럼 쉼 없이 이어졌으면!

유쾌해지라, 노동이여! 노래하라, 기타 줄이여!

●

언젠가 홍대 앞 클럽 '빵'에서 시 낭송을 한 적 있다. '콜트콜텍 기타 노동자를 위한 후원의 밤'이었다. 음악을 사랑하는 많은 예술가와 시민이 클럽을 찾아들었고, 우리는 따뜻하게 공명하는 심장 소리를 들으며 서로의 존재를 위로받았다. 글 노동을 하는 내가 그곳에 가서 기타를 만드는 노동자들과 시를 나누게 된 인연은 왜 나에게 온 것인가. 나는 언젠가 기타 소리로부터 위로받은 적이 있는 것이다. 기타를 만드는 노동하는 손과 간접적으로 나는 연결되어 있었던 거다. 언젠가 나는 그분들이 피눈물 삼키며 만든 기타로 연주한 곡을 듣고 위로를 얻었을지 모르고 시의 영감을 떠올렸을지도 모른다. 그러니 나는 그 자리에 빚 갚으러 간 셈인지도 모른다. 먹고 입고 쓰는 우리 일상의 모든 것이 실은 그렇다. 존재를 유지하기 위해 사용하는 모든 것 뒤에는 그것을 만드는 노동하는 손이 있고, 다시 그 뒤에는 그것에 원료를 내어주는 자연이 있다. 이 모든 연결의 인연들이 일방적 착취 관계가 아니라 '서로 잘 기대어 있을 때' 세상은 유지되어간다. 세상에 정의가 필요해지는 것도 이 대목이다. 정의는 일방적으로 누가 누구를 판단하기 위해서가 아니라 '서로 잘 존재하기' 위한 관계성을 돌보는 일이다. 우리는 모두 누군가의 노동에 기대어 살아가고, 고통받는 노동이 있는 한 행복하기만 한 소비는 없다. 노동이 즐거워지고 생기발랄해져야 우리 모두 행복하다. 세상의 건설은 아름다움과 선함에 무지한 권력에 의해서가 아니라 즐거운 노동과 사랑으로 이루어진다. 유쾌해지라, 노동이여! 노래하라, 기타 줄이여!

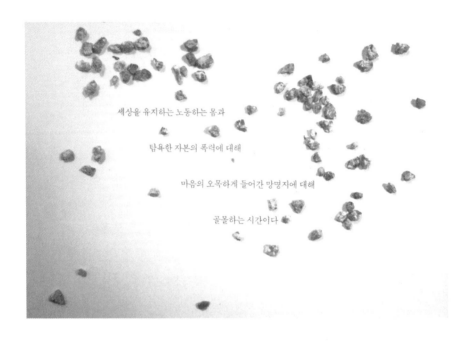

세상을 유지하는 노동하는 몸과

탐욕한 자본의 폭력에 대해

마음의 오목하게 들어간 망명지에 대해

골몰하는 시간이다

나 여기 있다

•

계절과 장르에 따라 바뀌는 내 글 노동 시간은 요즘 새벽이 피크다. 피크 타임을 지나 아침이 밝아올 즈음 매미가 운다. 수고했쓰, 수고했쓰, 수고오오오……, 이러는 거 같다. 아에이오우의 장모음으로 모이는 끝소리 바이브레이션이 살갑고 따스한 매미 울음. 그래, 너도 수고해! 잘 사랑하다가 돌아가야지! 7년여를 땅속에서 지내고 지상에 나와 7일 남짓 보내는 매미의 일생을 생각한다. 우는 매미는 수매미다. 짝을 찾기 위한 수매미의 간절하고 낭랑한 세레나데. 매미에게 지상의 시간이란 '오직 사랑!'을 이루기 위해 바쳐지는 심플한 시간이다.

서울 사는 지인들은 한여름 밤낮도 없이 울어대는 매미들의 '떼창' 때문에 잠을 설친다고 하소연한다. 시끄럽다는 민원에 아예 매미 서식지인 나무를 베어버리는 일도 생긴다고 한다. 곰곰 들어보자. 매미 소리는 주변이 시끄러울 때 커진다. 새들이 울면 매미 소리도 커지고, 자동차나 기차 소리가 들리면 더 우렁차진다. 지상의 시간 동안 부지런히 짝을 부르는 것이 매미의 일이므로. 주변 소리가 커지니 그보다 더 큰 소리로 울어 '나 여기 있다'고 알리는 것이다. 이 반응은 점차 매미들 사이에 경쟁으로 옮아가고, 더 크게 울어야만 선택된다는 절박함이 수매미들을 점점 새된 소리로 울게 한다. 그러니 매미 소리의 볼륨을 줄이고 싶다면, 우리 자신의 삶을 한번 살펴볼 일이다. 밤을 낮처럼 밝힌 도시의 소음은 얼마나 크고 시끄러운가. 더구나 서울 같은 대도시의 삶이란 얼마나 그악스레 소란스러운가.

사라졌다가 되돌아온 섬

•

　서울에서 그나마 사람살이의 감성과 혼이 살아 있던 골목들은 불도저 굉음 아래 매일 사라져가는 중이다. 스산한 서울 풍경에 마음이 복잡해져 한숨을 내쉬던 참이다. "정치적으로도 미적으로도 아름다운 공연을 할 거예요!" 재개발 건설 광풍 속에 비윤리적인 철거 위기에 처했던 홍대 앞 칼국수집 '두리반'을 살리기 위해 모인 음악가 중 한 멤버가 보내주었던 문자메시지가 문득 떠올랐다. 이 거대한 도시가 그래도 아직 살 만한 것은 이런 작은 몸짓과 마음들이 존재하기 때문일 것이다. '사람의 마을'이 구현해야 할 아름다움이란 어떻게 와야 하는지 질문을 던지고 소소한 실천을 하는 사람들. 짧은 메시지 하나로 문득 미소가 떠오른 순간, 눈앞에 밤섬 풍경이 지나간다. 내가 아는 한, 한강에서 유일하게 '풍경'이라는 말이 성립되는 곳. 풍경이 '풍경답기' 위해 그 속에 녹아 있어야 할 '생명감'이 살아 있는 곳. 밤섬을 바라보다 불현듯 눈물이 고인다. 내가 태어났을 때 밤섬은 저기에 없었다. 40여 년 전 국책사업인 '한강개발계획'에 따라 폭파되어 모래며 골재를 여의도 건설에 내주고 제거된 섬. 그러니까 밤섬은 인간에 의해 살해되어 사라진 섬이었다. 그 후 오랜 세월이 흐르면서 강 밑에 남아 있던 밤섬의 암반층이 흙과 모래, 풀씨, 생명을 불러 모아 다시금 푸른 섬으로 자신을 부활시킨 것이다. 밤섬이 사라졌다가 되돌아온 섬이라는 걸 알았을 때 내 온몸을 훑고 가던 전율! 그래, 언젠가 다시 살아날 수도 있을 거야. 그 '언젠가'를 향해 먹먹한 기도를 전하는 막막한 서울. 여기.

수련을 깨우는 법

●

여름이 좋은 이유는 수련 때문이다. 물 곁을 좋아하는 나는 한때 집 안에 돌확을 놓고 수련을 기른 적이 있다. 가까이서 처음 본 수련의 개화를 기억한다. 물의 우주를 가르며 뻗어 올린 듯한 줄기 끝에서 마치 행성 하나가 탄생한 것처럼 꽃봉오리가 맺히는 것을 볼 때의 환희. 이제나저제나 하는 기다림 끝에 꽃봉오리가 활짝 열리고 그날로부터 5일간 수련은 매일 아침 꽃잎을 열고 저녁이면 꽃잎을 닫았다.

수련을 흔히 물 '수(水)' 자를 쓰는 '연(蓮)'으로 착각하는데 그렇지 않다. 수련은 잠잘 '수(睡)' 자를 쓴다. 물의 여신 '님프(Nymph)'에서 유래한 '님파이아(Nymphaea)'가 수련의 속명(屬名)이다. 잠자는 연은 햇빛이 맑고 화사하게 몸에 닿아야 꽃잎을 연다. 수련 줄기가 물 밖으로 나올 때도 빛을 찾아서다. 수련의 생리는 세상을 향한 만개의 열망과 고독한 물속의 잠, 두 가지 경향성을 한 몸에 지녔다. 잠자는 수련을 물 밖으로 꺼낼 수 있는 것은 강렬하고 맑은 빛의 요청뿐이다. 생애를 걸 만한 빛의 요구가 아니라면 차라리 물속의 고독과 정적을 선호하며 세상일 따위 관심 없다는 듯 잠들어 있는 수련이야말로 수련을 수련답게 하는 가장 큰 매혹이다.

지금 나는 수련이 피기를 기다린다. 진흙탕 같은 세상. 아름다운 수련이 물을 가르며 꽃대를 밀고 올라오길. 수련의 능동성을 두드려 깨울 강력하고 맑은 빛 무리를. 지금 나는, 우리는, 어떤 빛을 만들어 수련을 깨울 수 있을까.

종교와 혁명성

•

인류가 성인이라 칭하는 이들의 공통점은 기성 체제에 순응하지 않은 혁명성이다. 싯다르타는 모든 부귀영화가 보장된 왕궁을 스스로 걸어 나온 가출 청년이었고, 자신과 세계의 존재 이유에 대한 답을 얻고자 목숨을 걸었다. "천상천하유아독존 일체개고아당안지(天上天下唯我獨尊 一切皆苦我當安之)." 그것은 부패할 대로 부패한 당시 브라만교의 신(神) 중심 사회를 향한 정면 대결 선언이었다. 신에 종속된 삶이 아니라 개개인 존귀한 존재로서의 자유를, 내세에 볼모 잡힌 노예가 아니라 지금 여기에서의 행복을, 인간은 물론 생명 있는 모든 존재의 해방과 평안을 동시에 도모하겠다는 것이다. 당대 주류 질서에 저항하며 민중 속으로 걸어 들어간 붓다. 그의 행보는 일생토록 혁명적이었다. 나사렛 예수도 마찬가지다. 히브리 전통이 오래도록 견지한 복수의 당위성, 이슬람 전통과 궤를 같이하는 '눈에는 눈, 이에는 이'라는 당대 주류 관습에 대해 과격한 단절을 선언한다. "누가 당신 오른뺨을 치면 어찌하겠습니까?" 그는 답한다. "오른뺨을 때리거든 왼뺨을 갖다 대십시오." 가문의 복수를 명예이자 정의로 여긴 당대 주류 문화에 대한 혁명적 전복! "네 이웃을 네 몸과 같이 사랑하라"는 공감의 감수성은 당시에는 목숨을 걸어야 했던 위험한 전언이었다. 혁명적 결단을 온몸으로 감수해낸 선각자들의 길은 험난했으나 그들은 끝내 자유로웠다. 신으로부터도 복수로부터도 한 발자국도 벗어나지 못한, 인간의 가치가 점점 더 희미해져가는 자본과 종교 종속성의 세상에서 '혁명성'에 대해 거듭 생각한다.

달마가 오직 달마다울 때

●

　너무 진한 차 맛을 '짜다'고 표현한다. 딴생각하다 때를 놓쳐 '짠 차'를 마시면서 달마를 떠올린다. 흔히 '금복주' 마스코트에 영감을 준 포대화상(布袋和尙)을 달마와 혼동하는데 전혀 다른 인물이다. 무엇보다 달마는 포대화상처럼 껄껄 웃는 캐릭터가 아니다. 동아시아에서 폭넓게 사랑받는 〈달마도〉 속의 달마는 들여다볼수록 묘하다. 엄청 못생겼는데 못생겼다고 말하기 어려울 만큼 '외모'로 규정되는 육체성을 훌쩍 넘어서 있다. 달마의 초상을 팔아먹는 장사치들이 들으면 싫어하겠지만, 달마는 복을 주는 신이한 위력을 가진 존재가 아니거니와 삶에 대해 헛된 기대를 말라고 가르치는 독설가에 가깝다. 천상천하유아독존의 결기가 있어야 마침내 자유로워짐을 그는 소림사에서의 9년 면벽으로 보여준다. 그런 달마에게 '못생김'은 아무런 장애가 아니었으리라. 달마가 오직 달마다울 때, 내가 오직 나다울 때, 외모는 속박이 되지 않는다. 민머리에 불룩 나온 배, 더부룩한 수염, 대충 꾹꾹 눌러 만든 듯한 그의 이목구비에서 압권은 그 눈일 테다. 달마의 눈에는 눈꺼풀이 없다. 참선 수행하던 어느 날 참을 수 없이 졸음이 쏟아져 공부에 방해가 되자 벌떡 일어나 눈꺼풀을 잘라 마당에 내던져버렸다. 그가 마당에 던져버린 눈꺼풀에서 훗날 싹이 돋고 나무가 자랐는데 그것이 차나무의 기원이라는 설이 있다. 차의 각성 효과를 '자기다움'을 치열하게 구현해간 달마에게 연관 지어 만들어진 설일 텐데, 졸음을 쫓느라 차를 마실 때마다 달마의 눈이 떠오른다.

차 맛 우러나듯 사람도

●

4월과 5월은 매일 달라지는 산빛을 헤아리는 것만으로도 가슴 뛰는 계절이다. 양력으로 4월 초인 청명을 지나면 중순에 곡우가 있고 5월 초엔 입하가 있다. 기분 꿀꿀한 날 문득 '청명-곡우-입하'라고 주문 읊듯 '수리수리' 말하고 나면 기분이 상쾌해진다. 살랑대는 연둣빛으로부터 점점 진해지는 초록 잎들이 눈앞에서 흔들리는 느낌, 혹은 손끝이 그 연초록에 물드는 느낌! 발음하는 것만으로도 '그래, 내가 자연이지!' 하는 기분이 들어 행복해진다. 인간의 오감을 활용한 명상법이 연구되는 것도 이와 비슷한 맥락일 듯. 곡우와 입하, 라고 말하는 순간 눈앞에 연둣빛 말간 어린 찻잎들이 가득해지고 입속에 풋풋한 단침이 고인다. 곡우 무렵은 차 만드는 계절이다. 이때 수확한 어린 찻잎은 최상의 차를 만들기에 적합하다. 첫물차는 곡우 며칠 전에 아주 어린잎을 따서 만드는 '우전(雨前)차'다. '두물차'는 곡우에서 입하 사이에 아직 잎이 다 펴지지 않은 찻잎으로 만드는데 참새 혀처럼 작고 가늘다 해서 '작설(雀舌)차' 혹은 '세작(細雀)차'라고 한다. 뜨거운 물과 찻잎과 시간, 이 단순한 조합이 끌어내는 다채로운 차 맛은 식물 한 그루의 삶이 그대로 하나의 우주임을 드러낸다. 내용 없는 레토릭이 아닌 매우 구체적인 실존으로서 말이다. 찻잎 하나의 실감이 이럴진대 세상 존재들 그 낱낱의 다양한 개성은 말해 무엇할까. 저마다 하나씩의 우주인 우리도 서로에게 각각 알맞게 우러나는 시간이 필요하다. 사람 맛 우러나는 사람!

묘비명을 생각하고 유언장을 쓰자

•

모차르트의 〈레퀴엠〉, 베토벤의 〈장엄미사〉, 말러의 〈교향곡 5
번〉, 〈그레고리오 성가〉를 하루 종일 들었다. 그리고 다시, 범종
소리를 듣는다. 내가 최상의 묘비명이라 여기는 것은 여전히 카
잔차키스의 것이다. 고등학교 시절 카잔차키스 교도였던 나는 일
기장을 새로 바꿀 때마다 그의 묘비명을 맨 앞장에 써두곤 했다.
"나는 아무것도 바라지 않는다. 나는 아무것도 두렵지 않다. 나는
자유다." 20대를 거쳐 30대에는 스탕달의 묘비명에 꽂혔다. "살았
다. 썼다. 사랑했다." 이 묘비명을 처음 봤을 때 '아뿔싸, 그가 이
미 써버렸군!' 싶었다. 거의 언제나 내 피를 자극하는 뮤즈인 니체
는 "이제 나는 명령한다. 차라투스트라를 버리고 그대들 자신을
발견할 것을"이라는 묘비명을 남겼다. 그럼요, 그래야죠. 1000년
을 살 것처럼 꿈꾸고 내일 죽을 것처럼 오늘을 사는 수밖에 없죠!
아무려나 마흔쯤 되니 좋은 것은 살아온 날과 살아갈 날들이 한
시야에 들어온다는 것이다. 과거와 미래가 따로 있는 것이 아니라
'오늘'이 나의 과거이자 미래임을 자연스럽게 알게 된다는 것. 이
런 안목은 나이 들지 않고는 가질 수 없는 시간의 선물이니 시간
속으로 전진하는 몸과 마음에 축복 있으라. 나의 묘비명을 꺼내어
읽어본다. 마흔에 첫 묘비명을 쓴 나는 삶이 허락된다면 쉰이 되
는 날 새로운 묘비명을 쓰게 되리라. 묘비명을 생각하고 유언장을
쓰는 일은 지금 이 순간의 삶이 얼마나 기적 같은 일인지 깨닫게
한다.

카
덴
차
——
4

Zwei falwider Engel
1940 F₁

"영어 단어 퍼슨(Person)은 라틴어 페르소나(Persona, 가면)에서 온 것이다. 자아라는 느낌은 가면이다. 누가 이 가면을 쓰고 있는 가? 가면 뒤에는 무(無)가 있다. 가면 뒤에 무가 있다는 것은 실제 로는 문제가 안 된다. 하지만 불행하게도 페르소나는 보통 그것을 모른다."

데이비드 로이의 《돈, 섹스, 전쟁 그리고 카르마》를 읽다가 한 대 맞은 느낌이다. 구성된 자아 관념의 허상에 대한 직접적이고 적절한 펀치.

철학적, 문화적 기반이 전혀 다른 서구인이 불교를 공부하면 동 양권 연구자들보다 정확하고 합리적인 언어를 사용해 불교를 이 해하는 경향이 있다. 카렌 암스트롱의 뛰어난 저서들이 그렇고, 《승려와 철학자》의 장 프랑수아 르벨과 승려인 그의 아들 마티외 리카르의 대화록도 그렇다. 실용적, 합리적, 철학 체계로서의 불 교에 대한 지적 탐구의 여정이 투명하고 깊게 드러난다.

선불교 전통을 과도하게 신비화시키거나 언어 너머의 것으로 간주하고 문 걸어 잠그는 무사유화 경향보다 훨씬 건강하게 느껴 진다.

*

글쓰기의 힘은 문장을 통해 드러난다. 정연하고 개성적인 문장 을 쓸 수 있는 능력은 노력 없이 주어지지 않는다. 하나의 문장을 최선을 다해 만드는 그 시간 동안 글 쓰는 사람의 내면에는 분명 히 어떤 변화가 일어난다. 좋은 문장이 힘이 센 것은 문장 자체가 아름답거나 유려해서라기보다 문장을 가다듬어가는 과정에서 글

쓰는 사람의 내면이 정련되기 때문이다.

글쓰기의 두 축. 사유의 힘과 표현의 힘. 이 두 개의 수레바퀴는 함께 성장하며 서로를 지지할 때 가장 좋다. 어느 한쪽이 지나치게 앞서가거나 뒤처지는 불균형 상태로는 장도를 가기 힘들다. 다행인 것은 알아차림이 있고 처지는 한쪽을 보강하려는 성실함이 뒷받침된다면 다른 예술 장르보다 보완 가능성이 매우 높다는 것.

글쓰기에선 점수점오(漸修漸悟)가 가장 정직하다.

가장 경계해야 할 것은 돈오돈수(頓悟頓修)에 대한 미망.

*

오래전 베이징에 잠시 머물 때 자주 드나들던 류리창 거리의 다원에 걸려 있던 그림 속의 남자가 '육우(陸羽)'라는 걸 오늘 알았다. 활짝 핀 홍매 가지를 배경으로 바윗돌 위에 다구(茶具)를 늘어놓고 차를 만들던 남자.

당나라 현종 때, 태어난 지 사흘 만에 서호 강가에 버려졌다는 아이. 육우를 데려다 절집에서 기른 적공 스님의 가르침을 받아 불교에 대한 이해가 깊었고, 적공 대사가 차를 좋아해 어렸을 때부터 차 끓이는 법을 익혔다는. 10대에 절을 떠나 극단에서 극을 배웠다는 소년. 본래 말을 더듬던 소년은 연기를 퍽 잘했고, 자주 어릿광대로 분장해 연기하곤 해서 대중은 그가 말더듬이인 줄 몰랐다는. 극본도 쓰고 많은 익살스러운 글을 썼다고 하는. 글쟁이이자 어릿광대 육우.

《다경(茶經)》은 육우가 스물여덟 살쯤에 쓴 책이라 한다. 당나라 초 이후, 각지에서 차를 마시는 풍조가 성행했으나 차와 다도

에 대한 이해가 중구난방이어서 차에 관한 책을 쓰기로 맘먹었다
는데. 떠돌이 유랑 생활을 접고 움막을 짓고 들어가 1년여를 집필
에 매진해 《다경》의 초고를 썼다.

몇 가지 흥미로운 문장들이 있다.

5장, 물과 차를 끓이는 방법.

"다 구워진 차병은 뜨거울 때 종이 주머니에 보관해야 향이 날
아가지 않는다."

별것 아닌 문장인데도 갓 쪄내 빚은 뜨끈한 차병의 향기가 생생
하게 전해지는 느낌. 촉각, 후각, 미각이 순식간에 동한다. 뜨거운
차병이 손바닥 안에서 느껴지고 그것을 종이 주머니에 넣는 순간
이 통으로 상상되는. '종이 주머니'라는 디테일 덕분인 듯. 프루스
트의 홍차와 마들렌 조합만큼이나 생생하다.

물 선택을 가리는 대목에서도 흥미로운 부분들이 있다.

"산수가 제일이고, 강수는 중간, 정수가 가장 못하다(山水上, 江
水中, 井水下). 산수는 젖을 짜는 것과 같이 돌 못에서 조금씩 흘러
나오는 것이 좋으며 용솟음치듯이 급히 흐르는 물을 자주 마시면
사람 목 부분에 병이 생길 수 있다. 흐르지 않는 물도 마시지 않는
게 좋다. 강변의 물은 가급적 먼 곳의 물을 긷도록 하고, 우물 물
은 사람들이 많이 긷는 곳의 우물에서 얻어야 한다."

일단 매우 지혜로운 언급. 특히 흥미로웠던 건, '산수는 젖을 짜
는 것과 같이 돌 못에서 조금씩 흘러나오는 것이 좋다(基山水, 揀
乳泉, 石池漫流者上)'는 대목인데, 들여다보다가 웃었다. 육우, 글
쟁이 맞구나, 싶은 느낌. 돌 못에서 조금씩 흘러나오는 물을 젖을
짜는 것에 대응시키는 센스. 차고 단단한 돌 못과 따스하고 부드
러운 유체의 조화.

6장에서 밝히는 바, "물을 마시는 것은 생명을 위해서이며, 차를 마시는 것은 정신을 위한 것"이라는 깐깐함도 좋다.

9장에서 강조하는 바, 다도도 다구도 간소한 것을 추구하는 자세도 좋다. "형태는 간략하더라도 내포한 의미는 풍부해야 하는데, 간단하면서 실용적이면 충분하다"고. 하, 스물여덟 살에 쓴 책치곤 참 영민하지 않은가.

"간소함(簡)은 검약함(儉)에서 나왔으나 검약함보다 고상하기 때문이다."

"다완에 차를 따를 때 말발(沫餑)을 고르게 나눈다. 말발은 다탕의 아름다움이다."

헐. 차의 거품을 아름답다 하는 남자라니! 육우, 이 사내, 사랑스럽다.

육우는 조선 후기 고승 초의(草衣)보다 1000년 전 사람이니 다산, 추사 등과 초의가 나눈 한담 중엔 육우에 관한 이야기들이 있었을 것 같다.

해남 두륜산 일지암 초당에서 차를 마신 게 작년 여름인데, 오는 봄엔 일지암 봄빛 만나러 가야겠다.

*

시민이 제작비의 종잣돈을 마련해 만들어진 영화 〈또 하나의 약속〉. 배우들도 모두 노개런티로 출연한 영화다. 배우 박철민의 얼굴이 클로즈업된 포스터 앞. 문득 '푼크툼!' 하고 중얼거렸다. 마음의 어딘가를 찔러오는 푼크툼의 집중력. 영화 포스터 앞에서, 박철민의 저 희미한 웃음이, 별안간 아프다.

20대 중후반 벤야민의 아우라, 바르트의 푼크툼, 이런 말들에 홀려 있던 어느 날 문득 깨달았다. 사회적으로 공유된 기호로서의 스투디움과 설명할 수 없는 방식으로 개개인에게 꽂히는 마술적인 힘으로서의 푼크툼. 그때 나는 시적 언어의 여백과 마술성 때문에 푼크툼이란 말을 사랑한다고 생각했지만. 내가 바르트의 《카메라 루시다》에서 그 말을 접하자마자 좋아하게 된 건 사실 발음 때문이었다. 그것은 일종의 시적 만트라. 미친 듯 습작 시를 쓰던 시절, 이게 시가 되는지 안 되는지 판단해줄 어떤 기준도 확신도 없던 날들, 잠들기 전 그날 쓴 시를 책상 위에 놓고 한 시간이고 두 시간이고 반복해 읽으며 내내 입속으로 굴리던 말. 푼크툼…… 아우라…… 푼크툼…… 아우라……. 이것이 있어야 시다, 라고 생각하던.

그때로부터 나는 얼마쯤 온 것일까.

*

오늘 봄내(春川)는 안개 자욱하다. 작업 기간이라 '봄내사'에 안거한다고 장난삼아 한 말을 곧이듣고 내가 절집에 들어가 있는 줄 아는 분들이 있어서 한참 웃었다.

안개 낀 공지천. 안개 짙으면. 맥박 뛰는 소리. 할딱거린다. 풀잎의 맥박으로 치면 강하고 동물의 맥박으로 치면 여리다. 한 사흘 아픈 강아지의 맥박 같다.

*

면 생리대 만들기에 관한 책이 있다. 용도별 면 생리대의 디자인 실물본이 들어 있고 실제 제작 시 필요한 원단 크기까지 꼼꼼하게 표시되어 있다. 책 사이사이 짧고 예쁜 우화들이 노트되어 있다. 이렇게 기특한 책을 누가 만들었나. '여성환경연대'와 바느질 공방 '네모의 꿈'이 함께 만든 책이다. 사랑스럽다. '산책 생리대', '아침 생리대', '좋은 꿈 생리대' 등 열두 가지 생리대와 에코백, 파우치 등 관련 소품 만드는 방법이 조목조목 소개되어 있다.

녹색당, 여성환경연대, 여성민우회, 이런 곳들에서 만나는 벗들, 참 좋다.

*

어떤 독자들은 묻는다. 내가 매우 낙관적인 사람 같다고.

10년째 비슷한 대답을 하고 있다.

로맹 롤랑의 '이성의 비관주의, 의지의 낙관주의.'

이 말을 받아 그람시가 《옥중서신》에서 쓴 가슴 아픈 명언. "이성으로 비관하더라도 의지로 낙관하라."

지구의 비전. 글쎄, 지금 같은 추세라면 100년 후 인류의 미래는 상상할 수 없다. 화택(火宅). 불타는 집에 갇힌 자들의 운명.

마지막 순간이 오더라도 한 모금 물을 물고 화택에서 분주할 자는 누구일까. 불타는 집 속에서 벌새 크리킨디의 운명을 스스로 짊어지는 이들이 있다면 예술인과 종교인 두 부류이지 않을까, 하는 생각. 혹은 예술인과 종교인은 최소한 그 몫을 감당해야 하지 않을까, 하는 생각.

벌새가 입에 문 한 모금 물방울이 되는 문학. 부질없다 하더라도. 인간의 마을을 포기하지 않는. 말을 포기하지 않는.

깊은 한숨.

*

《실비아 플라스 시 전집》의 추천사를 쓴 날, 니키 드 생팔의 '나나'들이 꿈에 나타났다.

유쾌하고 즐거우면서도 고통스러웠던 꿈.

토마토 축제처럼 거리가 온통 질척거리고, 검은 나나들이 총을 쏘며 물감을 터뜨렸다.

니키가 '슈팅 페인팅' 연작을 작업하는 동안 그녀 내면에서 들끓던 불안과 분열증이 얼마간 치유되었으리라는 생각이 갑자기 들었다. 총을 쏘아 그림을 그리는 나나. 나나들. 피처럼 흘러내리는 물감의 색. 빛. 공기.

나는? 그런 방식은 아닐 것 같다.

아무튼 니키는 승리했다.

니키에게 팅글리 같은 연인이자 동지이자 조력자가 있었던 것처럼, 실비아 그녀에게도 그런 인연이 있었다면…… 그랬다면…… 오늘따라 더욱, 실비아가 아프다.

*

자유혼을 억압하는 모든 권력과 관습에 대한 격렬한 거부와 저항의 언어. "신은 죽었다."

그런데 '신은 죽었다'는 니체의 이 해방 선언은 완전한 도발의 단계까지 질주하지 못하는 머뭇거림이 느껴진다. 내재된 두려움.

그래서인지 니체는 어딘지 짠한 구석이 많다. 이 짠함, 지향하는 바와 현재 좌표의 불균형이 주는 아슬아슬한 긴장, 경계면의 스파크, 이런 것이 니체 철학을 매우 문학적으로 만드는 요인인 듯.

그에 비하면 동양의 전통은 무시무시하다. 니체의 선언은 죽이고 싶은 신(권위)에 정면으로 대들지는 못한 채 "이보시오, 난 당신이 죽은 것으로 간주하겠소!"라고 말하는 듯한 느낌인데 비해, 이쪽은 "신을 죽여라!"라고 외치며 정면으로 대들어 돌진하는 모양새다. 가령 니체보다 1000여 년 전 사람인 임제는 이런 식으로 나온다. "안이건 밖이건 만나는 것은 무엇이든지 죽여버려라. 부처를 만나면 부처를 죽이고, 조사를 만나면 조사를 죽이고, 아라한을 만나면 아라한을 죽이고, 부모를 만나면 부모를 죽이고, 친척을 만나면 친척을 죽여라. 그렇게 한다면 비로소 해탈할 수 있을 것이다."

20대에는 임제가 좋았고 30대에는 니체가 좋았는데 40대가 되자 원효가 좋다.

임제보다 180년 전에 살았던 원효는 훗날 임제가 말하는 '수처작주 입처개진'을 무애의 삶으로 거의 완전하게 보여준다. 온몸인데 부드럽게 관통한다. 전부를 걸었는데 살기(殺氣)가 없다.

*

우크라이나 시위에서 한 참가자가 거울을 들고 경찰의 얼굴을 비추고 있는 사진을 보았다. 경찰과 코앞에서 대치한 중년 여인,

주름살이 앉은 빛바랜 금발의 그녀가 가슴 앞에 들고 있는 네모난 거울 속에 경찰의 얼굴이 비쳤다.

완전 무장한 경찰. 헬멧을 쓴 딱딱한 얼굴. 콧수염 때문에 그의 표정이 정확히 전달되진 않지만, 자신의 얼굴을 바라보며 그가 방황을 시작한다면!

조직 속에서 개인이 스스로를 지킬 수 있기에는 우리 모두는 너무나 나약하지만. 괴물이 되어서는 안 되니까.

중년의 여인도, 거울도, 거울 속의 경찰도, 쓸쓸했다.

*

글을 퍽 잘 쓰는 스님이 '운명이란 닭장 속에 떨어진 매의 알과 같은 것이다'라는 문장을 어떤 칼럼에 인용해놓은 걸 보았다. 그 문장의 출처가 순자라고 해서, 갑자기 순자가 궁금해졌다. '닭장'과 '매의 알'이 상기시키는 보편타당한 상상을 넘어서길 기대하며. 내가 알고 있는 순자란, 고등학교 윤리 교과서에서 배운 한 줄 '순자의 성악설' 이것밖에 없으니 이참에 순자를 좀 공부해볼 요량으로 책을 찾았다. 성선설보다는 성악설이 문학적으로는 훨씬 매력적이니까.

그런데 헐, '스스로 닭처럼 평범하고 무료한 삶을 선택할 수도 있고 매처럼 힘찬 날갯짓을 하면서 일생을 살아갈 수도 있다'는 말들이 줄줄이 꿰어진다. 숙명론을 부정하고 인간 스스로의 노력을 강조하는 순자는 심지어 엄청난 노력형에 설상가상 금욕주의자처럼 보이기까지 한다. 만약 자본주의 사회를 살았다면 대표적인 성공형 캐릭터. 자기계발서 쪽에서 파워라이터로 등극했을 듯.

공맹, 노장에 비하면 춘추전국시대 사상가 중 순자는 비주류였지만 지금 같은 시대였다면 공맹과 노장이 순자에게 한참 밀렸을 것같다.

"인간은 본성이 악하다. 이 악한 본성은 스스로의 노력과 수행으로 선해질 수 있다." 인간을 인간답게 만드는 것은 바로 인간 자신이므로 스스로 깨달아 악에서 벗어나 선으로 돌아오라며 그가 제시하는 방법론들은 대부분 '지당하신 말씀'이다. "중도에 포기하지 않으면 쇠와 돌에도 무늬를 새길 수 있다"라든지 "마음이 움직이는 것은 몸이 움직이는 것만 못하다"라든지 "나를 비판하고 바르게 잡아주는 사람은 모두 나의 스승이다. 나의 장점을 칭찬해주는 사람은 나의 친구이다. 나에게 아첨하는 사람은 나의 적이다. 그러므로 군자는 스승을 존경하고, 친구를 소중히 하고, 적을 미워했다. 영원히 만족하지 말고 훌륭한 인품을 추구해야 한다. 또한 자신에 대해 반성하고 타인의 충고를 받아들일 줄 알아야 한다. 이렇게 하면 원하지 않아도 성공할 것이다"라든지.

보편타당해 그다지 구미가 당기지 않긴 하지만 순자가 가진 매력이 있긴 하다. 위선도 위악도 떨지 않는 담백함. 자기 생각에 그 누구보다도 솔직하다는 느낌.

*

브레이크 없이 미친 듯 질주하는 이 멀미 나는 시절에, 그나마 세계의 숨통을 트이게 하는 말랑말랑한 인물은 뜻밖에도 교황이다.

프란치스코 교황은 취임 이후 '가난한 이를 위한 교회'를 강조하고 "규제 없는 자본주의는 새로운 독재"라는 발언으로 보수 진영의 반발과 함께 마르크스주의자라는 비판을 받았다. 이에 대해 교황의 반응은 여유와 재치가 넘친다. "마르크스주의는 잘못된 것"이라고 분명히 말하면서도 "내 인생에서 많은 마르크스주의자를 만나왔고, 그들은 좋은 사람들이었기 때문에 (마르크스주의자라 불려도) 화가 나지 않는다"고 말한다. 화려한 관저 대신 바티칸의 작은 아파트에서 다른 성직자들과 함께 지내며 '빈자를 위한 교회'의 신념을 실천하고 있는 프란치스코 교황의 적확하고 설득력 있는 비유들은 카타르시스를 느끼게 한다.

"과거에는 유리잔이 가득 차면 흘러넘쳐 가난한 자들에게도 그 혜택이 돌아간다는 믿음이 있었다. 그러나 지금은 유리잔이 가득 차면 마술처럼 유리잔이 더 커져버린다. 그래서 가난한 자들에게는 결코 아무것도 돌아가지 않는다."

아르헨티나 출신의 프란치스코 교황의 등장으로 남미 해방신학의 원류들이 다시 주목받고 있는 상황도 기쁘다. 자선 활동을 넘어 빈곤의 원인에 대해 고민하며 해방신학의 길을 개척해간 브라질의 돔 헬더 카마라 대주교의 말들이 낡은 책 속에서 튀어나와 사람들의 입을 통해 회자되는 것을 지켜보는 기쁨.

"내가 가난한 이들에게 빵을 주면 사람들은 나를 성자라 부르지만, 내가 가난한 이들에게 왜 먹을 것이 없는지 사회구조에 대해 이야기하면 사람들은 나를 공산주의자라고 부른다."

"세계 인구의 20퍼센트가 80퍼센트의 것을 먹어치우고, 80퍼센트가 20퍼센트를 가지고 끼니를 때웁니다. 그리고 미친 듯이 군비 경쟁에 소비하는 돈은 이 지구의 빈곤을 없애고도 남을 만한 거액입니다. 여러분께 제안합니다. 미움, 폭력을 없애는 데 힘을

모아주십시오. 세계 빈곤을 없애는 데 참여하자고 간절히 청하고
싶습니다."

강정마을의 평화활동가들은 프란치스코 교황에게 보내는 손 편
지를 쓰기 시작했다. 강정마을에서 신부의 신분으로 처음 구속되
었던 예수회 소속 신부님의 말씀에 따르면 프란치스코 교황은 개
인들이 보내온 편지를 직접 읽으실 것이라고. 매일같이 편지를 써
보내면 분명 효과가 있을 것이라고. 그 말씀에 의지해 강정마을
활동가들이 교황께 보내는 편지의 내용은 이렇다.

"이번 여름 교황이 한국을 방문하게 된다면 부디 제주 강정마
을에 와주십시오. 이곳은 작은 고을이지만 대규모 해군기지 건설
에 맞서 평화를 사랑하는 사람들이 8년째 저항하고 있습니다. 강
우일 주교님의 말씀처럼 온 나라의 평화가 시작되는 곳입니다. 세
계 평화의 섬 제주에서 교황님을 만나길 희망합니다."

부디, 이루어지길! 기도……. 기도…….

*

집 앞의 목련 때문에 미치겠다. 꽃나무들. 보고 있으면 알게 된
다. 자기 존재에 온전히 몰두한 꽃봉오리 하나하나가 피워내는 불
가해한 이타성.

활짝 핀 꽃나무 한 그루는 자리이타(自利利他)의 미학적 구현체
들 같다.

천상천하유아독존의 단독성을 통해서만 추구할만한 가치가 있
는 보편성에 닿는다. 예술의, 예술가의 운명.

*

봄이다, 봄!

모든 계절이 각별하지만, 특히 봄에는 매일 매 순간이 너무나
아까워서 숨을 쉬다가 갑자기 어리둥절할 때가 있다.

천지에 가득한 무상무아(無常無我)의 역동성!

5부 —

비상

100퍼센트 나비

●

라일락 가지를 탐색하는 나비를 보는 일이 즐거웠다. 온전히 이 가지를 탐하고 저 가지에 도착한 나비는 온전히 저 가지에 몰두한다. 서두름 없이 우아한 나비의 움직임. 나비는 헉헉거리지 않고 다급하지 않으며 하늘하늘 허공을 노 젓듯이 일정하게 움직인다. 나비의 속도란 이런 것이라는 듯, 연속되는 가붓한 접속! 나비를 볼 때 가끔 장주가 떠오른다. '길이 없음'에 접속 완료한 자만이 '자신의 길'에 접속한다. '희망이란 본래 있다고도 없다고도 할 수 없다. 그것은 땅 위의 길과 같다. 걸어가는 사람이 많아지면 그것이 곧 길이 되는 것이다'라는 루쉰의 희망론이 젖줄을 대고 있는 장자의 '도행지이성(道行之而成)'은 시공을 훌쩍 가로질러 아나키스트 엠마 골드만의 '내가 춤출 수 없으면 나의 혁명이 아니다'에 접속한다. 춤추듯 온전히 100퍼센트 몰입하는 순간들이 모여 혁명이라는 길을 만든다. 당나라 때 대주혜해 선사의 일화가 떠오른다. 한 율사가 대주 선사에게 물었다. 스님도 도를 닦기 위해 노력하십니까? 그렇지. 배고프면 밥 먹고 피곤하면 잔다네. 그거야 모든 사람이 다 하는 일 아닙니까? 그렇지 않네. 사람들은 밥 먹을 때 오로지 밥만 먹지 않고 이것저것 요구가 많고, 잠잘 때 잠만 자지 않고 온갖 쓸데없는 것을 생각하지.

잡념 없이 100퍼센트 밥 먹고 잠잘 땐 100퍼센트 잠자기. 100퍼센트 슬퍼하고 100퍼센트 즐거워하기. 100퍼센트의 순간이 많은 인생이라면 자기가 만들어온 한 발자국 한 발자국이 등불처럼 영혼을 인도하겠지. 봄날 나비의 100퍼센트 날갯짓처럼!

가난한 연인들에게

•

막 등단한 20대 시절, 서울 변두리 아주 낡은 아파트에 세 들어 산 적 있다. 어느 날 새로 이사 온 위층 사람들이 주말 밤마다 삐거덕거리는데, 층간 소음이 너무 심했다. 밤부터 새벽까지가 원고 작업 피크인 나로선 그 소음이 몹시 성가셨다. 올라가 조심 좀 하자고 이야기할까 망설이던 어느 날, 위층 사람들과 계단에서 딱 마주쳤다. 한눈에 봐도 가난한 신혼부부였다. 그 순간 깨달았다. 주말 밤마다 삐걱거리는 소음이 바로 저 신혼부부의 낡은 침대 소리라는 것을. 사랑 앞에 무량한 응원자인 나는 그날로 생각을 고쳐먹었다. 싸우고 욕하는 소리도 아니고 사랑을 나누는 소리인데 내가 참자! 그러자 가끔 침대 소음이 들리지 않는 주말이면 오히려 살짝 걱정되기도 했다. 가난해도 알콩달콩 지켜가는 사랑이었으면 싶은 마음이었을 거다. 그 집에서 이사 나오던 날, 윗집 부부에게 뭔가 선물을 하고 싶었다. 그 무렵 가진 게 책밖에 없던 나는 그 집 우편함에 시집 한 권을 꽂아주고 왔다. 자크 프레베르의 시집이었다. 읽고 있으면 쿡쿡 웃음이 나는 다정한 시 몇 편을 그들에게 전하고 싶었던 것 같다. 〈그리고 신은〉이라는 제목의 시처럼. "그리고 신은 / 불시에 아담과 이브에게 나타나 / 이르되 / 부디 계속하라 / 나 때문에 방해받지 말고 / 마치 내가 존재하지 않는 듯이 행하라".

프리 키스

•

해마다 늦봄에서 초여름 사이에 열리는 퀴어 문화 축제를 열렬히 환영하는 내게 사람들은 묻고 싶을지도 모른다. 너의 성 정체성은 무엇인가. 나는 이성애, 동성애, 양성애, 무성애 등 개개인이 가진 모든 성 정체성에 대해 오픈마인드이며 일체의 편견이 없다. 누가 누구를 사랑하든 그게 대체 왜 문제란 말인가.

올해 퀴어 퍼레이드에 참가했던 친구가 들뜬 목소리로 전해준 메시지는 이랬다. "언니, 사랑이 이겼어요!" 하하, 그러엄, 사랑은 결국 이기지. 그녀가 내게 전해준 이야기의 전모는 이렇다. 퀴어 퍼레이드에서 한 게이 청년에게 확성기를 든 기독교도 아주머니가 시비를 걸었다. 회개 안 하면 지옥에 간다며 윽박지르는 아주머니의 맹렬한 저주의 말에 처음엔 소리 지르며 싸우던 게이 청년이 마지막으로 택한 행동은 그 아주머니를 포옹하고 키스를 퍼부은 것이었다. 오오! "그래서?"라고 나는 외쳐 물었다. "아주머니가 결국 너털웃음을 터뜨렸어요." 나는 말했다. "그 너털웃음이 언젠가 함박웃음이 될 때까지, 행진!"

끔찍한 건 타인에 대한 억압과 착취와 폭력이지 사랑과 포옹과 키스가 아니다. '동성애는 사랑이 아니라 끊어버려야 할 죄악이다'라는 피켓을 든 동성애 반대론자들 사이에서 게이 청년의 포옹과 키스 세례를 받은 그 아주머니가 부디 마음속 지옥 하나를 제거하셨기를 바란다. 어떤 사랑은 사랑하는 일만으로도 '진짜 죄악'에 항거하는 일이 된다.

넘어지면 하늘을 보자

●

쓰레기 분리수거장에서 아파트 관리실 경비 할아버지를 자주
본다. 분리수거함 정리가 소임 중 하나인 그분은 마주치는 주민들
에게 늘 "좋은 날 되셔요!"라고 인사를 한다. 약간 비음이 섞인 기
분 좋은 목소리다. 그분 때문에 나는 '되세요'와 '되셔요'의 우리
말 발음 차이에 골똘한 적이 있다. 의미는 마찬가지인데 '되셔요'
쪽이 더 정성스럽게 들리는 느낌이어서, 요즘 나도 종종 '되셔요'
를 쓰곤 한다. 며칠 전 그분이 종이 수거함 앞에서 작은 책자 하나
를 유심히 들여다보고 계셨다. 까슬하게 튼 할아버지의 맨손등 위
에 한낮의 흰 햇살이 어룽거렸다. 그때 문득 깨달았다. 할아버지
가 보고 있던 게 분리수거된 책자가 아니라는 걸. 할아버지는 코
팅된 책 표지에 반사된 햇빛이 자신의 손등 위에 어룽대는 무늬
를 물끄러미 보고 있었던 거다. 그러자 이상하게도 그 순간이 말
할 수 없이 아름답게 느껴지고 뜬금없이 내 머릿속에 조르조 아감
벤의 '예외상태'라는 말이 떠올랐다. 법의 효력이 정지되는 공백
상태, 법률적인 것과 정치적인 것의 경계에 존재하는 이 딱딱한
용어에 나는 돌연 '미학적 예외상태'라는 수식어를 붙여놓고 혼자
흥얼거렸다. 그래. 친구에게 편지를 쓰자. 샤워하며 콧노래를 부
르자. 운전을 하다 큰 소리로 웃어보자. 넘어지면 등을 대고 하늘
을 보자. 사소하지만 좋지 않은가. 의도하지 않았으나 미학적이라
고 할 어떤 모호한 일상의 예외상태를 자주 경험할수록 삶은 풍요
로워지는 것이다.

진짜 사랑은 본질적으로 진보적이다

•

좋아하는 것과 사랑하는 것은 다르다. 좋아하는 게 많을수록 삶은 풍성해지고 생활의 만족도가 높아질 가능성이 크다. 좋아하는 상태 자체로 그냥 행복할 수 있다. 그에 비해 사랑은 한 단계 더 나아가는 것이다. 사랑은 사랑하는 대상을 위해 뭔가 하고 싶어 한다. 자신의 존재가 사랑하는 대상에게 도움과 위로와 힘이 되길 원한다. 이것이 내가 아는 사랑이다. 그래서 사랑은 필연적으로 이타적이다. 좋아하는 것만으로도 삶은 충분히 즐거울 수 있는데, 인간은 그 이상을 원한다. 바로 이 지점, 별것 없는 인간이 가진 뜻밖의 위대한 속성이다. 사랑의 완성은 내가 사랑하는 존재에게 나를 주는 도정이다. 내가 가진 뭔가가 그를 위해 사용되고 그가 행복해지고 나와 더불어 꽃피길 바라는 상태다. 끌림과 매혹은 경험하고 나면 해갈되지만 사랑은 경험을 통해 더욱 높은 밀도로 성장하고 나아간다. 진짜 사랑은 본질적으로 진보적이다. 나를 해체할 각오로 너에게 다가가는 것이며, 자발적으로 서로를 해체해 재구성하는 일이기 때문이다. 사랑은 그런 변화를 두려워하지 않는다. 사랑받으려고 떼쓰지 말자. 잘 사랑하려고 노력하는 능동성이 진짜 기쁨에 가깝다. 주고받는 계산법으로 도달할 수 있는 관계는 결혼 정도가 될 것인데, 제도적 결혼은 사랑의 상태와는 범주가 다른 이야기다. 평생 도전하고 수준을 높여가기 위해 노력해야 할 영예로운 과업, 그게 사랑이다. 청춘이여, 호시탐탐 사랑하소서.

층간 소음 꽃으로 해결하기

●

　몇 해 전 이사한 아파트엔 '좀 사는' 사람들이 많았다. 엘리베이터에서 마주치는 이웃 대부분이 그런 분위기였다. 그런데 이사한 다음 날 위층이 아주 소란스러웠다. 부인의 악다구니에 남편의 목청이 고래고래 겹치고 뭔가 깨지는 소리마저 들려 심란한 아침을 맞으며 새집 신고식을 치렀다. 그 후로 사나흘에 한 번꼴로 비슷한 소란이 일었다. 부부 싸움 끝에 부인의 우는 소리까지 들리는 날이면, 온종일 우울했다. 간혹 엘리베이터에서 마주칠 때 하염없이 점잖아 보이는 노부부가 당사자들이라는 게 놀라울 뿐이었다. 그들은 아랫집 사람이 자신들로 인해 겪는 고통을 어렴풋하게라도 알고 있을까. 한 달가량 참던 나는 결국 결단을 내렸다. 어느 날 활짝 핀 국화 분을 사서 위층으로 올라갔다. "아래층에 이사 온 사람인데요. 이웃에 어른들이 계셔서 든든합니다. 이건 이사 떡도 못 돌리고 해서, 떡 대신 가져온 꽃이에요. 예뻐서 사 왔어요. 그럼……." 민원을 대신한 인사라고나 할까. 그날 이후 신기하게도 층간 소음이 아주 심하다 싶은 날은 사라졌다. 내 의도를 완벽하게 실현해준 건 꽃의 힘이라고 나는 지금도 믿고 있다. 세상에 짜증 내는 꽃은 없고, 나는 왜 피었을까 자책하며 불행해하는 꽃은 없다. 모든 사랑에도 피는 이유가 있고 지금 함께하고 있는 이유가 있을 것이다. 노부부에게 꽃이 통했다는 사실이 즐거웠지만, 그보다도 노부부의 시든 사랑이 꽃처럼 다시 피어나기를 바랐다.

최고 말고 최적

●

한 남자 고등학교의 강당에 들어서는데 이런 표어가 눈에 띄었다. "나라의 동량이 되자". 헉. 나는 멈칫하며 70~80년대 국민교육헌장을 외던 때가 떠올랐다. 물리적 시간은 한 세대 훌쩍 넘게 흘렀으나 '정말 그때로부터 얼마나 나아진 걸까' 싶은 순간들이 있다. 기둥과 들보를 아울러 이르는 말인 '동량'은 흔히 나라나 집안을 이끌어갈 젊은이를 비유하는 말로 쓰인다. 그날 나는 학생들과 이런 이야기를 나누었다. '나라를 위한 동량'이라든지 '최고가 되라'는 주문에 대해 '노!'라고 당당하게 말할 수 있으면 좋겠다. 성취할 가치가 있는 '최고의 상태'란 사회가 일률적으로 제시하는 피라미드의 최상층이 아니라, 개개인에 따라 모두 다른 '최적한 행복의 상태'여야 한다. 모두가 동량이 될 필요는 단연코 없다.

동학사 법회에서 노스님이 말했다. "여러분은 모두 열심히 공부해 큰 나무가 되어라. 큰 나무가 되면 법당의 대들보가 되느니라. 큰 그릇이 되어라. 큰 그릇이 되면 만 가지를 다 포용할 수 있느니라." 그런데 경허 선사가 우연히 그 자리에 들렀다가 이런 일갈을 한다. "큰 나무는 크게 쓰일 데가 있고 작은 나무는 작게 쓰일 데가 있다. 좋은 것은 좋은 대로 굽은 것은 굽은 대로 잘 사용하면 된다. 이것은 좋고 이것은 나쁘다는 개념으로부터 자유로워지라." 얘들아, 중요한 것은 '최적'의 상태를 찾아가는 것이다. 외부에서 주어진 최고가 아니라 내가 정하는 최적 말이다.

멍 때리기의 즐거움

●

　얼마 전 '제1회 멍 때리기 대회'가 있었다는 소식을 들었다. 나이, 성별, 직업 불문, 그냥 멍하니 오래 앉아 있는 것이 우승의 조건. 아유, 멍 때리기라면 나도 자신 있는데! 가장 오랜 시간 멍 때리며 안정적인 심박수를 유지한 우승자는 아홉 살 소녀였다. 이 소녀는 '멍'을 이렇게 정의했다. "아무런 생각을 하지 않고, 에너지를 사용하지 않고, 그냥 그대로 있으면 되는 게 멍이에요." 오, 이것은 무념무상이다! 복잡다단한 삶을 살며 일상의 스트레스에 지쳐가는 사람들이 요가, 명상 등을 통해 경험하고자 하는 게 바로 '멍' 아닌가. 에너지를 쓰지 않는 순간은 에너지를 비축하는 순간이기도 하다.

　아이가 자주 멍 때리는 게 단점이라는 선생님의 말을 듣고 멍 때리기 대회에 내보내게 되었다는 소녀의 어머니. 이 대회에서 소녀의 단점이 장점으로 바뀔 수 있지 않을까 생각했단다. 아하, 나는 고개를 끄덕인다. 흔히 하는 방식대로 아이를 야단쳐 훈육하려 하지 않고, 단점을 장점으로 전환할 방법을 찾은 어머니의 역발상이 지혜롭다.

　나는 우리의 교육이 1등에게 상을 잘 주는 것보다 꼴찌에게 격려를 잘 주는 시스템을 가져야 한다고 생각하지만, 이보다 더 좋은 것은 꼴찌가 없는 세상이다. 인생을 등수 매길 수 없는 것처럼, 아이들은 저마다 다른 능력을 가지고 태어날 뿐이다. 저마다 다른 능력을 가진 '능력자'들의 능력을 발견하고 꽃피게 돕는 것이 교육 아닌가.

풀잎 창 닦기

●

세월호를 겪은 올해 봄 결심한 것이 중고등학교에서 오라고 하면 가능한 한 간다는 거였다. 어느 날 일기장에 이렇게 적었기 때문이다. "기운을 차릴 것. 기억할 것. 증언할 것. 눈앞의 아이들을 위해 작은 풀잎 창이라도 매일 닦을 것." 지금 이 순간 맘껏 행복해야 한다는 이야기를 나누러 학교에 갈 때마다 아이들 웃음소리가 갈피갈피 귀했다. 그러면서 깨달았다. 마흔이 넘자 어느새 나는 교과서에 나오는 시인이 되어 있고, 교과서에 실린 문학작품이란 거의 언제나 아이들의 행복과 무관하다는 것을. 모의 수능에 출제된 적 있다는 내 시에 대해 아이들이 심각하게 질문해올 때, 무안하고 미안했다. 시를 통해 가슴의 소리를 듣기는커녕 어느새 시가 아이들 머리나 아프게 하는 것은 아닌지. 올해는 유독 수능 논란이 많았다. 시험 내용도 그렇지만 학벌 사회 서열화의 관문인 이런 시험 시스템 자체가 해체되어야 이 땅의 청소년들이 '행복한 학교'를 누릴 수 있다. 점진적 변화의 모색 측면에서 문학 시험만큼은 수능 시험에서 빼면 어떨까. '문학'을 어떻게 시험 볼 수 있나. 한 걸음 더 나아가 말한다면, '문학 교과서' 자체가 불필요한 것이다. 문학 시간에는 청소년들이 시집과 소설책을 '책 자체'로 만나야 한다. 최상의 문학 시간은 문학작품들이 가득 채워진 학교 도서관에 아이들을 풀어놓는 것이다. 그러면 시인과 소설가도 살고 아이들도 산다. 문제 풀이의 압박 없이 문학작품 안에서 놀 수 있을 때 10대의 감수성은 긴 인생을 살아갈 감정의 근육들을 단련할 것이다.

모든 소리들이

흘러 들어간 뒤에

비로소 생겨난

저 고요

저토록 시끄러운,

저토록 단단한

사랑할 시간도 모자라다

•

2014년 11월 '서울시민 인권헌장' 공청회 현장은 아수라장이었다. 성소수자 혐오자들이 행사 진행 방해는 물론 인권활동가들을 모욕하며 폭력까지 행사했다. '서울시민 인권헌장'은 시민들이 누려야 할 보편적 인권과 서울시의 책무를 구체화하는 헌장인데, 초안에 '성소수자 차별 금지' 조항이 들어가 있었다. 그 때문에 보수 기독교 단체를 비롯한 동성애 반대 단체들이 반발해왔다. '인권중심 사람' 모임에서 '서울시 시민인권보호관 제도 평가 토론회'가 열린 날 역시 성소수자 혐오자들이 행사를 방해할 거라는 제보에 급히 모인 60여 명의 인권활동가들과 지역 주민들이 행사장을 지켜야 했다. 인권활동가들의 슬로건은 이러했다. "인권중심 사람에 혐오가 발 디딜 공간은 없습니다." 어떤 소수자도 혐오의 대상이 되어서는 안 된다는 이런 상식이 여전히 이토록 격렬한 반대에 부딪히는 이유는 편견과 무지 때문이다. 갈대 구멍에 눈을 대고 자기가 보는 하늘만이 하늘이라 주장하는 사람들, 그들이 매일 부르는 하느님이 저 무지몽매한 갈대 구멍을 좀 걷어치워주셨으면! 제발 있는 그대로의 하늘을 보자. 편견으로 구획되지 않은 광활한 자유의 탁 트인 하늘을 보고, 느끼고, 숨 쉬자. 사랑할 시간도 모자라는 판에 혐오로 낭비하는 인생이란 얼마나 불행한가. '인권재단 사람'이 첫걸음을 뗀 지 10년이 넘었다. 사회적 약자, 소수자와 함께 인권의 지평을 넓혀온 아름다운 사람들을 응원해주시길.

다른 누구도 아닌 바로 이 사람

•

지하철에서 좋아 죽는 커플을 봤다. 한 손으론 책을 안고 다른 손으론 서로의 손을 꼭 잡은 채 바라보고 말하고 끄덕이고 응응…… 꽁냥꽁냥……. 두 사람 눈에서 하트가 뚝뚝 떨어진다. 예뻐서 한참 봤다. 마침 그들이 서 있는 지하철 내부 벽엔 성형외과 광고가 붙어 있다. 마치 모든 여자는 외모를 뜯어고쳐야 당당한 자신이 되고 연애에 성공한다는 식의 낯 뜨거운 문장들로 도배되어 있다. 이 도시엔 강박증에 걸린 외모지상주의가 넘쳐난다. 그러나 '다른 누구도 아닌 바로 나 자신'이 되기 위해 가꾸어야 할 많은 것 중 외모는 일부일 뿐이다. 우린 알고 있지 않은가. 외모가 잘나야 연애를 하는 게 아니다. 콩깍지 씌듯 마음에 뭔가 씌어 '다른 누구도 아닌 바로 이 사람'을 향해 마음이 질주하는 게 사랑에 빠진 상태다. 외모는 '바로 이 사람'을 이루는 많은 요소 중 하나일 뿐. 물론 외모가 가장 강력한 매력이어도 좋지만, 불행히도 외모는 시간과 함께 가장 빨리 쇠락한다. 자기가 가진 가장 큰 매력이 젊음과 외모라고 생각하는 사람은 평생 불안할 수밖에 없다. 사람이 늙는 것은 당연하고 미모는 필연적으로 쇠잔해지는 것이므로. 집착은 부자유를 낳고 부자유는 불행감과 연결된다. 사람은 그 자체로 충분히 아름답다. 보통의 외모에서도 '오직 그 사람'의 것인 빛나는 아름다움을 발견해낼 수 있는 사람만이 좋은 사랑을 할 수 있다. 사랑에 빠진 평범한 외모의 커플이 별보다 예쁘게 반짝거린다.

선한 분노의 힘

•

젊은 영화감독 박성미 씨가 희망버스를 경험한 뒤 조곤조곤 풀어 쓴 책《선한 분노》를 읽었다. 20~30대 청년들의 '새로운 삶의 가능성'에 목마른 여기, 이런 이야기가 너무나 반갑고 고맙다. 소풍 바구니처럼 책을 들고 가까운 카페까지 걸어가는 동안 '사람들아, 여기 이런 책이 있다!'고 자랑하고 싶은 기분. 테라스 테이블 위에 제목이 잘 보이게 책을 올려놓고 햇빛 바라기를 했다. 4월의 햇살과 바람 속에 먹먹하지만 해맑은 '선한 분노'. 커피를 가져다준 카페 주인의 시선이 책에 머물고, 나는 책을 열어 목차를 보여주었다. 내가 가끔 마음에 드는 신간을 들고 자발적 홍보대사 포즈로 책을 읽다 오는 그 카페의 주인은 4월 내내 노랑 리본 브로치를 가슴에 달고 있다. 보일 듯 말 듯 일상에서도 연결된 선한 분노의 힘, 그것의 바탕은 사랑. "우리 모두가 연결되어 있다는 걸아는 게 사랑"이라고, "사랑을 돈의 위로 올려놓는 것이 혁명"이라고, 돈 때문에 자존감 잃어가는 동 세대 청년들에게 '친구야, 우리 용기 좀 내보자'라며 팔짱 껴오는 살가움에 빙그레 미소가 절로 나온다. '함께 살자'고, 사랑하며 재미지게 함께 살아보자고 재잘거리는 이 발랄한 선동이 바로 '다른 삶'의 가능성이다. 이타적인 경험을 통해 스스로 더욱 당차고 깊고 발랄해진 이런 이야기들이 세상에 점점 많아질 때, 우리 사회는 조금씩 변할 것이다. 우리 모두가 변해야 세상이 변한다. 포기할 수 없는 '꿈과 사랑의 감각'을 더 많이 더 자주 이야기하자.

하나의 유랑이 끝나고 또 다른 유랑이 시작되었다

•

마무드 다르위시가 죽었다. 2008년 8월이었다. 그날 나는 일기장을 펼치고 이렇게 썼다. "마무드 다르위시, 그가 죽었다. 하나의 유랑이 끝나고 또 다른 유랑이 시작되었다."

다르위시의 부음 앞에서 나는 오래 머뭇거렸다. 그는 아무래도 세상에 다시 와야 할 것이다. 그때, 그는 어디로 올까. 설마 다시 이스라엘 점령하의 팔레스타인? 오, 이런! 탄식과 착잡함이 나를 흔들었다. 세상에 던져지는 개인의 역사와 운명에 대해 무슨 말을 더하랴.

"8월에 그는 돌아갔다. 6월에 다시 오기 위하여"라고 다시 일기장에 썼다. 의미를 알 수 없는 말이었다. 그냥, 그렇게 썼다. 그의 사망을 전하는 외신 기사에 첨부된 몇 장의 사진에서 운구 헬리콥터 주변에 가득 모인 팔레스타인 사람들이 그를 향해 'V'를 그리고 있었다. 운구되는 그의 시신을 향해 손으로 'V'를 그려 보이는 팔레스타인 소녀도 보였다. 그들은 한사코 'V'를 만들었다. 아, 저들은 다르위시의 마음으로 다르위시를 보내고 있구나! "시는 자유를 향한 거대한 광기입니다. 아무리 삶이 칠흑같이 어둡더라도 그 안에서 빛을 찾고 희망을 만드는 게 시인의 사명입니다"라고 말하던 그. "우리에게는 희망이라는 불치의 병이 있습니다"라고 말하던 그의 방식으로 그를 보내는 팔레스타인 사람들을 보았다.

아직 아프지만, 그래도 당신은 외롭지 않다……. 나는 그에게 속삭여주었다. 그 밤에 오랫동안 하늘을 보았고, 별똥별을 찾았지만, 별을 볼 수는 없었다. 5월부터 내내 작업실 베란다에 켜놓았던 촛불 옆에 초 하나를 더 밝힌 밤이었다. 삼일장(三日葬). 내 식대로! 사흘 동안 켜둔 다르위시를 위한 촛불은 사흘 후 바닥에 심지만 남기고 납작하게 접시에 달라붙었다.

유랑, 저항, 투옥, 유랑, 저항, 투옥……. 그리고 나이 든 다르위시는 고백한다. "한때 시가 세상을 바꿀 수 있다고 믿었다. 역사를 바꾸고, 더 인간적인 세상을 만들 수 있다고……. 하지만 이제는 안다. 시가 바꿀 수 있는 건 고작해야 시인 자신뿐이란 것을." 아프지만 수긍한다. 열렬히 싸워온 자의 고백이므로 수긍한다. 그리고 조금 덧붙인다.

시가 바꿀 수 있는 것이 시인 자신이라는 것은 놀랍지 않은가. 그리고 비록 소수일지라도 몇몇 사람이 여전히 시를 통해 자신을 지켜간다는 것은 더더욱 놀랍지 않은가. 한때 우리는 시를 향해 전위를 운운했다. 나는 요즘 생각한다. 혁명보다 혁명 이후를 지키는 것이 시의 정신이라고. 어떤 혁명도 혁명 그 자체로 완성되지 않는다. 혁명은 영원히 미완이다. 혁명이 완성형이라고 생각하는 순간 부패는 시작되고, 조직이 만들어지는 그 순간 타락의 가능성이 내포된다. 그때 타락의 속도를 조절하는 것은 내부의 자기 성찰력뿐이다. 시는 혁명을 만들지 못한다. 그러나 시는 혁명 이후 혁명의 마음을 지킨다. 시는 조직을 만들지 못한다. 그러나 시는 최초의 조직의 순수를 향해 깨어 있을 수 있다. 불안한 후위에서 시는 아주 느리게 개인의 역사에 작용한다. 불안한 후위, 그것이 시가 여전히 '춤추는 별'인 이유가 아닐는지.

'맨 처음 사람'이 많아진다면

•

라틴아메리카의 시인들은 영미 시인들과는 달리 우리와 기질이 많이 닮았다. 제국주의 식민 지배를 받은 적 있는 역사 때문일까. 응어리진 뜨거운 심장의 소리, 세찬 혈류, 맨얼굴과 맨손의 진정성 같은 게 있다. "인간은 슬퍼하고 기침하는 존재"라고 썼던 페루 시인 세사르 바예호도 고통 앞에 선 인간의 맨얼굴을 보여주는 시인이다. 고통을 뜨겁게 끌어안는 자의 당당한 품위와 가슴 버리는 서글픔이 자욱하다. '대중'이라는 부제가 붙어 있는 바예호의 유고 시편 12번을 생각하는 아침이다. "전투가 끝나고 한 사람이 죽은 전사에게 다가왔다 / 죽지 마! 내가 너를 얼마나 좋아하는데! / 그러나 죽은 이는 그냥 죽어간다". 이렇게 시작하는 시다. 다음엔 두 사람이 와서 "힘을 내! 다시 살아나!" 말하고 그 뒤로 백, 천, 오십만의 사람이 오고 수백만 명이 모여 죽지 말라고 절규해도 "죽은 이는 그냥 죽어간다". 이 시의 마지막 연은 이렇다. "그러자 전 세계 만민이 몰려와 그를 에워쌌다 / 슬픈 시신은 감동이 되어 그들을 보았다 / 그리고 천천히 일어나 / 맨 처음에 온 사람을 껴안았다. 그리고 걸어갔다."

맨 처음 그에게 '죽지 마! 살자!'라고 가슴으로 절규한 사람. 진심 어린 가슴의 말을 할 수 있는 '맨 처음 사람'이 많아지는 것이 희망의 단초일 거라는 생각이 지나간다. 그런 첫 사람이 많으면 고통과 죽음의 시간을 가능한 한 줄일 수 있지 않을까. 슬퍼하고 기침하면서도 우리는 살아가야 하니까.

그대가 밀어 올린

꽃줄기 끝에서

그대가 피는 것인데

왜 내가 이다지도

떨리는지

세상에 대해 무지하면 상처가 많아진다

●

자신이 원하는 대로 살고자 노력하는 것은 중요하다. 그런데 언제나 내가 원하는 대로 살 수 있다고 당연히 믿는다면 그것은 흔히 불행의 시작이 된다. 서점에 흔한 자기계발서들이 무례하고도 부주의하게 설파하는 긍정론의 치명적 독성이 여기 있다. 세상이 내가 원하는 대로 될 수 있다고 믿게 하는 유아론은 개인에게 치명적인 상처를 입히기 쉽다. 상처 입을 수 있다고 생각하고 링 위에 올라가는 권투 선수와 상처 입지 않을 거라고 생각하며 링 위에 올라가는 권투 선수를 상상해보라. 삶도 그러하다. 기대를 배반하는 상처의 반복은 불행을 심화시킨다. 지속적인 불행감에 노출되다 보면 행복에의 감각 자체가 둔화할 수도 있다. '할 수 있다, 될 수 있다'류의 '의지 맹신'은 스스로에 대한 가혹함을 요구하기 쉬운데 행복은 극기 훈련하듯 오는 게 아니다. 세계의 실상을 보는 것부터가 출발이다. 세계는 동화 속 장밋빛이 아니고 내가 원하는 대로 살기란 정말 힘든 일이다. 세상이 내게 호의적이지 않다는 것을 알지만 '그럼에도 불구하고' 내가 원하는 대로 살고자 최선을 다해 노력하는 것. 이것이야말로 자기 혁명의 씨앗이다. 세상에 대해 무지하면 상처가 많아진다. 세상에 대한 무조건적 긍정론보다는 세상을 파악할 수 있는 능력을 길러야 한다. 돌아가는 판을 읽을 수 있어야 상처를 최소화할 수 있다. 이런 지혜를 얻기 위해서 인간은 삶의 모든 단계에서 공부하고자 하는 것일 테다. '잘' 살아 있기 위해, 공부를 계속하자.

내가 옮길 한 방울에 최선을 다하는 게 낫다

•

너무 '바른생활' 이야기 같긴 하지만 그래도 이런 이야기는 여전히 힘이 있다. "숲이 타고 있었다. 숲에 사는 동물들은 앞다투어 도망가기 바빴다. 그런데 작은 벌새 크리킨디는 혼자서 물을 한 모금씩 물어다 불을 끄느라 왔다 갔다 하며 땀을 흘리고 있었다. 도망가는 동물들이 크리킨디를 힐끔거리며 한마디씩 했다. 저런다고 별수 있겠어? 이 숲은 이미 가망이 없어. 벌새를 비웃으며 다들 숲을 떠나갔지만, 부리에 물을 문 채 부지런히 작은 날개를 파닥이며 크리킨디는 마음으로 외쳐 말한다. 나는 내가 할 수 있는 일을 할 뿐!" 남미 안데스가 유래인 크리킨디 이야기가 우리에게 전해진 여러 경로 중 하나는 피에르 라비. 그가 중심이 되어 2007년에 만든 생태협동조합 '콜리브리(Colibris)'는 여전히 왕성한 활동을 하고 있다. '벌새'라는 뜻의 콜리브리 철학은 소박하다. "각자 자기가 선 자리에서 내가 할 수 있는 일을 하자. 이 한 사람이 여러 사람이 되면 세상은 비로소 바뀔 수 있다." 언제까지나 농부로 불리고 싶어 하는 생명농업학자이자 철학자인 피에르 라비, 자급자족하는 그의 '자발적 소박함'의 이야기들은 접하는 것만으로도 치유가 일어나는 힘이 있다. 소로, 에머슨, 니어링 부부 등의 계보가 지닌 건강함이다. 콜리브리 철학이 너무 모범적인 것 같아 어쩐지 오글거린다고? 세상의 변화란 그렇게 자그마한 관계에 최선을 다하는 태도로부터 비롯해온 것 아닐까. 한탄하며 기운을 고갈시키느니 내가 옮길 한 방울에 최선을 다하는 게 낫다.

덕분에 삽니다

•

청춘 시절에 "덕분에요"라는 말은 내 사전에 없었다. 노력해 좋은 결과를 얻으면 내가 잘한 거지 웬 덕분? 독립적이고 자유로운 삶의 추구와 '덕분에요'의 자세는 전혀 어울리지 않아 보였다.

20대 초반을 통과할 땐 심지어 세상에 태어난 게 그다지 고맙지도 않았으니, '덕분'이란 말이 실감 날 수 없었다. 세상에 대한 희망을 품기도 어렵고 타고난 피 탓에 냉소도 어렵던 20대 중반을 지나자 내가 얼마나 '남의 덕'으로 사는지 보이기 시작했다. 한때 완전한 자급자족의 삶을 꿈꾸기도 했으나 이번 생엔 힘 부치는 일이란 걸 수긍하고 나자 더욱 그랬다. 나는 나 아닌 존재들 덕분에 살고 있었던 거다. 몸이 유지되지 않으면 마음이고 영혼이고 정신이고 옴짝할 수가 없다. 몸을 유지하는 의식주 생활 어느 것도 다른 사람의 도움 없이는 불가능하다. 한 사람이 하루의 일상을 유지하는 데 보이거나 보이지 않는 얼마나 많은 손에 빚을 지며 사는지! 게다가 이젠 중국, 동남아, 남미 노동자들의 지구적인 수고까지 끼치며 살 수밖에 없는 시절이 되었다. 흔히 '나누는 삶'을 '베푸는 삶'이라 생각하지만, 순정하게 베풀 수 있는 존재란 성인들에게나 가능하지 싶다. 보통 사람인 나는 다른 이들 덕분에 조금이라도 행복할 수 있음을 잊지 않으려 노력할 뿐. 과도한 빚쟁이로 살지만 않으면 된다. 돌아가야 할 때 자유롭고 경쾌하게 최대한 가볍게 떠날 수 있기 위해 말이다. 덕분에 살고 있으니 부지런히 나누자, 다짐하는 새해다.

아버지는 정말 보수인 걸까

•

　사회적으로 민감한 사안이 발생하면 고향의 아버지께 전화를 걸곤 한다. 아버지는 교직에서 퇴임한 후 지방 향교에 몸담은 유림이고, 보수적 성향이 다분한 분이다. 함께 텔레비전 뉴스를 볼 때면 비슷한 견해 40퍼센트, 다른 입장이지만 이해 가능한 부분 50퍼센트, 의견 조율이 불가능해 보이는 대목이 10퍼센트쯤 드러난다. 20대엔 도저히 견해 차를 좁힐 수 없을 것 같던 지점들에서 아버지도 나도 조금씩 변했다. 나는 '적절한 보수성'의 긍정적인 면을 이해하려 노력하고, 아버지는 딸이 가진 급진적 성향의 필요에 대해 인정한다. 아버지로서는 지켜야 할 가치를 지키되 '고인 물은 썩는다'는 성인들의 지혜를 인정하기 때문이다. 요컨대, 변화가 생명의 필연이라는 것을 서로 알게 된 탓이다.

　아버지께 촛불집회에 대해 물은 적이 있다. 국민의 뜻을 전하게 된 좋은 계기라고 선선히 평하신다. 촛불집회의 배후에 친북좌파 세력이 있다고 말하는 보수도 있다고 말씀드리자, 지금이 어느 세상인데! 무릇 사람은 평생 공부가 필요하고 공부가 게으르면 과거의 말만 하게 된다고 하신다. 그들 중엔 작가라는 사람도 있던데 너도 그 작가를 아느냐고 물으신다. 현직 작가라고 할 수 있을지 어떨지, 2000년대에 접어들며 그가 내놓는 소설이란 게 정치적 처세술 수준의 책이어서 문학작품이라고 할 수 있을지 잘 모르겠다고 말씀드렸다. 아버지의 한 말씀. 작가 정신이 없다면 작가가 아니구먼! 전화를 끊으며 잠시 헷갈렸다. 내가 보수라고 생각한 아버지는 정말 보수인 걸까.

날마다 혁명이 없다면 마침내 늙은 것이다

●

나는 원래 장기적인 계획을 세우고 사는 사람이 아니라서 누가 인생의 목표 같은 걸 물으면 당혹스럽다. 그래도 굳이 뭔가 말해야 한다면, 최선을 다해 행복하기? 마음을 다해 사랑하기? 후회 없을 만큼 자유롭기? 올해가 지상에서의 마지막 해인 듯, 이달이 마지막 달인 듯, 이번 주가 마지막 주인 듯 아끼고 사랑하며 사는 수밖에. 그런데도 또다시 누군가 인생의 목표를 물으면 요즘은 이런 대답을 한다. '잘 늙어가는 것에 도전하기'라고. 생물학적으론 어른인데 정신적으론 유아 상태로 퇴행하는 사람이 되기는 싫다. 젊어서 '괜찮았던' 사람들이 늙어서 형편없어지는 걸 보면 슬프다. 나는 스스로 그것을 염려한다. 막연하게 생각한 '늙음'은 냉혹한 자기 갱신을 끊임없이 병행하지 않으면 금방 무너져 내린다. 그러니 '아름답게 늙기'는 인간으로 태어나 도전해볼 만한 진짜 멋진 일 아닌가.

젊음은 꿈과 이상, 자유에의 갈망, 도전 의식 등을 비교적 쉽게 가진다. 육체와 정신이 싱싱하게 균형을 이루기 좋은 조건 탓이다. 늙음은 그와 같지 않다. '내가 한때는', '내가 해봐서 아는데' 식으로 고착된 회고론은 타인의 말을 들으려 하지 않는 고집불통의 보수화 경향으로 나타나기 쉽다. 육체를 닦고 매만지듯이 정신을 돌봐야 한다. 일찍 늙어버린 정신은 육체의 빛을 쉬이 꺼뜨리지만, 정신이 젊은 한 생동감의 빛은 꺼지지 않는다. 결국은 혁명이다. 날마다의 혁명이 없다면 마침내 늙은 것이다.

값 중에 제일 무서운 나잇값

•

세상의 모든 것은 값을 치러야 한다. 이것은 단지 화폐 지불의 문제가 아니다. 값 중에 제일 무서운 게 나잇값이다. 세월호의 비극으로부터 일깨워야 하는 많은 것 중에 '어른'도 있다. 나이 먹어도 철들지 못하는 미성숙한 인격들이 권력을 가질 때 사회가 얼마나 위험해지는지를 자각하게 된 계기였다.

미성숙과 청춘의 마음을 혼동해선 안 된다. 청춘의 마음을 지닌다는 것은 자신의 목소리를 찾아가는 모험 정신을 간직한다는 것이지, 자기중심적 유아론에 갇혀 철딱서니 없이 살라는 게 아니다. 불과 100여 년 전만 해도 노인은 생활의 지혜를 두루 구현한 '어른 사람'이었다. 그러나 자본의 욕망에 잠식당한 사회에서 노인은 바닥으로 밀려난 소외자들이다. 노인 문제는 단지 평균수명의 문제가 아니다. '젊음'에 대한 과도한 집착과 '늙음'에 대한 멸시를 동시 진행하는 자본주의 생산 소비 시스템은 생산성과 구매력이 떨어지는 노인을 속히 폐기처분 해야 할 무용지물로 취급한다. 극우 보수단체의 끔찍한 노인들이 양산되는 이유는 단지 일당벌이의 경제적 종속만이 아니라, 폐기처분 된 자들이 느끼는 외로움과 소외의 공포도 한몫하는 것일 테다. 그들을 볼 때 나는 우리 사회에 꼭 필요한 것 중 하나가 '노인운동'이란 생각이 든다.

늙어가는 육체는 보수화된다. 의식은 존재에 종속되기 쉽다. 누구에게나 무사유한 보수 우경화의 지경이 순식간에 닥칠 수 있다. 나잇값하고 살기 위해, 날마다 정성스럽게 자신을 깨우자.

광장에서 〈구지가〉를 생각하다

•

옛 시가들은 최신 노래로 되살아나기도 한다. 〈하여가〉와 〈공무도하가〉가 그랬다. 고조선 시가 〈공무도하가〉는 이상은에 이르러 독보적인 아름다움과 슬픔을 내뿜었다. "님아 내 님아 물을 건너가지 마오, 님아 내 님아 그예 물을 건너시네"라고 그녀가 노래할 때의 전율이 오롯하다. '서태지와 아이들'의 〈하여가〉는 이방원의 시조보다 일취월장이다. "네가 날 사랑하든 안 하든 고통이 있더라도 상관없어. 이런들 저런들 어쩌겠어. 내가 나를 던졌다는 것, 그게 중요해"라고 노래하잖나.

광장에서 문득 〈구지가〉를 떠올렸다. 1990년대엔 〈하여가〉와 〈공무도하가〉였으니 지금의 우리는 〈구지가〉를 부르면 어떨까? 〈구지가〉를 노래로 만들 뮤지션 어디 없나? 가락국 시조 수로왕의 강림 신화가 곁들여진 〈구지가〉는 국어 교과서 수록작이라 첫 구절만 들어도 너나없이 알 만한 시가이다. "구하구하 수기현야 약불현야 번작이끽야(龜何龜何 首其現也 若不現也 燔灼而喫也)"니라. "거북아 거북아 머리를 내놓아라, 만약 내놓지 않으면 구워 먹으리!", '머리를 내밀어주세요'가 아니다. '이제 정체를 보여라'이다. '제대로 된 응답을 내놓지 않는다면 구워 먹어버리겠다!'라고 민중이 강력히 요구하고 기어코 답을 얻는 노래다. 옛사람들이 그랬듯이 손에 손을 잡고 깃발을 흔들며 원과 분과 슬픔을 풀어내 춤추고 노래하면서 끝까지 가보자. 억울한 죽음의 온전한 해원, 그것을 막는 자들은 '번작이끽' 해버리겠다!

봄동 봄똥

●

봄이 시작되는 입춘이다. "입춘 추위는 꿔다 해도 한다"는 옛말이 있지만, 올해는 매운 추위 없이 사뿐히 지나갔으면 싶다. 겨우내 추운 사람들이 너무 많았잖은가. 이런저런 사람살이 속내를 생각하다 문득 봄동에 입맛이 쏠려 시장으로 향한다. 아직 추운 날씨인데 할머니들이 재래시장 좌판에서 도란도란한다. 단돈 2000원에 봄동 한 바구니가 실하게 담긴다. 한데서 겨울을 보낸 배추인 봄동을 울 엄마는 봄똥이라 부른다. 나도 봄똥이라 부른다. 봄을 동하게 하는 봄동은 봄똥이라 불러야 제맛! 추운 겨울을 견디느라 결구를 맺지 못한 봄동을 물에 씻고 손질하다 보면 결구를 맺지 못한 게 아니라 맺지 않은 거라는 생각이 든다. 이파리를 씻으며 만져지는 촉감에서 이 배추가 겨우내 퍽 자유를 즐겼다는 느낌이 드는 탓이다. 질기고 푸르른 억센 야성이 고스란하다. 배추란 게 사람 먹자고 기르는 푸성귀라고 생각하지만, 본래 사람 먹으라고 길러지는 운명 같은 건 없다는 듯이, 식물 특유의 거칠고질긴 생명력이 고스란히 느껴진다. 결구를 맺으며 자라는 일반 포기 배추가 정착민의 느낌이라면 봄동은 유목민 같다. 스스로 자기 몸에 저축한 야성의 에너지로 당차고 분방하다. 자기 자라고 싶은 대로 맘껏 잎을 퍼뜨린 채 눈도 비도 서리도 맞으면서, 일견 시련이라 할 그 조건들을 마치 즐기기라도 하듯이, 겨우내 더욱 푸르러진 자유! 이름도 어여쁜 봄동, 봄똥. 그 단맛, 고소함, 질김, 거침이 겨우내 쇠잔해진 내게는 두부 약이다.

붉은 피

•

식물들의 피 색깔은 다양하다. 민들레 줄기를 꺾으면 흰 피가 나오고, 애기똥풀 줄기를 꺾으면 노란 피가 나온다. 한련초를 꺾으면 검은 피가 나온다. 인간은 식물처럼 다양한 피 색깔로 진화하지 못했다. 핏빛을 '따로 또 같이' 다채롭게 분화시키기엔 포유동물 세계의 적자생존 분투기가 고단하고 치열했으리라. 생존해야 한다는 집념과 고독, 생존 너머의 삶의 품격을 꿈꾸는 자유에의 갈망이 인간의 붉은 피 속에 이글거린다. 뜨겁고 불온한 붉은 피.

고대 로마에서는 귀족들이 뻑적지근한 연회의 마지막에 은그릇을 테베레 강에 던져버리는 퍼포먼스를 했다고 한다. 더 많은 은그릇을 던질 수 있는 자가 더 부자라는 증명이었다. 귀족과 은그릇은 계급과 부를 나타내는 오래된 단짝 조합. 중세 유럽의 왕족과 귀족들을 '푸른 피(blue blood)'라 부르게 된 데에는 늘 은그릇에 식사해온 그들의 피부가 희푸르게 침염된 탓도 있을 터. 햇볕에 그을리며 힘든 노동을 할 일 없는 창백한 백색 피부에 도드라진 푸른 혈관, 거기에 백인 순혈주의까지 더해진 푸른 피의 계급은 자기들 식의 '고귀'를 오랜 세월 포장했다.

귀족을 선망하면서 타락하지 않기란 부자가 천국에 들어가는 것만큼이나 어려운 일이다. 창백한 푸른 피의 가면을 집어던질 것. 그 누구랄 것 없이 인간은 똑같이 붉은 피를 가졌다. 개개인의 고유하고도 평등한 생명의 힘을 찾아 모험을 떠나자. 바람이 불어온다.

일상에 단단히 발을 붙인 로드리게즈들

•

'도저히 올 것 같지 않던' 봄이 고맙게도 '기필코' 와주었다. 눈 알만 한 잔 하나를 들고 꽃나무 아래로 찾아들어야 하는 새봄. 영화 〈26년〉의 Mr. 전 대사가 떨어진 꽃잎들 위로 쿠당탕, "요즘 젊은 친구들이 나한테 감정이 별로 안 좋은가 봐. 나한테 당해보지도 않고!" 에고, 나, 지금, 숨쉬기 답답한 게 맞다. 직접 당해보지 않아도 한국의 70~80년대가 어땠는지 알고 있으므로. 그래도 오늘은 가볍게 말해보련다. "슈가맨, 어서 와줘, 이 풍경은 지겨워. 눈에 가로등 빛을 받은 아이야, 더 나은 걸 찾아 나갈 준비를 하려무나!" 지난겨울을 건디며 내가 본 영화 중 '진짜 봄'을 꿈꾸게 한 가장 아름다운 영화는 〈서칭 포 슈가맨〉이었다. 자기 삶을 사랑하는 사람의 따뜻한 목소리……. 충격적인 방법으로 자살한 가수로 알려졌던 로드리게즈, 그는 평생 성실하게 노동자로 살았다. 오물 푸는 일을 하면서도 일상의 품격을 챙길 줄 안 그는 자기 일을 중요한 제의처럼 생각했고 날마다 최선을 다했다. 주변에 널린 흔하고 비루한 것을 빛나는 존재로 탈바꿈시키는 일상의 혁명을 도모하면서. 그는 '돈과 명예'를 성공이라 생각하는 관점에서는 실패한 사람이지만, 삶의 아름다움을 성실하게 깨어 누린 '진짜 성공'을 안 사람이었다. 나는 꽃나무 아래에서 중얼거린다. 슈가맨을 찾을래. 평범한 보통 사람들의 소소한 일상의 희로애락, 그 속의 위대함을 경청할래. 저 오래된 구닥다리 영웅들이 지겨워. 저 화려한 '성공 멘토들'도 지겨워. 나는 나의 행복을 찾을 테야. 슈가맨, 어서 와. 우리 함께 '진짜 성공'을 이야기하자고.

함께임을 잊지 않는 한, 괜찮아!

●

　'멘붕 탈출법'을 알려달라는 지인들에게 퉁명스럽게 답하곤 했다. "멘붕 올 시간이 어딨니? 도처에 벼랑이다. 벼랑 끝에 몰려 있는 사람들에게 멘붕 따윈 사치라고." 그렇게 질러놓고는 혼자서 시무룩해져 있을 때가 종종 있었다. 그 무렵 영화 〈레미제라블〉을 봤다. 앤 해서웨이가 부른 판틴의 주제가 〈I dreamed a dream〉을 듣다가 결국 펑펑 울었다. 그날따라 무방비하게도 내 가방 속에는 손수건도 휴지도 없어서 옷소매가 눈물 콧물로 빤질빤질해졌다. 극장에서 돌아와 퉁퉁 부은 눈으로 유튜브를 검색했다. 〈브리튼스 갓 탤런트〉에서 수잔 보일이 부른 〈I dreamed a dream〉을 듣고 싶었기 때문이다. 내가 기억하는 수잔 보일의 영상은 따뜻한 강인함과 희망의 느낌이 확실한 것이었기에 나는 위로를 받고 싶었을 것이다. 그런데 또 울고 말았다. 어릴 적부터 가수가 되고 싶었다는 그녀에게, 근데 왜 여태 가수가 되지 못했느냐고 심사위원이 다소 삐딱하게 물었을 때, 그녀는 담담하게 대답했다. "기회를 얻지 못했어요." 오래전 그녀의 영상을 처음 보았을 때 나는 분명 그녀로부터 어떤 감동을 받았고 그 감동은 따뜻한 희망을 동반한 것이었는데, 그날따라 심지어 그 영상조차도 슬펐다. 맥주 캔을 따다가 갑자기 눈물이 또 터졌고, 눈물로 범벅되어 찝찌름해진 맥주를 마시다 지쳐 잠든 밤에 판틴의 노래를 또 듣고 말았다. "내가 꿈꾸었던 세상은 이게 아닌데 왜 이렇게 되었을까. 삶이 내 꿈을 죽여버렸네……"라고 노래하는 아주 많은 사람을 꿈에서 보았다. 내가 본 많은 사람 속에 나도 있었다. 너무 많이 울어서 더는 우는

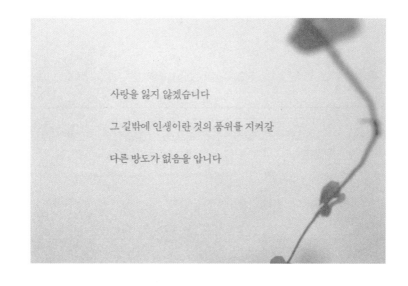

사랑을 잃지 않겠습니다

그 길밖에 인생이란 것의 품위를 지켜갈

다른 방도가 없음을 압니다

것이 힘겹다고 느낄 즈음 간신히 깊은 잠으로 빠져들 수 있었고, 아주 오래 자고 일어났을 때, 나는 가볍고 명랑해져 있었다. 지독한 슬픔과 명랑 사이가 고작 하룻밤 사이라니, 이거 원 참!

도처에 '레미제라블(Les Miserables, 비참한 사람들)'이지만, 가장 아름다운 인생의 의미와 삶의 품위 역시 그 속에서 함께 싹튼다. 슬플 때 맘껏 슬퍼하고 우울할 때 맘껏 울자. 아름다운 사람들과 함께라는 것을 잊어버리지 않는 한, 괜찮다!

4월의 시

●

4월이 시작되면서 내 머릿속에 자주 떠오르는 시는 김종삼의 것이다.

> 1947년 봄
> 심야(深夜)
> 황해도 해주의 바다
> 이남과 이북의 경계선 용당포
>
> 사공은 조심 조심 노를 저어가고 있었다.
> 울음을 터뜨린 한 영아를 삼킨 곳.
> 스무 몇 해나 지나서도 누구나 그 수심(水深)을 모른다.

1971년에 발표된 시 〈민간인〉은 한국전쟁의 비극에 연결되는데, 이토록 긴 세월이 지난 지금 여기도 다른 이름의 전쟁터다. 울음을 터뜨린 아이들을 삼킨 곳. 저 바다가 아직 저기 있고 그 배가 아직 물 밑에 있다.

다시, 김종삼의 시 〈누군가 나에게 물었다〉.

> 누군가 나에게 물었다. 시가 뭐냐고
> 나는 시인이 못 되므로 잘 모른다고 대답하였다.
> 무교동과 송로와 명동과 남산과
> 서울역 앞을 걸었다.

저녁녘 남대문 시장 안에서

빈대떡을 먹을 때 생각나고 있었다.

그런 사람들이

엄청난 고생 되어도

순하고 명랑하고 맘 좋고 인정이

있으므로 슬기롭게 사는 사람들이

그런 사람들이

이 세상에서 알파이고

고귀한 인류이고

영원한 광명이고

다름아닌 시인이라고.

그렇다. 평범한 이 사람들이 역사를 만들어가는 사람들이다. 단언컨대 여기 이 나라는 정부 관료, 정치인, 자본가들만 정신 차리면 희망이 있다. 4월의 시편들 뒤에 추신을 적는다.

순수함은 더러움을 응시하는 힘이다. -시몬 베유

그렇다, 그렇게, 지켜볼 것이다. 수많은 생생한 '시민 시인'과 함께.

춤추면서 싸우자

•

"좋고 나쁜 것은 없습니다. 좋은 것도 나쁜 것도 바르게 사용하면 됩니다. 좋고 나쁜 친구를 모두 사귀십시오. 어느 것도 물리치지 마십시오. 모든 차별적인 생각으로부터 자유로워지라는 것입니다."

경허 스님의 말씀을 듣고 그 자리에 있던 만공 스님이 제자 되기를 자청했다는데, 나 역시 무릎을 친다. 울화에 마음 밭이 상하면 우리만 손해다. 생각을 바꾸자. 벗들에게 메일을 쓴다. 나쁜 정권을 바르게 사용할 방법을 도모하자!

사실 우리는 이전에도 나쁜 친구를 여럿 가졌다. 독재자들은 말할 것도 없고 진보를 자청한 신자유주의 정권도 가져보았으나 그들도 결국은 나쁜 친구에 가까웠다. 나쁜 것을 바르게 사용할 수 있는 우리 스스로의 능력이 부재했음을 인정해야 한다. 이전의 나쁜 친구들로부터 우리는 더 충분히 배워야 했다. 푸념과 신세 한탄이 반복되면 마음이 무기력해진다. 자고 일어나면 마음 상할 일이 생기지만 그 에너지를 다른 곳으로 모으는 게 백번 낫다.

장도를 각오하고 일상의 정치를 즐기자. 저마다의 삶을 최대한 재미나고 의미 있게 만드는 방식으로! 일상에 생기발랄한 꿈의 발전소를 세우자. 국민이 우매하길 바라는 권력이니 우린 더 영민해지자. 토론을 싫어하는 정권이니 우리는 더 즐겁게 토론하자. 주변의 평범한 보수적 경향의 시민과 작고 아기자기한 토론을 일상적으로 즐기자. 나와 생각이 다르다고 귀 막아버리면 수구 보수와 똑같아진다. 내 가족, 이웃들인 평범하고 온건한 보수의 수준을 높이고 공생의 가능성을 타진하자. 때가 되면 결국 '한 표'를 얻어야 하는 정치가들이 시민을 두려워할 줄 알게 만들어야 한다.

모두 레지스탕스가 되어야 하는 시기가 왔다. 멋지지 않은가. 큰 나무만 있어서는 숲이 제대로 기능하지 않는다. 행복하고 자유롭게 살고 싶은 소박한 주체들의 꿈, 문화적 파르티잔, 일상의 파르티잔으로!

무엇이 아름다운 것인가. 춤추면서 싸우자. 현실이 비관적일수록 의지로 낙관하자. 꿈을 잃으면 다 잃는다.

스스로에게 '과일의 시간' 선물하기

•

천혜향이나 한라봉 한두 개를 식탁 한쪽에 올려놓았을 때 식탁은 조금 전의 그 식탁이 아니다. 노랗게 익은 향기로운 모과 한알, 붉은 석류 한 알을 식탁에 올려두고 바라볼 때 갑자기 식탁이 깨어나는 마법. 식탁은 소소한 명상의 장소로 변신하기에 안성맞춤이다. 과일을 올려두고 바라보는 일은 꽃을 꽂아둔 식탁과 비슷하면서도 다르다. 먹을 수 없는 꽃과 먹을 수 있는 과일의 차이겠다. 먹어버릴 수 있는 과일을 먹지 않고 하나나 두 개 식탁 위에 둔다는 것은 씨앗부터 과육에 이르기까지 나무의 삶 전체 역사와 만나는 일이다. 한 계절 순간의 절정을 누리는 꽃과 달리 과일은 봄, 여름, 가을을 온몸으로 통과한 결실이므로 과일에는 꽃의 향기부터 낙엽 냄새까지가 모두 들어 있다. 식탁에 올려둔 과일의 빛깔과 향기에 잠시 집중하는 것만으로도 건조한 생활에 율동감이 생긴다. 왜 하필 식탁인가. 거기가 가장 적나라한 일상의 격전지이기 때문이다. '먹고사니즘'이란 신조어가 생기듯이 '먹고살기'는 삶의 가장 중요한 일이면서 동시에 어딘지 조금 쓸쓸한 일이기도 하니까. 남루해 보이는 일상의 '바로 그 자리'가 나를 깨우는 가장 귀한 자리이기도 하다. 향기로운 과일 하나가 식탁에 올려져 있을 때, 나 또한 향기롭게 잘 익어가고 싶다는 생각을 한다. 빠듯한 생활일지라도 식탁 한편에 향기로운 숨구멍 하나쯤 마련해두고 살면 좋겠다. 삶이라는 나무에 매달려 잘 익어가기 위해 오늘도 애쓰는 스스로에게 '과일의 시간' 선물하기!

우분투

•

10여 년 전 처음 아프리카에 가 킬리만자로를 보았다. 초원에 우뚝 솟은 산 정상에 미지의 문처럼 은빛으로 빛나는 만년설. 킬리만자로 아래 암보셀리와 응고롱고로에서 누 떼, 코끼리, 기린을 일없이 쫓아다니다 남아프리카공화국까지 갔다. 거기서 '우분투(ubuntu)'라는 말을 처음 들었다. 설명하자면 이렇다. 어느 인류학자가 아프리카 한 부족의 어린이들에게 게임을 제안했다. 사탕을 한 바구니 담아 멀리 떨어진 나무에 매달아놓은 뒤 제일 먼저 바구니에 도착한 사람에게 사탕을 주겠노라고. 그가 출발 신호를 하자 아이들은 달리기 시작했다. 그런데 놀랍게도 아이들은 모두 서로의 손을 잡은 채 달리고 있는 거였다. 바구니에 도착한 아이들은 둘러앉아 행복하게 사탕을 나누어 먹었다. 인류학자가 물었다. 1등으로 도착하면 사탕을 혼자서 몽땅 가질 수 있지 않으냐고. 아이들이 합창하듯 말했다. "우분투!" '우부'는 접두사이고 '은투'는 '사람'이란 뜻이니 우분투는 '사람다움'을 뜻한다. "사탕을 혼자 다 가지면 다른 아이들이 슬플 텐데 어떻게 나만 기분 좋을 수 있어요?" 우분투. 이 말을 넬슨 만델라도 늘 가슴에 품고 있었다고 한다. 나와 당신이 서로 연결되어 존재하므로 당신이 행복할때 나 역시 행복한 우분투의 정서를 우리식으로는 '인연'이라 부를 수 있겠다. 불교 철학에서 말하는 연기(緣起)적 사유가 인연의 바탕이다. 이것이 있으므로 저것이 있다. 당신으로 인하여 내가 있다. 세상 모든 존재는 어떤 식으로든 연결되어 '서로 응원' 하는 셈이다.

뇌물이 아닌 선물을 위하여

●

내가 좋아하는 먹을거리들을 잔뜩 싸서 친구 K가 왔다. "이거, 뇌물!" 선물을 받아 들고 싱글벙글하는 내게 그녀가 던진 말은 뇌물! 커피 향 퍼지는 오후 우리는 함께 햇살 바라기를 했다. 최근 좀 힘든 일을 겪은 K는 그 터널을 통과해내자 자신에게 선물을 주고 싶어 했고, 나는 여행을 권했다. 이제 좀 쉬어도 돼. 주저하는 K를 선동한 대가로 나는 K의 동거묘 보리를 맡아주기로 했다. K가 느닷없이 '뇌물!'이라고 소리친 이유가 그 때문. 뇌물은 무슨, 보리와 20일이나 함께 지낼 수 있는 건 내겐 선물이지. 새끼 길고양이가 K에게 올 때부터 봐왔고 이름도 내가 지어줬으니 보리와는 남이 아니다. 고양이에게 채식주의를 강요하는 이름 같지 않아? 무슨, 식물 보리도 예쁘고 '보리심' 할 때 보리도 예쁘잖아. 내 거처의 식물들 사이를 보리가 돌아다닐 생각을 하니 벌써 설렌다. 최초로 떠나는 장기 여행지로 라틴아메리카를 낙점한 K에게 나는 여행 작가 김남희의 《라틴아메리카 춤추듯 걷다》를 선물했다. 춤추듯 다녀와. 이건 내 뇌물이야. 선물 사 오라는 뇌물? 우리는 햇살 바라기를 하며 또 웃었다. 대가를 바라는 것은 뇌물이고 대가 없이 그저 줘서 기쁜 것은 선물이다. 그런데 K야, 너의 뇌물은 내게 오면 다 선물이 되니 이것도 참 능력이야. K에게 내가 미리 해준 신년 덕담이다. 뇌물이 아닌 선물을 주고받으며 살기 위해서 가장 먼저 돌봐야 하는 것이 '마음'이다. 손바닥을 활짝 펴 무상으로 내리는 햇살 선물을 고맙게 받는다.

분나 마프라트

●

이제 커피는 많은 사람의 일상이 되었다. 나는 아침에 한 번, 밤에 한 번 커피를 만든다. 아침 커피는 머그잔이 아니라 작은 찻사발에 석 잔 마신다. 에티오피아의 '분나 마프라트(커피 세리머니)'를 안 이후 생긴 습관이다. 인류 최초로 커피가 발견되고 전해진 에티오피아에선 하루의 시작을 분나 의례로 연다. 생두를 작은 무쇠 판에 볶고 나무 절구에 빻아 토기 주전자에 물과 함께 끓여서 손잡이 없는 작은 잔으로 석 잔을 마신다. '불 맛'이 커피콩에 스밀 때 향을 피워 의례의 신성함을 더한다. 첫 잔은 우애의 잔, 둘째 잔은 평화의 잔, 셋째 잔은 축복의 잔이다. 커피 의례로 아침을 연 가족들은 서로 포옹하고 각자의 일터로 간다. 손님을 접대할 때도 석 잔의 커피를 나눠 마시며 이야기꽃을 피운다. 몇 스푼의 갓 볶은 커피 가루를 물과 함께 끓여 나누어 먹는 이 소박한 의례를 알고 난 뒤 그동안 내가 지나치게 '핸드 드립 공식'에 연연했음을 깨달았다. 핵심은 마음이다. 거친 대지에 발 딛고 하루분의 삶을 감당하는 이들에게 우애, 평화, 축복을 일깨우는 한 줌 커피콩의 힘. 그 마음 작용이 중요한 것이지 '맛과 향' 추출에 과하게 집착하던 그간의 내 습관은 정작 핵심을 놓치고 있었던 거다. 커피콩 체리들이 향기로운 원두로 변해 내게 오기까지 기나긴 과정에서 수고한 손들을 생각한다. 그 모든 수고 위에 우애와 평화의 따스함이 어리기를. 매일의 커피 한 잔이 모두에게 진정한 '축복'이 되면 좋겠다.

척하지 않기

●

위대한 인물들의 공통점은 그들이 비범한 쾌락주의자들이라는 거다. 타인을 위해 자신이 의미 있는 존재일 때 삶이 가장 행복함을 알고 그 앎을 적극적으로 실천한 사람들. 배워서 남 주는 기쁨, 깨달은 것을 나누는 기쁨이 얼마나 큰 것인지 선각한 이들은 때로 고난이 닥칠지라도 묵묵히 자기 길을 갔다. 그러니 위대한 인물들을 칭송할 때 흔히 동원되는 희생이니 헌신이니 하는 말은 적절치 않아 보인다. 오히려 그들은 생의 가장 큰 기쁨을 열렬하게 추구해간 사람들이니까. 그런데 보통의 존재들인 우리는 직장, 연인, 가족이라는 제한된 관계에 최선을 다하기도 사실 쉽지 않다. 좋은 관계의 기본은 '진솔함'일 것이다. 진솔함은 '척하지 않는' 태도에 긴밀히 연결된다. '행복한 척'에 연결된 과시욕, '교양인인 척'에 연결된 가식과 허세만 제거해도 삶은 훨씬 담백하고 자유로워진다. 명품이나 자동차 브랜드, 아파트 평수에 저당 잡히는 불행한 삶도 '척'에 연결되고 내 자식의 학벌이나 직장이 '남 보기 번듯하길' 바라는 것도 '척'에 연결된다. 중요한 건 개인으로서의 행복인데, '남 보기 부끄럽지 않은' 자식을 원하는 부모의 '척하는' 이기심이 자녀를 일찍부터 경쟁의 노예로 밀어 넣곤 한다. 다른 사람들 눈에 어떻게 보이고 싶다는 '척하는 욕망'에 사로잡히면 자기 자신을 찾는 일이 점점 어려워진다. 비범한 쾌락주의자로 살기는 어려울지라도 평범한 쾌락주의자로 깨알 같은 행복감을 누리며 살길 원한다면, 척하지 않기!

생각하는 힘을 죽이는 '검색 만능주의'

•

"잠깐만, 네이버한테 물어볼게요." 이런 말이 일상이 된 사회는 불량하지 않은가. 모르면 찾고 연구하는 과정이 응당 필요한데, 도서관 장서실을 누비며 시간 속에서 캐내어지던 지식은 이제 초간편 인터넷 검색으로 대체되었다. 책과 시간의 아날로그 만남 속에 풍성해지던 '자기 지식'은 어느덧 점점 얇어지고, 초스피드로 화면에 불러놓은 '남의 지식(정보들)'을 일별해 외우거나 긁어 붙여 자기 생각인 양 리포트도 쓴다. 시간 속에 무르익게 해 체화하는 지식이라야 자기 사유가 되는 법인데, 언제 어디서건 인터넷에 물어보는 '검색 만능주의'는 생각하는 힘을 죽이는 중요한 원인이다. 검색해 편집한 지식이 자기 지식인 양 착각하고 심지어 그것이 자기 사유인 양 착각하면서 인터넷세대는 점점 사유의 힘을 잃어간다. (설상가상, 검색한 지식의 절반 이상이 정확하지 않다는 것을 염두에 두자.) '생각할 수 있는 능력'의 상실은 이 부박한 자본주의 시대에 대항할 힘이 없는 부박한 개인들을 양산한다. 사유 능력이 사라진 개인은 자신이 누구인지, 어디를 향해 가는지 자각하기 어렵다. "오늘 당장 인터넷, 스마트폰을 끊는 사고를 쳐보자"는 법인 스님의 권유가 절박하게 들리는 이유도 한 번뿐인 생을 헛것인 정보검색 속에 낭비하는 게 아깝기 때문일 터. 행복을 위한 필요조건 중 중요한 것이 자기 사유의 회복이다. 자기 삶의 주인으로 살고픈 진지한 사색의 힘은 '사랑의 능력', '행복의 감각'을 되찾을 수 있게 도와준다.

'자기 법령'의 제정자로 살기

•

어마어마한 뉴스의 홍수 속에서 시시각각 반응을 쏟아내다 문득 가슴 어딘가 허전해진다. 외부를 향한 비판이나 비난은 대안을 고민하는 자세와 함께 가지 않으면 스스로를 다치게 하기 쉽다. 뉴스거리는 끊임없이 나타나는데 반응 역시 끊임없이 휘발될 뿐임을 자각하는 순간 우리 내면의 공허는 커진다. 분노와 비판이 개인과 사회를 위해 건강한 힘이 되기 위해선 뉴스거리를 따라 빠르게 이동하는 'LTE 속도'가 아니라 좀 더 진득한 서성거림이 필요하다. '서성거리며' 성찰한 내용이 일상 속에서 어떤 식으로든 실천되어야 나의 힘이 된다. 각종 일회용 용기의 유해성 관련 뉴스를 심각하게 봤다면 생활 속에서 되도록 쓰지 않으려 노력해보는 실천이 따라야 '나에게' 의미 있는 것인데 대부분은 또 금방 잊는다. 매일 새롭게 쏟아지는 뉴스들에 개탄하고 망각하고 비판하고 망각하고……. 이런 식의 '뉴스 소비'는 무의식적 체념과 냉소를 조장하기 쉽고, 관성에 젖은 분노는 쓰고 버리는 일회용 용기처럼 우리를 상하게 한다. 그러니 뉴스는 나의 생활에 아주 작은 변화라도 가져와야 한다. 국가 시스템이 자기 역할을 못 하고 있는 지금 같은 때엔 더욱 그렇다. 피폐한 사회를 견디기 위해, 피폐하므로 더욱, 나의 생활을 조직하고 스스로의 자유를 위해 자기 율동을 갖추어야 한다. 자신의 생활을 생동감 있게 만들 수 있는 '자기 법령'의 제정자로 살기, 소소하고 의미 있는 일들을 찾아내 즐겁게 하기, 라고 1월의 노트에 쓴다.

나에게 '쾌락' 주기

•

나는 종종 '나를 위한 규칙'을 만든다. 최근의 내게 가장 필요하다고 생각되는, 사소한 반성 뒤에 오는 규칙들이다. 거기엔 원칙이 있다. 지키기 만만한(!) 규칙을 만드는 거다. 이번 주부터의 규칙은 '하루 중 가장 느긋한 시간에 커피 마시기'와 '저녁 산책 후 셰익스피어 읽기'이다. 첫째는 그간 2000장 분량의 원고와 씨름하느라 커피를 '온전히 즐기기'보다 카페인 '흡입'용으로 소비했다는 자각이 든 때문이고, 둘째는 셰익스피어적 대사 연구에 흥미가 발동했기 때문이다. 충분히 지킬 수 있는 만만한 규칙을 만들어놓고 그걸 지키는 게 무슨 의미냐 할지 모르지만, 생이라는 울퉁불퉁한 긴 여행길에서 지치지 않으려면 가능한 한 가벼운 신발이 좋다. 사유는 치열하되 일상은 간소할수록 좋고, 생각은 가능한 한 실천으로 연결되어야 좋다. 대한민국이라는 총체적 난경 속에선 까닥 잘못하면 우울증과 분노조절장애를 일으키기 쉬우니, '나를 잘 돌보고 있다'는 성취감을 스스로에게 주어야 할 필요가 있다. 냉소와 무기력에 빠지지 않고 '그래도 삶을 사랑할 수 있기' 위해 일상의 작은 규칙들로 생활의 리듬 만들어주기. 자잘한 잔가지들이 고물고물 허공에 길을 내며 나무 한 그루를 만들어가듯이 '나의 삶'이라는 나무 한 그루도 그렇게 소소하게 성장해가는 것. 세상이 엉망진창일수록 나를 지키기 위한 노력이 더 절실해진다. 스스로를 '쾌락'하게 대접하자. 실현 가능한 소소한 계획의 성취는 스스로에게 만족감을 주는 쾌락의 첫 단추다.

'나의 시간'을 회복하기 위하여

•

자신의 욕망이 아닌 것을 마치 자신의 욕망인 것처럼 착각하게 하는 데 대중매체의 영향력은 강력하다. 휘황한 헛것들로 넘쳐나는 도시에서 자신을 잃지 않고 내면의 평화를 찾아가기 위한 가장 좋은 방법은 텔레비전 끄기다. 집에 돌아오면 습관적으로 텔레비전을 켜지 않는지? 만약 그렇다면 '나라고 생각하는 내가 진짜 나인지' 훨씬 더 자주 점검해야 '나'를 잃어버리지 않을 수 있다. 텔레비전에 노출되는 시간이 많을수록 '나의 욕망'이 아니라 '자본의 욕망'에 포섭될 확률이 높으므로. 청소년이 있는 집이라면 '텔레비전 끄기'는 더욱 중요하다. 하루 몇 시간이라도 스마트폰 꺼놓기, 침대나 소파 곁에 언제든 손에 잡을 수 있게 책 두기, 가방 속에 일기장 넣어 다니기, 하루에 10분 하늘 바라보기. 이런 소소한 실천은 개인의 정신을 새롭게 갈무리하고 '더 나은 인간'으로 존재하고 싶은 '좋은 욕망'의 성장을 돕는다. 영화감독 안드레이 타르코프스키는 "자신의 작품을 출판해주지 않는다고 쓰는 일을 중단한다면 그는 작가가 아니다. 창조적인 것을 향한 의지의 유무가 예술가와 비예술가를 구별하는 잣대다"라고 말했다. '창조의 충동'이야말로 예술가의 결정적 재능이라는 말에 깊이 동의한다. 직업 예술가가 아니더라도 '창조의 충동'을 일상에서 발현하고 누리는 사람, 삶 자체를 예술로 만드는 사람이야말로 가장 근사한 예술가 아닌가. '나의 시간'을 회복하고 예술 충동을 누리기 위해선 텔레비전과 스마트폰을 꺼놓는 시간이 꼭 필요하다.

생일 정하기

•

'띠링. 생일 축하 쿠폰이 도착했습니다!' 봄과 가을 1년에 두 번 머리 자르러 가는 미용실에서 20퍼센트 할인 쿠폰이 도착했다. 고객 카드에 생일을 기입하면 할인 쿠폰을 보내준다는 말에 대충 적어준 생일이 오늘인가 보다.

미얀마의 올랑 사키아 부족은 나이를 거꾸로 센다고 한다. 태어나면 예순 살이고, 한 해씩 지날 때마다 나이가 줄어서 60년이 지나면 0살이 된다. 0살보다 더 오래 살게 되면 덤이라고 다시 열 살을 더해주고 거기서부터 한 살씩 줄여간다. 이런 계산법은 왠지 우리를 인생에 대해 겸허한 인간으로 만들 것 같아서 좋다. 호주 원주민 참사람 부족은 나이 한 살을 더 먹는다고 생일 축하를 하거나 받지 않는다. 나이를 먹는 거야 저절로 되는 거지 개인의 노력이 들지 않는 거니까 그걸 매년 축하하는 게 이상하다는 거다. 그들은 나이 먹었다고 생일 축하를 하지 않고 대신 '나아지는 걸' 축하한다. 작년보다 올해 더 성숙하고 지혜로운 사람이 되었다면 그걸 축하하는 것이 진정한 생일 축하다. 자신이 작년보다 더 나아졌는지 아닌지는 자신만이 알 수 있다. 따라서 생일 파티를 열어야 할 때가 언제인지 판단하고 말할 수 있는 사람도 오직 자기 자신뿐이다. 스스로 내적 성장을 이루었다고 생각하는 그때가 바로 생일이다. 때가 오면 이렇게 외친다. "생일 파티를 열 때가 왔어! 친구들아, 와서 모두 축하해줘!" 이런 성장과 성숙의 기쁨을 자주 누릴 수 있는 멋진 나였으면 좋겠다.

냠냠 과수원

●

별생각 없이 쓰는 '의식주'라는 말을 나는 '식주의'로 써야 한다고 생각한다. 무엇을 먹는가가 그 사람의 몸을 결정한다. 의류나 패션 브랜드에 관심 없는 대신 나는 먹을거리에 대해선 시시콜콜 관심이 많다. 믿을 수 있는 농부가 제대로 키운 먹을거리와 공정무역 제품을 까다롭게 고르는 편이다. 여름은 제철 과일 먹는 기쁨이 크다. 특히 '복숭아 귀신'인 내게 황홀한 복숭아 철이 다가온다. 청도에 복숭아 농사를 짓는 '냠냠 과수원'이라는 곳이 있다. '냠냠 과수원'의 복숭아는 입금해놓고 한참을 기다려야 한다. 따놓은 복숭아를 금액에 맞춰 보내주는 게 아니라 나무가 '이제 따도 된다'는 신호를 보내야 비로소 복숭아 수확을 하기 때문이다. 나는 이런 방식이 좋다. 농산품조차 공장에서 찍어 나오는 것처럼 오직 '상품'으로만 거래되는 소비 풍토에서 이렇게 생명의 느낌이 살아 있는 방식의 거래 말이다. '냠냠 과수원'의 블로그엔 이런 소개 글이 있다. "모든 생명이 오순도순 더불어 살아가는 길을 찾는 것을 농업이라 여기며 복숭아 나무와 함께 살고 있습니다." 여기엔 농업에 대한 가장 아름다운 정의와 농부가 지녀야 할 가장 좋은 삶의 태도가 모두 들어가 있다. "냠냠 과수원은 '더 크게, 더 빨리, 더 많이' 얻고자 하지 않아요"라는 농부의 철학이 뭉클하다. '더불어 삶'을 추구하는 '서로 살림'의 농사야말로 반자본주의적 생활의 의미 있는 실천 중 하나다. 건강한 몸과 건강한 땅은 연결되어 있다.

빵 짓는 농부

●

지인이 보내준 빵을 맛보고 깜짝 놀라 뒷조사를 했다. 우리 통밀가루와 천연 재료로 만든 거칠고 담백한 깊은 맛, '건강한' 기운으로 가득한 빵에 대해 알아낸 몇몇 사실이 나를 기쁘게 했다. 우선 내 고향 강릉에 있는 빵집이어서 반가웠고, 오래전 꽤 유명한 빵집이던 '빵장수 야곱'이 '빵 짓는 농부'가 되어 나타난 사실에 또한 기뻤다. 동네 빵집들이 대기업 프랜차이즈에 밀려나는 때, '빵 짓는 농부'가 지방 도시의 소중한 한 부분을 이루게 된 건 의미 있는 일이다. 내가 맛본 '홍국빵'에 사용된 재료 설명은 이렇다. "가평의 김현주 농부님이 보내주시는 홍국(붉은 누룩을 쌀에 입힌 것), 강릉의 우리들 농원에서 보내주시는 최상 품질의 곶감, 은해염 구운 소금, 정선의 겨우살이를 우려낸 물, 우리 밀 누룩으로 직접 포집하여 배양한 우리 밀 천연 발효종." 재료 생산자가 분명하고 모두 그 지역 생산물인, 흔히 이야기하는 '먹거리 정의'나 '슬로푸드'의 기본에 충실한 빵이다. 10년 전쯤, 자신이 만들어오던 빵에 회의를 느낀 빵장수 야곱은 가게를 접고 산으로 들어갔다. 관행적으로 배워 만들고 팔아온 그간의 빵에 사람 몸에 좋지 않은 재료가 많다는 것을 자각한 탓이다. 산속에서 농사짓던 그가 하산해 다시 만드는 빵은 수입 밀가루, 백설탕, 화학 첨가제를 사용하지 않는다. 건강한 먹을거리로 사람 몸을 살리는 일을 하고자 하는 그는 이제 '빵장수'가 아닌 '빵 짓는 농부'가 된 것이다. 빵 농사를 짓는 이런 동네 빵집이 많아져 '먹거리 윤리'가 자연스럽게 우리 삶 속으로 확장되면 참 좋겠다.

그 집안을 위해 몇 장의 지폐를 남긴 것은
내가 특별히 착해서가 아닙니다

하필 병집 앞에서
따뜻한 빵을 옆구리에 끼고 나오던
그 순간

건을 주인에게 묻거나
3미터쯤 떨어진 담장으로 자리를 옮기는
그를
내 눈이 모았기 때문

321

딸기밭으로 가요

•

    살구꽃, 복사꽃, 자두꽃, 앵두꽃이 활짝 피어 살뜰히 흔들리고 사과나무 잎눈에 물오르면 텃밭 이랑을 따라 딸기 모종을 심던 옛 기억이 난다. 모종이 뿌리를 내리면 곧 뽀얗게 흰 딸기 꽃이 딸기 향을 솔솔 뿌리며 피고 열매가 맺혀 무르익으면 오뉴월이니 딸기 는 늦봄에서 초여름이 제철인 과일이다. 그런데 언제부턴가 딸기 가 한겨울이 제철이라는 소리를 듣는다. 비닐하우스 딸기 출하가 겨울부터 시작되기 때문이다. 비닐하우스에서 영양수액으로 수경 재배 하는 딸기를 '제철 딸기'라 부르는 게 왜 이리 섭섭할까. '제 철 과일'이란 땅, 물, 햇빛, 바람 속에서 계절의 변화를 온몸으로 통과해 맺은 열매를 일컫는 말이다. 식물로 태어나 땅에 뿌리 한 번 내려보지 못한 채 링거 맞듯 주입되는 수액으로 자라는 딸기는 딸기의 입장에서도 서글프지 싶다. 비닐하우스 양액재배 농가에 흠 되라는 소리는 결코 아니다. 다만 그건 그냥 '하우스 딸기'라고 해야 하지 않을까 싶은 거다. '제철 먹거리'를 강조하는 것은 자연 의 건강한 순환이 얼마나 중요한 것인지에 대해 자각하는 일이다. 야생화와 온실재배 꽃의 생명력이 같을 수 없듯이 제철 과일과 하 우스 과일의 생명력이 같을 수 없다. 초록 잎과 붉은 딸기와 고동 빛 흙이 뒤섞인 딸기밭의 물큰한 흙냄새는 그냥 흙냄새라고 쓰기 보다 '땅 냄새'라고 써야 어울린다. 살랑살랑 초여름 바람 불어올 때 비틀즈의 〈스트로베리 필즈 포에버〉를 들으며 생명감 가득한 딸기밭으로 소풍 가고 싶다.

풀 앞에서 시간 보내기

•

강변 산책길에서 갈색 단풍 든 강아지풀을 본다. 누렁이 꼬리 같다. 강아지 앞발 같다. 강아지 털처럼 복슬복슬하다. 강아지풀 가지고 놀아본 사람은 강아지풀이 얼마나 예쁘게 뛰는지 안다. 초등학교 시절 책상에 분필 금 그어놓고 짝꿍과 팔꿈치로 밀고 당기며 장난치던 때. 줄기 떼어낸 강아지풀을 손끝으로 톡톡 치면 톡톡 뛰던, 금 너머 저쪽 금 너머 이쪽, 그렇게 오가다 보면 어느새 분필 금은 지워지고 도란도란 도시락 까먹을 시간이 되곤 했다. 가까운 가을 들판 가을 산에 나가 작은 풀 앞에서 시간을 좀 보내보자. 인간보다 작은 존재 앞에서 오래 귀 기울여본 사람은 인간을 더 잘 이해하게 된다. 막 피어나는 봄의 생동만큼이나 시들어가는 가을의 삼라만상은 먹먹하고 깊고 아름답다. 기도의 완성은 시드는 풀과 지는 꽃 앞에서 이루어진다. 가을꽃과 가을 풀과 가을 풀벌레 소리와 가을 구름과 가을 산과…… 이런 쉼표 없이 삶이 고속열차처럼 지나간다면 인생은 얼마나 헛헛하겠나. 아이들의 상상력과 감성을 풍부하게 키우려면 어떤 책을 읽혀야 하나요? 이런 질문을 받을 때마다 나는 무조건 답한다. 책 필요 없어요. 시골을 보여주세요. 아이들에게 줄 수 있는 최고의 선물은 조기교육, 선행 학습, 브랜드 옷과 가방, 게임기 따위가 아니라 스스로 자연인 아이들이 자연 속에서 자유롭게 놀게 해주는 거다. 한 사람의 유년은 그의 전 인생에 작동하는 정서의 창고 대부분을 차지한다. 사람이 자연임을 잊지 말자.

농부들의 꾸러미

●

'구정 꾸러미'가 왔다. "쌀 시장 전면 개방 소식에도 불구하고 들판은 벼꽃을 밀어 올리고 이삭들이 패기 시작합니다"라는 편지가 함께 들어 있다. 2008년부터 계속된 힘든 싸움 끝에 강릉 구정면 구정리 골프장 건설을 취소시킨 바로 그 '힘센' 농부들이 올 초부터 준비해 시작한 마을 공동체 사업이다. 꾸러미에는 고향 땅을 지켜낸 구정리 농부들의 자긍심이 가득하다. '매주 변하는 농산물 시세와 상관없이' 제철에 수확되는 토종 종자 농산물이 오밀조밀 담겨 있다. 키우는 작물과 희로애락을 함께하는 농부의 마음이 고스란히 느껴진다. 농산물을 단지 이윤 내는 '상품'으로만 취급하는 유통 자본의 장난질로부터 해방되겠다는 뚝심! 농부였던 내 할아버지는 "작물은 농부의 발걸음 소리를 듣고 자란다"라고 하셨다. '땅심'이 살아 있는 곳이 아직 있고 그곳을 끝내 지키고자 하는 사람의 힘이 있는 한, 아직 괜찮다.

쌀 시장 전면 개방의 비보 속에서 '식량 주권'이라는 말이 울컥하게 아프지만, "농산물 개방하거나 말거나 호미와 낫을 들고 풀과 씨름하고 계신 농부들의 우직함을 응원해주세요"라는 꾸러미 편지의 맺음말에 고개를 끄덕인다. 전국 곳곳에서 정직한 농사를 짓고 있는 소중한 '땅심'들이 지속 가능한 미래로 연결될 수 있게 소농 꾸러미 공동체와 관계 맺는 도시민들이 더 많아졌으면 좋겠다. '어떻게 살 것인가'라는 질문이 너무 무겁다면 '무엇을 먹을 것인가'부터 시작해보자. 지혜로운 소비자의 힘으로, 아자!

다만 온몸으로 한 걸음씩 간다

•

이것 한 포기에는 1300만 개의 잔뿌리와 140억 개의 실뿌리가 있다. 잔뿌리를 모두 이으면 서울에서 부산까지 갔다가 다시 대전까지 오는 거리다. 실뿌리는 솜털 같아 맨눈으로 안 보이는데 모두 이으면 1만 6000킬로미터 정도가 된다. 남극과 북극을 이을 수 있다. 이 뿌리들은 흙으로부터 기초 영양소를 만들고 잎은 그 영양소를 받아 우리가 익히 아는 탄소동화작용을 한다. 잎 뒷면에는 약 100만 개의 공기구멍이 있고, 식물들은 이를 통해 사람과 동물이 호흡할 때 필요한 산소를 내뿜는다. 식물이 벌이는 탄소동화작용이 없으면 지구엔 어떤 생명체도 존재할 수 없다. 땅속 7미터 넘게 뿌리를 뻗어가는 이것 한 포기는 물론 당신을 위해 존재하는 것이 아니다. 모든 생명은 자신의 완성을 위해 부단히 진화해나가고, 저마다의 그 노력이 다른 생명과 지구 환경을 살리는 힘으로 연결되는 것이다. 자신의 생명을 위해 이것 한 포기가 남극에서 북극까지 이을 수 있는 엄청난 양의 실뿌리를 만들어가는 게 꼭 성공담을 쓰고 있는 것은 아니다. 제 능력을 극한까지 밀고 가다 실패할 수도 있다. 다만 온몸으로 한 걸음씩 가는 것이다. 이런 생명성, 매 순간 최선을 다해 스스로를 깨우고 살리려는 의지를 우리는 영혼이라 부르는 게 아닐까. 이것, 호밀 한 포기가 이러할진대, 하물며 60조 개의 세포로 이루어진 인간의 몸은? 우리의 영혼은? 참으로 아팠던 한 해가 겨울 문턱에 왔다. 남은 자는 또다시 자신의 뿌리를 뻗으며 정성을 다해, 한 걸음이라도 더 나은 쪽으로, 나아가야 한다. 그것이 사람의 긍지다.

법정 스님, 불 들어갑니다!

●

스님, 불 들어갑니다! 그 순간, 눈물이 흐르기 시작했다. 회자정리의 인연이니 울면서 보내드리지 말아야지, 생각하면서도 그랬다. 법정 스님의 법구가 불길에 휩싸이는 순간, 아프다…… 아프다……, 우리네 산천이 훌쩍훌쩍 울고 있다는 느낌에 사무쳤다. '이제 이 공간과 시간을 떠나야겠다' 하시며 스스로 돌아갈 준비를 하는 마지막 순간에 '아파, 아파……' 하셨다는, 스님의 호소가 어떤 도통한 언사보다 나를 흔들었다. '아프다'는 말. 떠나야할 시간임을 명철한 정신으로 인식하면서도 육신의 고통을 솔직하게 인정하는 탄식. 그래, 인간은 자연인 거다. 아프면 아프다고호소해야 하는 자연인 거다. 스님의 목소리가 다비 불꽃으로 타닥, 튀었다.

스님을 보내며 운 것이 스님을 사랑했던 사람들만은 아니었으리라. 아파요…… 아파요……, 무시무시한 속도로 파헤쳐지며 신음하는 이 땅의 강들, 숲들, 망가져가는 생명의 젖줄들, 그 한숨소리를 자신의 아픔처럼 듣고 안타까워하던 스님이셨으니, 다비불꽃 속에서 훌쩍이며 울고 있는 강과 숲의 목소리를 들은 것이나의 환청만은 아니었으리.

'가담하지 않아도 무거워지는 죄'가 있다고 언젠가 시에 쓴 적이 있다. 비록 내 손에 의한 것은 아닐지라도, 곡선의 강을 들쑤시고 콘크리트를 처발라 직선의 보를 만들고 잔인하게 생명의 숨결을 끊어놓는, 그 모든 일이 자행된 시대에 두 눈 멀쩡히 뜨고 그것을 지켜보기만 한 자의 죄가 미래세대에 남을 것이라고 생각하면

모골이 송연하다. 작은 몸짓일지라도 무언가 할 수 있는 일은 있다. 하루에 한 가지씩! 하루에 한 사람씩! 우리의 강이 얼마나 아름다운지, 강이 어떻게 왜 지켜져야 하는지 이야기하리라. 날마다 노래하리라. 우주 만물, 그 모든 생명 앞에서 부끄럽지 않기 위해. 강으로 순례를 떠나고, 4대강 저지 서명을 하는 인터넷 사이트들에 접속하고, 다가오는 지방선거에서 후보들의 공약을 낱낱이 살피고, 물으리라. 당신은 생명의 강에 대해 어떻게 생각하느냐.

"생명에게 친절하셔야 합니다. 사랑하지 않고서 무엇을 살릴 수 있나요." 입던 승복 그대로 가사 한 장 덮고 꽃잎처럼 가신 법정 스님을 보내며 문득 떠오르는 문장들을 적는다. "아쉬운 듯 모자라게 사십시오. 너무 많이 가지고 살려고 아등바등하지 마세요." 아름다운 스승들을 곁에 두고도 우리는 왜 깨우치지 못하는가. 생명의 젖줄인 강에 감동할 줄도 모르고 '아프다'는 말도 들을 줄 모르면서 '살리기'라는 거짓된 말로 '죽이기' 하는 모든 탐심의 그물들이여. 불도저들이여. 우리는 모두 죽습니다. 권력도 조만간 끝이 납니다. 지금 가지고 있는 것이 영원하지 않다는 것을 왜 모르시는지.

영원히 내 것인 것은 없다

•

한 달 넘게 감기가 낫지 않는다. 바깥의 안테나를 가능한 한 차단한다. 자구책이다. 신문 기사는 읽지 않고 뉴스는 이따금 더운 차를 끓이며 건성으로 흘려듣는다. 30여 년 전으로 회귀한 듯한 정치, 경제, 사회가 무섭고 흉흉해서 어쩔 도리도 힘도 없는 글쟁이가 세상의 뉴스를 챙겨 들은들 몸의 화기만 도진다. 최소한으로 열어둔 세상과의 안테나에 잡히는 이웃들의 소식도 긴 한숨들이니 도처에 아픈 것투성이다. 병원에 갔다 돌아오는 길이었다. 아파트 담장 근처에서 누런빛이 더께 앉은 더러운 흰 개를 보았다. 오랫동안 바깥을 떠돌며 산 게 분명했다. 나와 눈이 마주친 순간 개는 사라졌다. 사람에게서 한 번 버려진 개들은 사람을 무서워한다. 사람을 피하고 때로 공격적이다. 버려졌던 존재가 스스로를 치유할 수 있기까지는 스스로를 사랑하려는 의지와 외부로부터의 지극한 사랑의 연대가 모두 필요하다. 잠시 마주쳤던 개의 눈빛이 맺혀서 아파트 입구에 들어서자마자 담장 끝으로 갔다. 개는 없었다.

유기견을 키우는 내 친구 J가 생각났다. J의 개 이름은 신동. IMF 이후 가세가 기울어 서울 인근 변두리의 허름한 집으로 이사했는데 신동이가 찾아들었단다. 털은 한 번도 안 자른 듯하고 목욕은 해본 적도 없는 것 같은 똥강아지. 누군가 이사를 가면서 버린 개였다. 신동이와의 동거가 시작된 어느 날 신동이가 사람만한 덩치의 개한테 물려서 질질 끌려 왔다. 동네 병원을 다 돌아다녔는데 의사마다 안락사를 권했다. 살릴 수는 있지만 그렇게 많은 돈을 들여 잡종 개를 살려놓으면 뭐하냐는 거였다. 마지막으로 찾아간 병원 의사는 그나마 나았다. 그도 안락사를 얘기했지만 적어도 잡종견에 대한 폄하는 없었다. J는 결국 서울에서 가장 유명한 동물 병원을 알려달라고 했단다. 안락사를 결정하게 되더라도 최선을 다한 후에 하고 싶다고. 이미 한번 버려졌던 강아지인데 또다시 버려지듯 죽으면 안 되지 않느냐고. 그래서 찾아간 서울의 병원은 꽤 친절했고 그곳에서 신동이는 간신히 살아났다. 그 당시 한 달 월급 60만 원을 받던 J는 신동이의 치료비로 한 달 치 월급을 고스란히 썼다. 그후 신동이의 심장사상충 치료를 위해 월급보다 많은 100만 원을 카드 할부로 갚으면서도 J는 그 모든 걸 당연하게 여겼다.

그때 20대 중반이던 그 애가 내게 이런 편지를 보냈다. 사람도 아닌 강아지인데 너무 오버액션 아니냐는 주변의 말을 들을 땐 힘들더라고. 하지만 적어도 한 생명 앞에 최선을 다해야겠다는 생각이 들었다고. 그리고 덧붙였다. "다른 생명, 그것은 내 것이 아닌데, 남의 것인데, 어떻게 함부로 할 수 있죠?"

우리는 흔히 착각한다. 내가 돈을 주고 강아지나 식물을 사면 그 생명이 내 것이라고 생각하는 것이다. 경쟁에 이겨서 나라의 고위 공직자가 되면 나라가 자기 소유라고 생각하는 착각까지. 그러니 제 맘대로 주물러도 된다는 독단이 횡행한다. '내 돈으로 내가 사업하는데!'라는 착각이 악덕 경영주를 만들고, 가정을 내 소유물로 착각하는 가장이 폭력을 휘두른다. 세상에 영원히 내 것인 것은 없다. 아프니 잘 보인다. 이 몸도 실은 빌려 쓰는 것. 빌려 쓰는 것이니 잘 돌봐야 한다. 하물며 남의 것은 더더욱 존중하며 살아야 하지 않을까.

사랑은 동사다

•

　'사랑한다'는 말은 황홀하고도 무겁다. 책임질 수 있어야 하기 때문이다. 짝사랑이 아니라면, 관계로서의 사랑은 책임과 함께 성장하고 끝난다. 사랑의 책임을 다하고자 하는 능동성이 유지될 때까지가 사랑의 시효다. 사랑은 동사다. 명사로서의 사랑이 어딘가 있고 그 사랑에 텀벙 빠져버리는 게 아니다. 시작부터 끝까지 사랑은 '하는' 것이다. '사랑하므로' 당신의 행복에 기여하고 싶고, 당신이 더 잘 꽃필 수 있게 돕고 싶고, 나의 존재가 당신에게 기쁨이 될 수 있도록 더욱 잘 살고 싶은 것이다. 사랑은 '화엄(華嚴)'이다. 지극히 노력하며 서로 꽃피는 것이다. 식욕을 채우듯이 성욕을 채우기 위해 사랑이라는 말을 남용하는 것은 사랑에 대한 가장 큰 모독이다. 자신의 편리대로, 자신의 경제적 이익과 안정을 위해 사랑의 말을 동원하는 것 역시 마찬가지다. 사랑이라는 말을 함부로 남용하고 있지는 않은지 사랑의 말을 의심해보라. 나는 정성을 다해 사랑을 '하고' 있는가. 시효가 끝났는데도 사랑이라고 우길 때 삶은 남루해진다. 시효가 끝난 사랑을 제도에 묶어두고 또 다른 누군가와 '썸 타며' 사는 삶은 어쩌면 더 남루하다. 사랑하는가. 사랑하고 싶은가. 사랑이 아닌 관계를 담대히 털고 자유로워지든가, 사랑의 복권을 위해 새로운 노력을 시작해야 한다. 정직하게 자신과 직면하고 사랑을 위해 자발적인 노력을 다할 때 빛바래가는 사랑일지라도 '리뉴얼'이 가능하다. 사랑으로 맺은 인연은 힘이 세기 때문이다. 사랑은 책임이라는 스스로의 무거운 무게 때문에 존재를 성장시키는 가장 강력한 가치이다.

마지막 사랑을 위하여

•

　사는 데 꼭 필요한 건 밥, 똥, 사랑, 자유. 밥과 똥은 몸에, 사랑과 자유는 영혼에 관여한다. 매일 이 네 가지를 점검한다. 오늘 하루 몸과 마음 모두가 골고루 조화를 이루었는지. 사람들과 인사를 나눌 때도 "몸맘 두루 강건 평화하시길" 빈다. 티베트 속담에 이런 말이 있다. "걱정을 해서 걱정이 없어지면 걱정이 없겠네." 그렇다. 걱정할 시간에 그냥 푹 쉬거나 아주 작은 무언가라도 하는 게 낫다. 언제부터인가 개인으로서의 내 삶에 대해선 바라는 것이 없어진 느낌이다. 바라는 것이 없어서 행복하다. 다만 주어진 매일에 정성을 다할 수 있도록 몸의 상태를 잘 보살피고, 옆 사람과 정성을 다해 만나려고 노력할 뿐. 붓다나 달라이 라마는 한결같이 타인에게 친절하라고 말한다. 예전에 나는 이런 말이 의아했다. 고독의 정점으로 자신을 밀고 가 완전히 자유로워진 사람들이 왜 이구동성으로 '타인에게 친절하라'고 하는지. 이젠 알 것도 같다. '동체대비', '자리이타'의 마음으로 살면 세상이 평화롭다. 마음을 다해 타인에게 친절할 수 있다면 일상에서 그만한 수행이 없다. 살아 있는가, 나는? 매일 묻는다. 살아 있는 존재답게 살아야 한다. 행복하겠다. 사랑하겠다. 죽는 순간까지. 내 눈 속에 마지막 하늘빛이 들어오는 순간까지.

　《숫타니파타》의 145번 게송을 간곡하게 읊조려보는 날이다.

　"살아 있는 것은 다 행복하라. 평안하라. 안락하라."

에필로그

오래전 언니에게서 빌려온 몇 권의 책 중 여태 펼쳐보지 않았던
《아함경(阿含經)》 뒷장에 서산 스님의 '열반송(涅槃頌)'이 적혀 있
는 걸 발견했다. 만년필로 쓴 언니의 글씨를 한참 들여다보았다.
좌우편을 나누어 자로 잰 듯 반듯하게 적힌 원문과 풀이. 언제 쓴
걸까. 문득 궁금하다. 그녀가 출가하던 스물아홉 살에 나는 열여
덟 살이었다. 그해로부터 28년이 흐른 오늘.

천 가지 계획 만 가지 생각

붉은 화로 속 한 점 눈송이

진흙 소가 물 위를 가나니

대지와 허공이 갈라지도다

생은 어디에서 왔으며

죽어서는 어디로 가는가

생은 한 조각 뜬구름이 일어남이요

죽음은 한 조각의 뜬구름이 없어짐이라

뜬구름은 본래 실체가 없는 것이니

나고 죽는 것 또한 이와 같구나

千計萬思量 紅爐一點雪

泥牛水上行 大地虛空裂

生從何處來 死向何處去

生也一片浮雲起 死也一片浮雲滅

浮雲自體本無實 生死去來亦如然

"生從何處來 死向何處去"에 밑줄이 그어져 있다. 이 구절들에 밑줄을 긋고 있는 언니를 떠올려본다. 나라면 앞뒤 맥락 차치하고 "紅爐一點雪 泥牛水上行"에 밑줄을 쳤겠지. 이것은 아마도 종교 (적 기질)과 문학(적 기질)의 차이일 듯.

물 위를 가는 진흙 소(泥牛)를 생각한다. 화로 속으로 뛰어드는 눈송이들을 생각한다. 이런 이미지들을 허무로 읽어서는 곤란하다. 녹아 사라질 운명일지라도 지금 여기 자신의 길 앞에 열렬한 한 발자국의 온몸, 온몸인 한 발자국. 일렁이는 생의 느낌으로 충만한 진흙 소와 눈송이들. 그래, 찰나다. 그러니 찰나의 찬란함을 최선을 다해 누릴 것! 집착 없이 사랑할 것!

'실체가 없는 뜬구름'에의 통찰은 허무가 아니라 오히려 자유에 연결된다. 목숨 얻어 잠시 왔다 가는 여행자로서의 삶을 직시하면 뜻밖에도 경쾌한 생명의 역동을 만나게 되지. 모험해라, 바람을 타고 가는 자유자재한 구름처럼, 가벼운 차림으로 여행을 즐기렴. 우리는 모두 맨몸으로 왔다가 맨몸으로 간단다. 가벼우니 좋구나. 두려워할 게 없구나. '살아 있음'의 충만감과 경계 없는 변화를 스스로에게 선물해라. 자유하라, 자유하라!

*

무언가 계속하고 있다는 것은 당연하지 않다.
내가 오늘도 계속 살아 있는 것은 당연한 삶을 사는 것이 아니다. 삶은 매 순간의 선택이고, 오늘 내가 살아 있다는 것은, 살기로 한 내 선택이 생의 조건들 속에서 받아들여졌다는 것이다.

혹여 무의미한 일상을 꾸역꾸역 살아가고 있을 뿐이라고 당신이 생각한다 해도, 실은 그런 일상조차 당신의 선택으로 영위되는 것이다. 어제 죽을 수도 있었지만 죽지 않고 살기를 선택한 자. 죽지 않고 살아 있을 수 있는 육체와 시간을 얻은 자. 그러므로 더 적극적으로 자기 선택을 누리며 사는 방법에 대해 생각하자. 좋아하는 일에 몰입하자. 충만히 게으르자. 행복하자. 매일을 '나의 시간'으로 책임지려는 삶!

*

나는 어떤 방식으로 나를 책임지고 싶은가. 문장이 되고 싶은 이야기들이 늪처럼 호수처럼 몸속에서 끓고 있다. 정신과 정서의 파동과 모험. '살아 있음'의 충만감으로 나를 고양시키는 쾌락은 책상 앞에서 가장 광활해진다. 내 속에서 들끓는 수많은 '나들'의 이야기에 귀 기울인다. 나는 쓰는 자이고 사랑하는 자이다. 이것이 나의 정체성이다.

전업 작가로 산 지 꼭 20년이 되는 해다. 이 산문집은 사회적 스트레스와 우울이 극심한 시절을 견디며 만든 책이라 각별하다. 애썼다, 스스로에게 말해본다. 앞으로도 애쓰며 퍽 견뎌야 하겠지만, 무도한 시절을 통과하며 얻은 초강력 맷집으로 앞으로는 좀 더 경쾌하게 '나들'에 접속해야 하리.

이 책을 자신과 같은 20~30대 청년들이 많이 읽으면 좋겠다고

'더 예쁜 책' 만들기에 성심을 다해준 김준섭 편집자에게 고마움을 전한다. 30대 초반 청년 편집자의 생동감 넘치는 열정이 내내 흐뭇했다. 그래, 어려운 시절이지만, 자신의 삶을 사랑하는 당당한 청년들이 있는 한 우리 미래가 아주 남루한 것만은 아니다!

　오랜 독자들과 새로운 독자들 모두에게 마음 다해 감사를 전한다. 책을 통해 연결된 동고동락의 벗님들이 내 글쓰기의 뒷배다. 좋은 책으로 힘 드릴 수 있게 더 열심히 쓰고 사랑하리.

＊

　나는 당신이었고
　당신이고
　당신일 테니
　당신,
　더는 아프지 말아라.
　부상당한 천사여,
　나의 자연이여.